サトシは全力で魔力を練り上げて、古竜を威圧する。
濃密な魔力が部屋全体に満ち、サトシの右手に集中した。
「動くな！
魔力を使うな！
動けば、手加減はしない！」

プリマ
リア
ファナ
サトシ
CHARACTERS

ナーディア
メル
クロワ

サトシがプリマの身体に腕を回し持ち上げて、試合会場から立ち去ってしまったので、それ以上異論は上がらなかった。
「よくここまで鍛えたね」
控室でサトシはプリマの身体を撫で回して見つめた。

冒険者Aの暇つぶし 2

著 花黒子　イラスト ここあ

CONTENTS

ノクスノベルス

第一話　国境と古竜の洞窟《どうくつ》

魔大陸、砂漠の国カンパリアと渓谷の国ドラゴニオンの国境付近。冒険者のサトシ・ヤマダとその奴隷ファナは、魔石の国ラリックストーン出身のサイラスという騎士に案内されて、ラリックストーンの手前にあるドラゴニオンに向かっていた。サトシはヒューマン族の姿だと魔大陸で騒ぎになってしまうため、現在は魔族に変装をしている。

三人で丘の上の一本道を進むなか、サイラスが遅れ始めた。

「サイラス、君は体力がないのか？　それともやる気がないのか？」

サトシが、遥か後方で、今にも倒れそうになっているサイラスに話しかけた。

「……両方だぁあ！」

サイラスは大声で返した。

「まだ、大声を出す気力はあるようだ。先に進もう」

「はい」

サトシとファナは普通に歩き始めた。ただ、ちょっと足の裏に魔力を加えて歩いているため、踏み出す力が強く、かなりスピードは速い。魔大陸を一緒に旅してきたファナもサトシのスピードに慣れ始めてしまっている。

「ところで、サトシさん。大丈夫なんですか？」

唐突にファナがサトシに聞いた。

「何が？」

「軍学校の大会ですよ」

「大丈夫じゃないか。闘技場はナーディアが監督してるんだし、ドラゴニオンのドラゴンライダーたちも意外と真面目《まじめ》だったし」

大会のため建設中の闘技場は順調だと、プリマとリアからも連絡を受けていた。サトシはカンパリアのラーダという町を襲ったドラゴンライダーたちを捕まえ、建設作業員として使っている。ドラゴニオンのドラゴンライダーたちは、学校で出される飯に胃袋を摑《つか》まれ、魔大陸に帰りたくない、という者までいるという。なんでも捕まえてみるものだ。ちなみにドラゴンライダーが乗っていたレッドドラゴンも闘技場建設予定地に連れていったのだが、近くの山に愛人ならぬ愛竜を見つけたようで、足繁く通っているのだそうだ。爆発しろ！

冒険者仲間のクロワとメルはラーダを出た日の夜に、箒《ほうき》を届けたら、ずっと空を飛びながら箒の上で組手をして遊んでいるらしい。

ナーディアは学校の食堂の料理長であるエリザベスと仲良くなり、二夜連続で飲み明かしている。意外にも二人は恋話《コイバナ》をするのだという。サトシの学校のルームメイトであるリアが風呂に行く時に聞いてしまったらしい。

「大会はどうにか開催ができると思うよ」

「そうじゃなくて、優勝しそうなんですかってことですよ」

「え？　優勝？　別にどうでもいいよ。そういうことは」

「よくありませんよ。首席になれば、学校では一目置かれ、冒険者としても優遇されると聞いてますよ。冒険者時代、バカにしていた奴らを見返してやりましょうよ」

「ん？　冒険者時代？　なんでファナが知ってるんだ？」

ファナは魔大陸からサトシの奴隷になったので、冒険者時代のことを知らないはずだ。クロワとメルに会う前のサトシは田舎《いなか》の町で周囲の冒険者やギルド職員から軽んじられて生きていた。サトシとしては適当に魔物を狩って本さえ買えればいいと思っていたため、あまり冒険者のランクには興味がなかったし、周囲の者も異常なレベルのサトシをなにかおかしな薬でも飲んで数値を誤魔化《ごまか》している見栄っ張りな奴だと考えていた。

「い、いや！　メルさんに聞いたんですよ」

「そうか……。冒険者時代って、今でも僕は冒険者だよ。っていうか、僕はバカにされてたのかぁ……気づかなかったなぁ」

サトシは田舎に住んでいた頃、あまり人の目を気にしていなかった。

「ん～……もうちょっと上位ランクに行こうとか、尊敬される人になろうとか、ないんですか!?」

「ない！」

ファナは衝撃を受け、一瞬固まった。

「どうしてですか！　そんなに能力があるのに!!」

「能力？　ないよ～。普通だよ、僕なんか。ごく普通の冒険者だよ、僕は」

「普通じゃありません！　普通の人はおでこに槍《やり》が刺さったら死にます！」

サトシはラーダの町のコロシアムで、飛んできた槍が額に刺さったことがある。

「そうかなぁ。ファナも槍が刺されればわかるよ。あのくらいじゃ死なないって」

「死にます。私なんか魔境のアマゾネスにかかれば瞬殺です」

「そうは思わないけど」

ファナはサトシから訓練を受けていたため、そんなに弱くはないはずだ。

「だいたいどうしてそんなに優勝する気がないんですか？」

「だって優勝すると首席になっちゃうだろ？　首席になっちゃうと、学費が免除になる。僕は冒険者でちゃんと稼いでるからいいけど、優秀なのに学費が払えなくて辞めなくちゃいけない学生だっているんだ。そういう学生が首席にふさわしいと思うんだよ」

ファナはサトシの言葉に少しだけ面食らったが、持ち直した。

「何を言ってるんですか！　世の中は理不尽に溢《あふ》れているんです。特にサトシさんは理不尽の極みみたいな人なんですから、学生たちに知らしめればいいんです！　だいたいそういう人には奨学金という制度があるんじゃないんですか？」

「よく知ってるなぁ。ま、そうなんだけどね。本当言うと、あんまり目立ちたくないんだよ」

「十分目立ってますよ」

「そうかなぁ、これでも目立ってるつもりはないんだけど。あんまり敵とか作りたくないんだ。普通に冒険者をして、普通の学生生活を送る。時々、人助けして、時々、便利なものでも作れたらなぁ、くらいにしか考えてないんだよなぁ」

「欲がない人ですねぇ」

「欲はあるよ。大会でもそこそこの活躍をして、そこそこモテようと思ってるし。そして、僕は彼女を作って、パラダイスな学校生活を送ろうと思っている」

「え⁉　彼女作るんですか⁉」

「いいだろう！　彼女くらい作ったって！　学生のうちにいろんなことを経験するつもりだよ、僕は！」

「サトシさんにはプリマさんやリアさんがいるじゃないですか！」

「ああ、プリマとリアはただのルームメイトさ」

「じゃあ、メルさんは？」

「メルはただの冒険者仲間」

「ナーディアさんやキリさんは？」

「僕が一方的にファンってだけだよ」

ナーディアというのは魔道具師仲間で、キリはさっき話していたサトシに槍を刺した魔境の国のアマゾネスだ。ファナはこれだけ周りの女性に好かれていながら、全員恋愛対象にしていない主人に苛立《いらだ》ちを覚えた。

「ん～ダメです！　サトシさんはダメ人間です！」

「なっ！　いきなりなんだよ。ずいぶんひどいこと言うじゃないか」

「いいんです！　人の気持ちがわからないようなサトシさんはダメ人間です！」

「君は僕の奴隷だろ、もう少し、僕に……」

「そうです！　私は奴隷ですからね。何も言う権利なんかありません！　なのに、ご主人様に酷《ひど》いことを言いました！　どうぞ罰を与えてください！　それが主人というものです！」

ファナは両手を広げて、涙目でサトシに食って掛かった。どうにかして自分の主人に人の気持ちを考えてもらいたい。その一心で自分が犠牲になってもいいと、ファナは考えていた。

サトシはファナのあまりの剣幕に、目を閉じ、自分がダメ人間かどうかを考えた。すぐに答えは出た。

「確かに僕はダメ人間だ。あんまり人の気持ちを想像できてないかもしれない。ファナの言うとおりだ」

サトシは、いじけるように道の脇にある藪《やぶ》の枝をパキッと折る。

「サトシさん……」

ファナはようやく自分の主人が人の気持ちを理解し始めたのだと思い、こみ上げてくるものがあった。ダメなご主人様だけど私は一生サトシさんにお仕えしよう、とファナは思った。

「ま、でも、罰は罰だから」

「へ？」

「はい、この枝を二本、鼻と下唇で支えて」

サトシは、小枝をファナの鼻の穴と下唇の間にはめた。

「は、はの、はとしさん？」

「ファナ。似合ってるぞ。しばらくそのままで」

サトシが先ほど考えていたことは、生まれた時から、ダメでなかったことなどない気がするということだ。変な老婆に拾われ、冒険者になってもランクは上がらず、暇つぶしにずっと本を読んでいただけ。正直、人付き合いは苦手だ。だからこそ、自分のダメさがあまり目立たないように地味に暮らしてきたんだ。それを今更言われてもなぁ……。それに、ちょっとくらい僕だって、彼女が欲しいとか思ったっていいだろ！　思う分にはタダのはずだ！

後ろからやってきたサイラスはファナの顔を見て、腹を抱えて転げまわって笑った。ファナは、魔法でサイラスの時間を数秒止めて、タコ殴りにしていた。


国境にはHの形をした門があった。

門をくぐる際、サトシは衛兵たちに通行許可証と魔道具師ギルドのカードを見せるとあっさり通してくれた。というか、門の衛兵たちは通行許可証や魔道具師ギルドのカードより、ファナの顔が気になるようで、ずっと笑いをこらえている様子だった。

ファナの顔も真っ赤だった。

「ファナ。ふざけてないでこちらに来なさい」

サトシの言葉に、ファナは鼻と下唇に挟まった小枝を取って捨て、サトシの後についていった。

サトシたちが門を出ると、後ろから、笑い声が聞こえる。ファナはぷるぷると怒りに震え、サトシを睨《にら》みつけた。

「サトシさん！」

「罰を与えてくださいと言ったのはファナだぞ」

「だからって！」

「わかったわかった。奴隷の不始末は主人の不始末だ。僕も同じ罰を受けよう」

サトシは道脇の藪の枝を折って、自分の鼻の穴と下唇に挟んだ。

「どうら？」

「くっ……バカにしか見えません」

ファナは笑いを我慢しながら言う。

「これは人が幸せになる顔らな」

などと遊びながら、道端の草むらに腰をおろしてサイラスが来るのを待った。どうやら門で揉《も》めているらしい。

ラリックストーンへはドラゴニオンの谷を越えなければならず、道がわからないサトシとファナにはサイラスの案内が必要だ。

空飛ぶ箒で空を飛んで行けばいいのだが、国境もあるし、不法入国などでいちいち揉めるのは面倒だ。

それにラリックストーンに入ると、嫌でも面倒事に巻き込まれそうなので、四日後に控える学校の大会をこの旅の間に済ませておきたかったのだ。

「もし、そこの旅の者」

サトシとファナがふざけた顔で遊んでいると、首や手首などがウロコで覆われた老婆が声をかけてきた。老婆の後ろには、お付きと思われる槍を携えた若者と、竜の魔物の一種であるコドモ・ドラゴンの馬車が止められていた。コドモ・ドラゴンは馬よりもちょっと大きいくらい。

サトシは慌てて、枝を取り老婆に向き直った。

「なにか、御用ですか？」

「本来、私ほどの魔族があなたたちのような下賤《げせん》の種族に聞くことなどないのだが、カンパリアのラーダ方面でドラゴニオンのドラゴンライダーを見なかったか？」

「見ました」

「そうか！　どこに行ったかわかるか？」

「たぶん、向こうです」

サトシはベランジアの方、つまり闘技場を建設している西を指差した。嘘は言ってない。

「では、すでにこの国に戻っているということか」

「さあ、そこまではわかりません」

ギルドに捕まったことは極秘ということになっているし、ベランジアで闘技場を作らされていることもギルド職員すら知らないので、隠しておいた。どうせ言ったところで信じないかもしれない。

「いや、助かった。まったくあのバカ息子はどこをほっつき歩いとるんじゃ」

老婆は、サトシたちにもう用はないと言うように、馬車に乗り込み、どこかへ去っていった。お付きの魔族はサトシたちに鉄貨が入った袋を渡しながら、にこやかに挨拶をしてきた。

「いやぁ、どうも。これは情報のお礼です」

「あ、どうも」

サトシは断る理由もないので、情報料として袋を受け取った。

「いやぁ、しかし暑いですなぁ」

お付きの魔族は、馬車を追うわけでもなく、サトシの隣に座った。確かに、日差しはキツい。

「あの、追わなくていいんですか？」

「ああ、いいのいいの。どうせ家に帰るだけだから。それよりもカンパリアからですか？」

サトシは土埃《つちぼこり》を上げて進んでいる馬車を指差しながら言う。

「ええ、そうです」

「いいですねぇ。俺も外国を旅してみたいなぁ」

お付きの若者は外国に憧れているようだ。

「ドラゴニオンの方は、あまり違う国には行かないんですか？」

「ええ、あんまり行かないですね。ちゃんとした理由がないと、なかなか許可が降りないんです。だから、あいつらずるいんですよ。上の許可もないのに、ラーダに突っ込みやがって」

「ドラゴンライダーたちですか？」

「ええ。一応、俺は彼らの同僚なんですけどね。今、魔大陸にヒューマン族が一人やってきてるっていう噂《うわさ》知ってます？」

「ええ、聞いたことはありますが……」

自分がそのヒューマン族だとは言えない。しっかり魔族の変装をしているのだから。

「あれ、実は噂じゃなくて本当らしくてですね。ラーダの町に潜伏してるっていう情報が入ったんですわ。あいつら、それに乗じて『同盟国が侵略されてるので、火急に対処する必要がある』なんて理由つけて、飛び出していっちまったんですよ。今頃何をやってるんだか。帰ってこないところを見ると、よっぽど外国が面白いらしいや。はぁ〜、俺も行けばよかったなぁ」

「面白いかどうかわかりませんよ。捕まってる可能性だってある」

「いやいや、捕まってるなら、この国だってあんまり変わりませんよ。どうせ捕まるなら外国がいい。ははは、いやいや初対面の人に愚痴る話でもなかったですね。すいません」

「いえいえ。ドラゴニオンの方はもっと頭が固いのかと思ってました」

サトシは思った以上にフランクに何でも話すドラゴニオンの若者に好感が持てた。

「ああ、それは祖父や祖母の世代までですね。今の若者たちはほとんど外国に行くことを夢見る奴らですよ」

「あ、ようやくサイラスさんが出てきました」

ファナが門の方を指差しながら、言った。サイラスは心底疲れた様子。騎士でも国境警備兵に信用されない人がいるんだな、とサトシは思った。

「あ、お仲間ですか。では、俺はこれで、また会った時に外国の話を聞かせてください」

「ええ、また」

ドラゴニオンの若者は、そう言うと馬車が行った方向に走っていった。

「サイラス。遅いぞ」

「いや、あいつら僕がラリックストーンの騎士だからといって、質問攻めにしてきたのだ。家柄が優秀というのも困ったものだ。ハハハ」

サトシとファナはサイラスの話を爪を見ながら聞いていた。

「早いとこ宿を取ろう。日が落ちる前に、闘技場の様子を見に行きたいんだ」

サトシとファナはとっとと歩き始めた。

「ちょっと待ってくれ。少し木陰で休まないか？」

「僕らは十分に休んだから」

サイラスの提案を無下に断り、ドラゴニオンの町へと向かった。サイラスは普段高飛車な割に実力と体力がない。それも悲しい運命だな、とサトシは思っている。


ドラゴニオンの町は谷を下ったところにあり、岩肌を削って作られていた。空からは見えないようになっており、隠れ里といった雰囲気だったが、ドラゴニオンの町は砦《とりで》などではない限り、どこもそうらしい。

基本的に、町行く魔族たちは皆肌にウロコがある者たちで、馬車も亜竜の魔物だ。ワイバーンも荷運びなどで活躍しているようで、谷の空は交通量が多い。兵士たちは皆、レッドドラゴンを使役しているようだ。

谷の底は干からびた川で、雑草が生い茂っている。水源や畑はどうしているのだろうと考えていたら、谷の岩肌には幾つものダンジョンや水脈があり、そこから得ているのだと、サイラスが教えてくれた。知識だけはあるようだ。

「ダンジョンで作物を作ってるとはね」

「見たことはないが、光を取り入れる技術があるらしい」

光魔法か何かだろうか。後で、闘技場を建設しているドラゴンライダーたちに聞いてみよう。

ドラゴニオンの町・ムシュフシュに辿り着いたのは夕暮れ時だった。谷はすっかり影に隠れ、空だけがオレンジ色に輝いている。

町で一番の安宿に泊まることになった。サイラスには予算があまりないらしい。騎士のくせに大丈夫なのだろうか。

とりあえず、ひと部屋を与えられ、三人で泊まることになったが、ベッドがどう考えても一人用。仕方がないので、サトシとファナはベランジアにある学校の方に泊まることにした。

「じゃ、また明日」

「え？」

ポカン顔のサイラスを置いてサトシとファナは煙のように消えた。

魔大陸から西に位置するベランジアでは、まもなく夕方という時分であった。

闘技場は着々とできあがっていっている様子。ドラゴンライダーたちも声を掛け合って作業にあたっていた。

「お疲れ様。どう？」

サトシが現場で指示しているナーディアに聞く。

「お、もう夕方か。サトシがサボったせいで全然進まないよ、って言いたいところだけど、意外にドラゴンライダーたちが働いててね。順調だよ。この調子なら間に合うんじゃないか」

「あ、お疲れ様です！」

「「「お疲れ様です！」」」

頭にタオルを巻いて、すっかり作業員と化したドラゴンライダーたちがサトシに挨拶をしてくる。

「僕のことなんだと思ってるんだろうな？」

「私が現場監督だから、サトシは建設会社の社長かなんかじゃないか」

サトシの疑問に、ナーディアが答えた。

「おーし、お前ら、今日の作業は終わりだぁ～！　サトシから、肉の差し入れがあるから、今日の夕飯は期待しろよ～！」

「やったぁ!!」

「「「あざっす!!」」」

一斉にドラゴンライダーたちがサトシに向かって頭を下げる。ナーディアにはついこの前彼らを預けたばかりだというのに、訓練されすぎじゃないか。

「ということだから、何か狩ってきてくれ」

「人をコンビニみたいに使うなよ」

「コンビニ？」

「いや、なんでもない。ファナ、プリマとリアに今日泊まるって言ってきて」

「はい」

サトシは煙のようにその場から消えた。


ベランジア王国王都ベラルーシア上空。空飛ぶ箒の上に立ったクロワとメルが、驚異的なスピードで、ぶつかり合っている。風を切る音と、接触時の肉がぶつかり合う音が、夕暮れ時の空にこだまする。上空のため、空気が薄くどちらも息切れしていた。

サトシが見る限り、二人とも相手の急所を狙った攻撃を繰り出しているのだが、地面ではないため足で踏ん張ることができない。それゆえ魔道具である空飛ぶ箒の上に立ち、ぶつかる瞬間だけ一気に魔力を足に集中させて殴り合っていた。空飛ぶ箒を渡したばかりなのに、特性を理解し空中での戦い方を自分のものにしつつある。

サトシはそんな二人の間に現れた。二人はサトシにぶつかることなく、なにかに弾かれたように体勢を崩した。

「何をするんじゃ」

「なんだ、サトシか」

「なんだもなにもないですよ。二人とも安全装置の空間魔法切ってるでしょ。せっかく風除《よ》け用に魔法陣を描いておいたのに」

サトシは風魔法で自分の体を浮かせながら言った。

「あれがあると、組手にならんからな」

「ふふふ、すでに私たちは空中戦でも結構イケると思うぞ」

クロワとメルは箒の上で立ちあがり、バランスを取りながら、腕を組んでいる。二人は元軍人で、総帥と諜報《ちょうほう》部隊長まで上りつめており、新しい魔道具にも適応力があるようだ。

「まったく、朝からずっと二人で組手してたんですか？」

「へ？　あ！　もうこんな時間か！」

「しまった、やり過ぎたようじゃ！」

これだからバトルジャンキーどもは！　とサトシは心のなかで叫んだ。

「ま、いいや。ここら辺で美味《おい》しそうな魔物を見かけませんでした？」

「あ、それなら、向こうの山の方にワイバーンがいたな」

「あとは、あっちの山脈の方にデスコンドルがおったぞ」

「ワイバーンはドラゴニオンでは重宝されてるようだったから、デスコンドルにしますか」

「なんじゃ、夕飯か？」

「そうです」

「なら私たちも行くか」

三人で西の山脈に向かい、デスコンドルを狩ることにした。デスコンドルはその名の通り、即死系の魔法を放ってくる。とはいえ動きは速くないので、大丈夫だろう。

「あ、いた」

メルがデスコンドルの群れを指差した次の瞬間には、サトシが空間魔法で移動し、魔力の糸で群れごと締め上げる。少し離れていた場所にいたデスコンドルたちがサトシに気づいた時には、クロワとメルが、それぞれデスコンドルの首を切り落としていた。

サトシは、クロワとメルとともに、時空魔法で厨房《ちゅうぼう》の裏手に移動した。

料理長のエリザベスに、八体のデスコンドルを渡す。

「こんなに獲《と》ってきたのかい？　相変わらずだねぇ。解体するの、ちょっと手伝っておくれ」

サトシたちは、デスコンドルの羽を毟《むし》る作業を料理人たちと一緒にやった。そのうち、ナーディアたちもやってきて、手伝ってくれる。

「これは、後で羽毛布団にしようか」

毟りながら、ナーディアが言う。

「いいねぇ。ナーディア頼む」

「お金は取るよ」

ナーディアが新しい商品を考えている間に、毟り終わったデスコンドルが厨房の裏手に作った即席の竈《かまど》で丸焼きにされていく。学校の料理人たちは、内臓を抜いたデスコンドルの中に香草を入れ、臭みを消していた。

しばらくすると、肉汁が滴り脂が弾けるような音がする。香ばしい香りが脳天を突き抜け、自然とよだれが口の中に溢れてくる。

学校中にデスコンドルの焼き鳥の匂いが充満する頃には、学生、教師問わず、ほとんどの学校関係者が厨房の裏手に集まっていた。

あとは、そのまま宴会になだれ込んでいった。学生たちはクロワとメルに酒を飲ませて教えを請おうとしていたようだが、二人とも「次の時代は空中戦だ。バランス感覚のない奴は軍では生き残れないぞ」などと学生たちには通じないことを言っていた。よほど空飛ぶ箒が気に入ったらしい。

サトシは二人をおいてとっとと自分の部屋で寝た。


翌朝、サトシはドラゴンライダーたちとともに、闘技場を作っていた。初めは、「我々がやりますから、止《や》めてください！」などと言っていたドラゴンライダーたちも、土魔法で枠を作り、コンクリートを流すという早業に何も言わなくなった。ドラゴンライダーたちは全て手作業のため、時間がかかっていたが、サトシなら魔法で手も汚さずにどんどん作業を進めていく。

「ほら見ろ！　サトシがやったほうが速いんだ」

「どうせ、乾くのに時間がかかるんだ。誰がやっても時間はかかるんだよ」

ナーディアの文句に、サトシは軽く返す。

「それで、ドラゴニオンに着いたんだけどさぁ。どこか観光地ってないかなぁ？」

作業をしながら、サトシがドラゴンライダーたちに聞く。

「ラリックストーンに向かうんですよね？」

一通りサトシの魔大陸での話を聞いていたドラゴンライダーが尋ねた。

「そう。でも、依頼がなんかめんどくさそうなんだよなぁ。向かう途中で大会も済ませちゃいたいしさ。ドラゴニオンでしばらく滞在してから行こうと思ってね」

「はぁ、そうなんですか。ま、だったら、ドラゴンライダーの訓練施設か、ダンジョンなんかどうでしょう？」

「ダンジョン？　いいねぇ」

「マクロネシアのダンジョン都市よりは劣りますが、うちの国には古竜が住むというダンジョンがあります」

「ほう」

マクロネシアというのはカンパリアの北、ドラゴニオンと魔境の国の間にある小国で、とても深いダンジョンがあるのだそうだ。「あの国は、ほとんどダンジョンで食っていってると言って過言ではないな」とナーディアが言っていた。

マクロネシアにはいずれ行くとして、古竜が住むダンジョンについて聞いた。

「一応、一階層は観光スポットになってますね。二階層は我々ドラゴンライダーや軍の戦士たちの訓練場として使われることもありますが、最近では誰も行かなくなりました」

「なんで？」

「闇竜やドラゴンゾンビなんかも出るらしくて、危険なんですよ」

危険だから訓練になるんじゃないか、と思ったが、サトシは言わないでおいた。ヒューマン族と魔大陸の戦争が終わって三〇〇年も経《た》っているのだから、あまり個々人の強さは必要ないのかもしれない。魔大陸では魔道具のほうが重要視されているようだ。

「一通り終わったかな。とりあえず、これで乾かそう」

サトシが手伝ったおかげで朝のうちに今日の工程を済ませてしまった。

「なんじゃ、終わりか？」

ちょうどクロワとメルが闘技場建設地に皆の弁当を持ってやってきた。

ちなみにメルはすごく顔のでかいおじさんの変装をしている。アホの子なのかな。

「おい～大丈夫か？　サトシよ」

そのアホが聞いてきた。

「何が？」

「プリマとリアはかなりの特訓を積んでいるようだぞ。果たして大会で勝てるかな？」

「そうなのか」

そういえば、二人は昨夜、同室で寝ていたにも拘《かか》わらず、サトシのベッドに潜り込んでくるようなことはしなかった。むしろ、疲れて爆睡という感じだった。

「そうか。そしたら、俺も古竜のダンジョンで修業でもしてくるかな。ファナ！」

「……は!?　はい!?　なんですか？」

木陰で眠っていたファナが起きた。朝方起こされて、サトシが作業をしている間中、水袋を抱えたまま眠っていたのだ。

「行くよ！」

「え？　どこにですか？」

「ドラゴニオンだよ。古竜のダンジョンがあるらしいんだ」

サトシは眠そうなファナを抱え、時空魔法の魔法陣の上に立った。

「それじゃ、また、夜に来るよ」

「はいよ」

ナーディアが返事をすると、サトシとファナは、煙のように消えた。

「お主ら、暇か？　稽古でもするか？」

クロワがドラゴンライダーたちに聞く。

「「「おっす!!」」」

最近、クロワとメルから武道の指導を受けているドラゴンライダーたちは、すっかりクロワとメルに心酔している。武道の身体の動かし方など学んだことすらないらしく、手首を摑んで投げる小手返しのような投げ技がとても新鮮だったようだ。クロワたちも、筋肉はたくましいのに姿勢が歪《ゆが》んでしまっているため攻撃されると簡単に体勢を崩しやすく、すぐ急所を突かれるようなドラゴンライダーたちの身体にもどかしい思いをしていた。

「あたしは、おやつでも食べに行こう」

ナーディアはエリザベスとダベりに学校の食堂に向かった。

サトシとファナはサイラスを叩《たた》き起こし、宿を出た。サトシは魔族に変装済みである。

「いったいなんだ？　こっちは朝飯も食べてないんだぞ！」

サイラスが文句を言って、鏡を見ながら寝癖を気にしていた。ラリックストーンの騎士は見た目が重要らしい。もう少し身体を鍛えたほうがいいんじゃないか、とサトシは思った。

「ま、どうでもいいけど、お腹《なか》へってるなら、この弁当食う？」

こっちは一仕事終えてんだよ！　という気持ちを抑えて、サトシはサイラスにエリザベスの弁当を渡した。

サイラスは初め、「毒でも入ってるんじゃないか⁉」などと言っていたが、一口食べたら、「君たちはいつもこのような美味なるものを食べているのか⁉」と驚いていた。

サトシとファナはムシュフシュの町の屋台で、中に魔物の肉が入った饅頭《まんじゅう》と、味の薄いヌードルを買って食べた。

ヌードルは味が薄かったが、唐辛子のような物が入っており、それをかじりながら食べると、とても美味しかった。

ファナは辛いものが苦手のようで、ヒーヒー泣きながら、食べていた。

屋台の店員の話では、ドラゴニオンの料理はすぐできるものが多いという。

ドラゴンライダーや洞窟で仕事をする人が多く、持ち運びに便利な料理か、すぐにできて美味しい料理が発達したんじゃないか、と言っていた。時間のかかるような料理もあるにはあるが、元老院にいる政治家や接待をする奴隷商くらいしか食べないのだとか。

魔物の肉も、亜竜やトカゲの魔物、コウモリの魔物など洞窟に生息している魔物の肉しかなかった。どれも肉は白く、味は淡白なのだという。サトシは肉屋でいろいろな肉を味見させてもらい、ベランジアの森にいた魔物よりも臭みがないことに気がついた。ドラゴニオンの谷には魔物の餌となる植物や果実は種類が限られているので、匂いがそんなにきつくならないのかもしれない。

野菜や小麦などの畑は洞窟にあるのだという。洞窟内で作るとあまり雑草がはえてこないのだとか。

洞窟でどうやって育てているのか気になったので、今から農作業に行くという魔族に付いて行くことにした。

サイラスはすでに飽きていて、農作業に行くという魔族に対しても「なぜ、そんな肉体労働をしたいなんて思ったんだ？」などと聞き、失礼な態度を取っていたので、サトシが「次に泊まる宿を探してこい」と命令し、ちょっと離れてもらった。

「邪魔者が消えましたね」

ファナが言った。

「一応、ラリックストーンへの案内人だから、そう邪険にもできないんだけどね。どうしても目に余る」

洞窟にある畑は、水源から水を引き、小さな穴から入る日光を無数の魔石で増幅させ、植物に当てていた。

魔石は何百年も前から使われている物だそうだ。

畑のある洞窟は空間としてはかなり大きく、畑は何層にも分かれていた。

サトシは思わず「ビル野菜」という言葉が出かかったが、洞窟で育てているので「洞窟野菜だな」と言うと、ファナは「何言ってんだこの人」という目でサトシを見た。

野菜自体は、大きくなるものは少ないらしいが、畑の数が多いので、ドラゴニオンの分ぐらいなら賄えるという。特産だという牛蒡《ごぼう》やホワイトアスパラのような野菜が多かったが、緑黄色野菜もちゃんと育てていた。

畑の隣では魔族の女性たちが、採れた野菜を漬物にしていた。洞窟の中はあまり気候や気温の変化がないので旬がなく、育ったものを保存できるようにしているという。

「ドラゴニオンは海に面してないから塩を得るのが大変でね。漬物も味が薄くなってしまうことが多いんだ。野菜も自国産のものより、輸入品の方が安いので、なかなか難しい」

説明してくれた魔族は頭を掻いていた。

「これちょっと食べてみる？」

サトシが作業を見学していると魔族の女性から漬物をもらった。

「美味しい！　この香りは柑橘《かんきつ》系の果物が入ってるんですか？　これ売ってください！」

ゆずのような香りがする、ほんのり甘い大根のような根菜の漬物で、サトシはもう一つ食べたくなってしまった。

「そう言ってもらえると嬉《うれ》しいね。でも最近の若者はドラゴンライダーのような花形の職業に就く子が多くて、農作業をする若い奴がいないんだよ」

サトシは、どこかで聞いたような話だ、と思いながら根菜の漬物を買い取った。

すっかり仲良くなった農夫たちに古竜のダンジョンへの道を聞いた。

観光客からは「古竜の洞窟」と呼ばれているらしく、時々、古竜の鼾《いびき》が聞こえてくるのだとか。

「古竜なんかいるかどうかはわからないぞ。鼾って言ってるけど、たぶん隙間風が鳴っているだけだと思うんだがなぁ」

「三〇〇年前の戦争の時にはいたらしいから、今頃ドラゴンゾンビになっているかもしれない。二階層に行くなら気をつけろ」

農夫たちは心配そうに手を振ってサトシたちを見送ってくれた。

ファナはアイテム袋の中の回復薬などを確認し、サトシに伝える。足りなければ作ろうと思ったが、ファナが時間ある時に作っていたらしく、その心配はなかった。

第二話　古竜と魔法陣

町を二つほど通り過ぎた谷の奥深くに古竜の洞窟はあった。

古竜の洞窟はそれほど人気の観光地でもないらしく、そんなに魔族は多くなかった。

やる気のない兵士が所々にいて、あくびを嚙み殺している。立ちながら眠るという器用な兵士の横を通り、二階層へ進んだ。

ドラゴンフライというトンボに似た亜竜の魔物や、ポイズンサラマンダーという毒性の強い山《さん》椒《しょう》魚《うお》の魔物などがいたが、ファナが時間を止めて、風魔法の魔法陣が描かれた刃が出る果物ナイフで切り捨てていった。

「サトシさんの出番はありません」

ファナは『時巡りの種族』という時魔法が得意な種族なのだが、サトシと出会った当初はあまり戦闘には使っていなかったようだ。今ではすっかりたくましくなった奴隷を見ながら、サトシは「あとは筋力だけだな」と頷《うなず》いた。

三階層からは、陰に潜む魔物やクサリリュウとかいう得体のしれない魔物が増えたので、サトシも加わった。特に危険もなく、五階層まで進むと、一気に魔物の気配が消えた。

隙間風だと思っていた音は、やはり魔物の呼吸音で、この先に古竜が眠っているようだ。大きな鼾と魔力の圧を感じる。

「サトシさん、本当にこの先に行くんですか？」

「え？　行かないの？　せっかく来たんだから、行こうよ」

ファナはサトシの裾を摑んで怯《おび》えながらついてきた。

「いざとなったら時間を止めて逃げればいいじゃないか」とサトシが言うと、「主人を置いて逃げる奴隷は地獄に落ちます」と首を振っていた。

さらに進むと奥から風が吹いてくる。

「竜の息吹《いぶき》⁉」

「いや、竜の寝息じゃないか？」

などと会話をしながら、鼾が聞こえる方へ向かう。

そこには山があった。山の表面には大きなウロコが見える。息吹に合わせて、ゆっくりと膨らんだりしぼんだりしている。初めて古竜を見たサトシの印象である。

サトシはファナの制止も聞かず、古竜に近づいてみたが起きる気配はない。ならば、とサトシはファナに指示を出した。

「ファナ。せっかくだから、ここに時空魔法の魔法陣を描いて、ドラゴンライダーたちが帰る時に使おう。ここから出入りできるようになれば、ドラゴンライダーたちも修業をしていたって言い訳もできるでしょ。ベランジアと連絡取ってくれ」

「え？　ああ、はい」

ファナは通信の指輪に魔力を込め、プリマかリアを呼び出す。

「す、すみません！　プリマさん、リアさん、お話が」

『……なに？　どうしたの？　ファナちゃん』

リアの声がする。

「近くにドラゴンライダーさんたちがいらっしゃいませんか？」

『いるよ。一緒にクロワ様に稽古をつけてもらってるところ』

「尻を触られていないか心配だ」

サトシが古竜の脇で、魔法陣を描きながら、口を出した。

「クロワ様にお尻を触られていませんか？」

ファナはサトシの言葉をそのまま伝える。

『いや、プリマは揉みしだかれてるけど、私は触られてないよ。ただ全裸になってはいけないって言われただけ』

聞いていたサトシは「変態どもめっ！」と心のなかで叫んだ。

『え？　なに、用件はそれだけ？』

「いえいえ、違います。ドラゴンライダーの方々が帰る時に『古竜の脇から帰れるようにしておく』とのことです」

『はぁ、わかった。とにかく、ドラゴンライダーたちにそう伝えればわかるんだね』

「ええ、たぶん」

その後、リアがドラゴンライダーたちに伝言している声が通信の指輪から聞こえた。

『なんか、よくわかってないみたいだよ』

「まぁ、いいよ。現物見せれば、納得するでしょ」

サトシの言葉に、ファナは苦笑いだった。

「とにかく、用件はそれだけです」

『はーい』

ファナは魔力を切って、通信の指輪をしまった。

ちょうどサトシも魔法陣を描き終わった。

「ん？　何かおかしい……？」

サトシが何か異変に気づいた。

「何がおかしいんですか？」

「ん～っと何かなぁ。えっと、今まであったことがなくなったような……あ、そうだ。古竜の髯が聞こえないんだ！」

サトシはポンッと手を叩いた。

「え？」

「……え？」

同時に振り返った二人が見たのは、白い髭《ひげ》を蓄えた筋骨隆々の老人の姿だった。竜種の中には人型に化けるものも存在している、という話は有名で、竜と結婚したという歴史も存在している。古竜がいなくなり、老人が現れたということは、この老人が古竜で間違いなさそうだ。

「フォフォフォフォ、客人とは珍しいのぅ。お主、ヒューマン族か、バカそうな顔をしておる。そして、そちらは時巡りの種族のお嬢ちゃんじゃな。その賢そうな顔は種族の誉れじゃ……ん？おかしいのぅ。時巡りのお嬢ちゃんは奴隷か？」

老人が指で丸を作って中を覗《のぞ》くように、サトシとファナを見ている。

サトシの変装を一発で見破った。

「は、はい！　私はサトシ様の奴隷です」

ファナが恐る恐る答える。

「なにゆえ、そのようなことになっておる。まさか、ヒューマン族に魔族が戦争で負けたか？」

「は、はい！　三〇〇年前の戦争で」

「あぁ、我の眷族《けんぞく》は何をしとったんだ、まったく……。時巡りの種族が北のモンスターパレードを止めてくれたというのに。まさか、あの女魔物使いが裏切ったのか？」

「モンスターパレード？」

サトシが口を挟んだ。

「なんだ？　お主。ヒューマン族なのに興味があるのか？」

「ええ、時巡りの種族がどうして、種族の大半を置いてけぼりにして魔都を動かしたのか、理由が知りたいです」

サトシは真正面から聞いてみた。以前、サトシはベランジアにある学校のダンジョン内で、魔族の『時巡りの種族』に関する『時巡りの魔都』の通過点を見つけたのだが、それがいったいなんなのかわからなかった。図書館にある書物を調べてみたが、まったく手がかりすら見つからなかった。

この古竜の爺《じい》さんは、歴史の証人かもしれない。

「えらく正直な物言いだが、ヒューマン族ごときには教えられん。のう、お嬢ちゃん」

「あ、あの私も知りたいです」

「はっ!?」

「私たち時巡りの種族は、三〇〇年前の戦争の時に、一番先に逃げた種族だと言われて、迫害を受けてきました。生き残っている種族の大半は奴隷落ちしました。歴史は真実なのでしょうか？　時巡りの種族として知りたいのです！」

一息にファナが言う。

急に古竜から、強烈なプレッシャーが放たれた。

「なんじゃとっ!?　どうなっておるぅぅぅうう!!」

古竜から、オーラをまとった膨大な魔力が沸き起こり、その衝撃で地面にヒビが入り、天井から石が降ってくる。

サトシは防御結界を作り、中にファナを入れ、魔封じの指輪を外した。洞窟の部屋全体に魔法をかけ、部屋そのものを強化。

強化した壁から、板状の固い岩を引き剝がし、古竜の爺さんを囲むように突き刺す。

サトシは囲んだ岩に重力魔法を素早くかけ、爺さんを押しつぶしていく。

古竜の爺さんは「負けるものか」と言わんばかりに、岩を持ち上げ抵抗する。

「ファナ！　二秒でいい！」

「もうっ！　わかりましたよ！」

ファナは全力で魔力を練り上げ、時間魔法を爺さんに向けて放つ。

止めた時間は二秒。その間サトシは、氷魔法で爺さんの脚を固め、光魔法を多重展開し、喉元のみならず、急所全てに向ける。古竜の爺さんの全身を光の魔法陣が覆ったところで、止まっていた時間が動き出す。

「動くな！　魔力を使うな！　動けば、手加減はしない！」

サトシは全力で魔力を練り上げて、古竜を威圧する。

濃密な魔力が部屋全体に満ち、サトシの右手に集中した。特に光魔法というわけではないのに、光り輝き始める。

ファナは息ができず、動けなかった。常識はずれの自分の主人の全力を肌で感じながら、古竜の爺さんよりも濃密な魔力に魔石が嵌《は》めこまれた片目が震えた。

「魔力だけで、光らせてみせるか……わかったわい」

古竜は持ち上げていた岩を放り捨て、手を上げた。

サトシは、自分の手のうちにある魔力を握りつぶした。ジュッという肌が焼ける音と煙が上がっる。

息を吐きだしたファナは、回復魔法の魔法陣が描かれた水袋からサトシの手に水をかけた。

「お主、なにものだ？」

「ただの冒険者ですよ。ごく普通のね」

「と言っているが……？」

サトシの答えに満足しなかった古竜の爺さんがファナに振る。

「この方の周りは皆、こんな人ばかりです。お気になさらないでください」

「時巡りの娘よ。そなたもかなりやるな」

「この方にお仕えしていれば、自然と」

ファナは古竜の爺さんに目もくれず、サトシの手を気遣った。

「いや、すまんな。あまりにも予測していた未来と違うから、混乱したのだ。許してくれ」

古竜は素直に謝った。

「ああ、いいんですよ。ファナ、もういいよ」

サトシはすっかり治った手を振りながら言う。

「どうやら、真実と違うことが広まっているようだのぅ。嘆かわしいことだ」

古竜の爺さんは何もない空間から、東洋の民族衣装のような服を取り出して、慣れた様子で着た。

左の中指にした指輪が、アイテム袋のような役割をしているようだ。

「時巡りの種族は逃げ出したりしておらんぞ。娘さんや」

「え？」

「誇り高き賢《さか》しい種族だ。あの者たちが、北からの脅威を止めていてくれたおかげで、ヒューマン族との戦争に挑めたんだ。それにしても、これほどヒューマン族が強くなっているとはな」

「……サトシさんはヒューマン族の中でも特殊ですよ」

ファナが答える。

「そうか。すでに魔族とヒューマン族は友好関係にあるのか？」

「いや、そこまで友好的というわけではありません。交易は行っているという程度ですかね。僕が初めての留学生ってことになっています。僕の周りはあまり差別意識がありませんが、ヒューマン族だというだけで、襲われそうになることもあります」

「それは！　……サトシさんの魔力量のせいです」

「ふん、どちらも頭が固いな。まぁ、ワシが言えたことではないがな」

「あの……時巡りの種族は何を止めたんですか？」

ファナの疑問に、古竜の爺さんが眉間にシワを寄せた。

「モンスターパレードは、もう起こっていないのか？」

「モンスターパレード？」

「六〇年に一度、魔大陸北方のシュラケ山とマハル山の間より押し寄せてくる、魔物の大発生のことじゃ。知らんのか？」

「知りません。今はシータ国という国ができており、あまり他国と交流しないもので」

ファナの答えに、古竜の爺さんは顎を撫《な》でる。

「シータ……どこかで……」

「女性の魔物使いが建国したと言われているのですが……」

「おおっ！　なるほど、奴か」

「知っているんですか⁉」

「ああ、ここに挨拶に来たからな。そういえば、アヤツも変装をしたヒューマン族だったな」

「「えっ⁉」」

サトシとファナが同時に驚きの声を上げた。

「しきりに『冒険者と魔道具師の戦争を止めたい』と吐《ぬ》かしておった。そうか、北方に国を作ったか。魔大陸まで来て、何をやっておったのやら」

「あなたは戦争に行かなかったんですか？」

「ああ、弟子どもに止められてな。ここで国を守っていてくれと言われた。すでにワシよりも強い竜がいたしなぁ。あまり役には立たないだろうから、ここで、強き者が来るのをずっと待っておった。ヒューマン族は魔大陸を滅ぼしたわけではないのだな」

「ええ、早々に勇者が魔王を討ち滅ぼし、双方とも被害は少なかったと言われています」

「魔王か……不憫《ふびん》な男だったな。人の意見を聞きすぎたのだ。民に言われるがまま戦争を始めたのだ。最前線にでも立たされ、死んでいったのだろうよ。そうか、して、今の魔王はどこの国から？」

遠い目をした古竜の爺さんが聞いた。

「今は魔王はおりません。魔大陸六国、小競り合いが多少ありますが、平和を保っております」

「魔王がいない!?　いや、それはありえぬ！　どこかの国が隠しているのか？　本人が表に出てきておらぬのか？　魔王が死ねば、必ず次期魔王が現れるはずじゃ。勇者はどうじゃ？」

古竜の爺さんが目を見開き、再び混乱している様子。

「勇者がいるとは聞いてませんね。もしかしたらいるのかもしれませんが」

「ふむぅ。解せん！　魔王がいなければ魔族の種族全体の力関係が変わってしまうではないか。世界の理《ことわり》がここまで変化したというのか？」

その後、現実を呑《の》み込もうとウンウン唸《うな》り始めたので、

「良かったら、あなたの眷族を連れてきましょうか？」

「お、おう！　そうじゃな！　それがいい！」

そういうことになった。

ドラゴンライダーたちが、クロワに武道の訓練を受けているところを、サトシが半ば強引に古竜の洞窟へと連れてきた。

クロワ、メル、ナーディアも一緒についてきた。プリマとリアは学校でお留守番。大会に備えるため、なるべくサトシと距離を取りたいらしい。

ドラゴンライダーたちが古竜の爺さんに自分たちが教わった歴史を伝えると、古竜の爺さんは頭を抱え、何度も地面を叩いた。ドラゴニオンは冒険者との戦争が終わった後、自分たちが戦争で最も活躍した功労者だと思い込んでいたらしい。魔大陸の平和はドラゴニオンが守っていると勘違いし、軍備にばかり金をかけていた。しかし、それ以降大きな戦争はなく、魔大陸の中で小競り合いがあった程度だった。その結果、魔道具の技術は上がらず、商業も発展せず、魔大陸の中では軽んじられることとなった。プライドの高いドラゴニオンの民たちは魔道具や商業を学ぼうとするわけもなく、歴史を重んじ他国ともあまり関わらなくなっていったという。

ドラゴンライダーたちは戦争を知らない世代で、さらに他国へのあこがれもあったので、自分の国のことも客観的に見えているらしい。

一通り話を聞き終わった古竜の爺さんは洞窟から出ていった。

ドラゴンライダーたちは、「まずいこと言ったか」「ヤバイ」などという顔をしながら古竜を追った。面白そうなので、サトシたちは後をついていくことに。

古竜の制裁は一言で言うと苛烈だった。

元老院の議員たちが集まっている建物を土魔法の極太の槍で、一気に空へと突き上げた。谷底から尖《とが》った山が急に現れ、周囲のドラゴニオンの魔族たちは恐れおののいている。

「我、幾千と有余年を生きる岩竜なり！　ドラゴニオンの民よ！　強く誇り高き我が眷族よ！　悔い改めよ！　弱き指導者などいらぬ！　年齢、種族は問わぬ、我と戦い、我が認めた者をこの国の指導者とする！」

古竜の言葉は硬い岩盤の谷に反響していった。

「魔族はわかりやすくていいな！」

クロワがつぶやいた。

ドラゴンライダーたちは自分たちが古竜に語った歴史によってこんなことになったため、おろおろとしている。

突如、外の景色が変わった議員会館は、大混乱だった。その中で古竜の言葉を聞き、現状を把握したのは一部の若手議員で、土槍の突端から下りて来られたのも若手議員のみ。若手議員の一人が古竜の前に膝をついて頭を下げた。

「古竜様、ドラゴニオン下院議員のネルトと申します。いかが致しましたか？」

「いかがだと!?　それはお前たちだ。見ろ！　ヒューマン族が三人も侵入しているが、いったい何をやっている!?」

古竜がサトシたちを指差しながら、ネルトという若手議員に怒鳴った。

ネルトは立ち上がり、サトシたちの側《そば》にいるドラゴンライダーたちに向かって、

「何をしておる！　即刻、そいつらを捕らえよ！」

と、八つ当たりのように叫んだ。

「不可能です」

「ムリです」

「殺されます」

「国を潰す気ですか？」

ドラゴンライダーたちは冷静に返した。

「ふざけているのか⁉」

こめかみに青筋を立てて怒るネルト。

「ふざけているのはお前たちだ。先人から何を学んできたのじゃ……嘆かわしいことだ。相手の実力も測れなくなったか。議員と言ったな。我が眠ってから三〇〇年経った。この国の現状について申してみよ」

古竜がネルトに呆《あき》れたような口調で言う。

「はっ！　三〇〇年前と比べ、魔大陸広しといえども並ぶものなき国へと発展しました！」

「戯《たわ》けが！　この国の現状はなぁ、そこのヒューマン族一人によって生かされているにすぎん！気変わりをして怒らせれば、こんな谷など瞬《またた》く間に灰燼《かいじん》に帰す。良いか！　決して対等だなどと思

うな！　我より強い者が最低条件だ。強き者をこの場に連れて来い！」

古竜は土魔法で椅子を作り、どっかりと座った。

「し、しかし！　伝説の古竜様より強い者など……」

「おらんというのか？　相わかった。サトシと言ったか、この国を滅ぼして構わん！」

古竜はそう言って、両手を広げ、降参のポーズをとった。

「そんな面倒なことはやりません」

サトシは、なんだこの茶番は？　と思いながら言った。

「ヒューマン族は三〇〇年の間に慈悲深くなったのぅ！　では、この国を生かすと言うのか？」

「ええ、生かします」

「では生かした責任をとってもらおう。見れば、後ろの二人も強そうじゃな。この国の民を鍛え、治めてくれ」

これが、古竜の狙いだった。サトシたちとドラゴンライダーたちの話を聞き、できるだけ早く富国強兵を進める方法を考えた結果、強いヒューマン族に国を治めさせ、戦争で勝ったヒューマン族との貿易も密にすれば、ドラゴニオンは魔大陸の中でも優位な立場になれるだろう、と結論づけた。年の功と言ってしまえばそれまでだが、話を聞いて現状を知り、すぐにプライドを捨てられる気概は驚嘆に値する。もちろん、サトシが断ったとしても、魔大陸でドラゴニオンを気にかけてくれるよう頼み、戦闘訓練をしてもらうつもりである。

サトシにはそれが気に食わなかった。

「わかりました。今から、僕がドラゴニオンの統治者です。全国民は奴隷落ちの刑に処す！」

サトシは、谷に響き渡るように宣言した。

ドラゴニオンの民は絶句。なにを言っているのかわからない様子だった。

「聞こえなかったか？」

やっと意味を理解したドラゴニオンの民は一気に青ざめた。

「ダハッ……ククククッ！！」

「ガハハハハッ！」

「ヒーヒヒヒッ‼」

メル、クロワ、ナーディアが腹を抱えて笑い始めた。

「バカだ。バカがいる」

メルは笑い転げて、のたうち回っている。

「ど、奴隷じゃと⁉」

古竜が目を丸くして、サトシに聞いた。

「そうだ。全ドラゴニオン国民は僕の奴隷だ。貴族や平民など、階級はなし。全員働け」

「しかし、そんなことをすれば……！」

国外逃亡する奴らが現れるのではないか？

古竜は思考を巡らす。しかし、国外に逃亡した時点で逃亡奴隷となるため、逃げた先の国でひどい扱いを受けるのではないか、だとしたらドラゴニオンで働いていたほうが良いのではないか。

「仕事サボったら、下半身丸出しの刑ね！　ワイロは全裸でラクガキの刑！　皆、アホは大いに笑うように！」

さらにサトシが理解不能なことを口走る。

しかし、刑がムチ打ちや斬首などではなく、羞恥心を突いてくるようなものばかりだ。プライドの高いドラゴニオンの民には抑止力として働くのではないだろうか。古竜はさらに考えた。

「あ、子供は全員、教育受けさせるように！　古竜さんは、しっかり歴史を子供たちに伝えるようにね！　じゃ、皆、死なない程度に頑張ってくれ！　ああ、お腹減ったし飽きてきたから学校に帰ろう」

屋台でも良かったのだが、状況に戸惑っている魔族たちが話し合いを始めているので、止めた。

「ま、待て！　もし、それを我々が受け入れなかったとしたら？」

古竜が椅子から立ち上がって、サトシを引き止めた。

「別に、今までと変わらないんじゃないですか？　僕は特に、滅ぼす気もなければ、兵を鍛えあげる気もありませんよ。あと三日ほど、ドラゴニオンには滞在します。国民がどう判断するか、楽しみですけどね」

サトシは古竜の思惑から大きく外れ、責任の所在をうやむやにしようとしていた。サトシの考えは、ドラゴニオンの民が受け入れるはずがない。むしろ受け入れるな、と思っていた。

「あの……俺たちは、どうすれば……？」

去り際に学校から連れてきたドラゴンライダーたちが声をかけてきた。

「ああ、里帰りして、長く不在にしたことを親には謝ったほうがいいかもね」

「い、いいんですか？」

「うん、せっかく帰ってきたんだし、お家《うち》に帰りな」

「「「ありがとうございます！」」」

お礼を言ったドラゴンライダーたちはそれぞれの家へと帰っていった。

「あ～あ、せっかくの労働力が」

ナーディアはニヤニヤと笑いながら、サトシに言う。

「結局は、我々だけで作ることになりそうじゃな」

「仕方がない。サトシは世話の焼ける奴だと思っていたさ」

クロワとメルが笑う。

「ファナ、これから、二日でどうにか大会を中止にする方法を考えよう！」

「それよりも、サトシさんが闘技場を作っちゃったほうが早いですよ」

サトシたちは、古竜の洞窟から学校へと転移した。


学校に帰ってくると、学生たちが浮き足立っていた。正面玄関の上に「国王、歓迎！」という横断幕が掲げられている。

学生からしてみれば、大会で優秀な成績を収めれば、即王国軍に雇ってもらえるかもしれない大チャンス。

「クロワさんですか？　国王なんか呼んだのは」

「ちょーっと手紙を出したら、来たいとか言ってな。各国の領主も来る予定じゃ」

クロワは悪びれる様子もなく、「校長に会ってくる」とどこかに行ってしまった。「クソッ、これで闘技場を作らざるをえなくなったじゃないか」とサトシは心のなかで悪態をついた。

メルも「プリマとリアに報告してくる」と天井裏に消えた。

サトシがナーディアとファナを連れ食堂に行くと、ちょうどシェリーとスーザンが飯を食べていた。

「あ、サトシさん！　ファナちゃん！」

「先生！」

シェリーは、唯一サトシが「先生」と呼ぶ人物だ。

「ナーディア！」

「スーザン！」

魔道具師学院の同級生たちが挨拶を交わす。元テロリストで未《いま》だ捕虜のスーザンは少し後ろめたさがあるようだ。

カウンター越しに焼肉定食を頼み、サトシはシェリーの隣の席に座った。

「どうして、先生が学校に？」

「もう、城下町はお祭り騒ぎですよ！　大会をひと目見ようと人でごった返しています！　騒がしくて、読書に集中できません。だからスーザンと一緒に逃げてきたのです」

シェリーとスーザンはすっかり仲が良さそうだ。

「なんで、そんなことになってるんですか？」

「それは、新しい闘技場ができますからね。それに、国王やクロワさんが来ると知ったら、国中の人が集まるに決まっているでしょう？」

国王はもとより、クロワは国の英雄らしい。ネームバリューが恨めしい、とサトシは思った。

シェリーたちとの食事を終え、サトシは一人闘技場建設現場に来ていた。ナーディアはエリザベスと女子会。ファナはサトシのベッドで昼寝タイム。

「結局、一人で作るのかぁ」

半分もできあがっていない闘技場を前に全く気乗りしないサトシだったが、手だけは動かしていった。

第三話 会場設営と大会開催

闘技場のコンクリートが乾くまで、サトシは試合会場の床に耐衝撃の魔法陣を描いていく。結界魔法や、雨対策の防御魔法の魔法陣なども壁や柱などに仕込んでおいた。

客席に攻撃が飛ばないようにすれば、自分のように槍が刺さることもないだろうと考えてのことだ。通路なども作っておかなければいけないし、客席には、柔らかい木材を使用したい。

「お尻が痛くなっちゃうよなぁ……ま、早く決着をつければいいだけの話か」

などとつぶやきながら、サトシはふと大変なことに気がついてしまった。

「魔法陣描いたらコンクリートとか意味ないんじゃないか？」

木製だろうが、鉄筋コンクリート製だろうが、魔法陣で守ってしまえば、あまり変わらない気がする。魔法陣の防御力を超えるような打撃を与えられた時点で、どちらにせよ闘技場は崩れるのだから。

そう気づいたら、あとは適当になっていった。とりあえず、土台はドラゴンライダーたちが作っていたし、外見だけ見栄えよくして、上層部の中身は空洞だらけにした。地震が来たところで耐震の魔法陣を描けばいいだけだ。コンクリートに直《じか》に描いたので、消えることはないだろう。空洞は「充実の控室」という言い訳を考えた。あとは、色でも塗って誤魔化しておけばいい。

「これなら夜までにできるかな？」


夕方近く、ナーディアがやってきた。

「やっぱり、サトシ一人のほうが作業速いんじゃないか？」

魔法陣を描いていたサトシが手を止め、ナーディアの方を振り返る。

「ハリボテだよ。中身はスッカスカ」

ナーディアは用事があるので魔大陸に帰りたいという。

「ちょっと今作業中だから、後でね」

「いいじゃん。サトシなら一瞬で大陸間を移動できるだろ？　それにちょっと休憩がてらさ。ほら、おっぱい揉んでもいいから」

そう言ってナーディアは谷間をサトシに見せた。

「はぁ～、ナーディアは骨格がいいんだから、そんな脂肪じゃなくてちゃんと筋肉をつければいいのに」

仕方なく、サトシは送っていくことに。

転移用の魔法陣は魔力量の関係で、現状ではほぼサトシしか使えない。

「ドラゴニオンでいいの？　それともカプリ？」

「いや、ビャクヤの婆さんのとこが良いかな」


カンパリアにある町・ラーダの隠れ家に移動する。

ナーディアが何しに行くのかは知らなかったが、魔大陸の筆頭魔道具師として仕事があるのだろう、としかサトシは考えてなかった。軽くビャクヤに挨拶をしてから帰ることに。

ラーダの魔道具師ギルドのギルド長・ビャクヤにはドラゴンライダーたちを一旦、国へ帰していることを伝えた。ビャクヤとしてもあまり面倒なことにならないうちに解決しておきたかったたし、そもそも捕まえたのはサトシなので文句はない。

「以前頂いた空飛ぶ箒なのですが……ちょっと想像を超える速度が出てしまいまして」

ビャクヤは以前、サトシからもらった空飛ぶ箒のスピードが出すぎてしまうので、どうにかならないかという。サトシはビャクヤの年齢も考慮しておけばよかったと思いながら、スピードを制限する魔法陣を描き足してあげた。

その後、ナーディアはビャクヤと大事な話があるとかで奥の部屋に向かい、腹が減ったというサトシとはここで別れることに。

「用事が終わったら、迎えに来ようか？」

「いや、箒持ってるから。明日はドラゴニオンに行くんだろ？」

「ああ、そうだなぁ」

「じゃあ、ドラゴニオンで合流する。向こうは今頃、てんやわんやだと思うぞ。あ、サイラスのことは気にしなくていいからな」

「あ、忘れてた」

サトシは、ナーディアに言われてサイラスのことを思い出した。

「まぁ、大会が終わるまではムシュフシュの宿に泊まっててもらおう。まさか殺されたりしないよね」

「大丈夫だよ。あれでも一応一国の騎士だからな。それじゃ」

「じゃあ～」

サトシが学校に帰ると、日が暮れていた。

自室に戻り、ファナを起こして晩飯を食べようと思い、サトシが部屋の扉を開けると、ベッドは縦にされ、部屋の隅に押しやられ、机と椅子が運び込まれていた。

部屋の住人であるプリマとリアは元より、クロワとメル、シェリーにスーザン、さらにはエリザベスまでいた。そして、ファナは窓際に一人佇《たたず》んでいる。

「あれ？　どうしたんですか？　みんなして、集まって」

サトシは怪訝《けげん》な顔で聞いた。

「お帰りなさいませ。我が主様《あるじ》」

ファナが普段使わないような言葉を、深々と頭を下げながら発した。

「なに？　秘密会議かなにか？　それとも、ファナが何かやらかしました？」

「ちょっと、大会でお主を倒す方法を考えておったまでよ」

クロワが平然と言う。

「そうか、ならいいですけど。飯、食いに行かない？」

「なんじゃ、気にならないのか？」

「え？　何がですか？」

「お主を倒す方法じゃよ。ちなみに、ルールはワシとメルが考えることになりそうなんじゃ」

クロワは片方の口の端を引き上げて、ニヤリと笑った。

「そうなんですか。まぁ、公平なら何でもいいですよ」

「王の御前だからな。公平にするさ」

メルが言う。

「あ、そうじゃ、王族の観覧席を作っておいてくれんか」

「えー、別に僕、王様の友だちじゃないんで。それに軍の精鋭を仕掛けてくるような人ですよね。めんどくさい」

「プフっ！」

珍しくスーザンが吹き出して、下を向いて笑っていた。

「そうか。それもそうだな。じゃ、ワシが作るか。一応ヤツと縁があるのはワシくらいじゃし。材料は余っているのかの？」

「ええ、かなり余ってます」

クロワはメルと話しながら立ち上がり、部屋を出て行く。メルは「なんで私まで！」と文句を言っているようだが、クロワにいろいろ握られているためか、断ることはできなさそうである。

「サトシ、実は出店のことなんだけど」

学校の料理長であるエリザベスがサトシに声をかける。

「出店？」

「ああ、大会の日に闘技場の周りで店を出すんだ。観客も大勢来るし、城下町の方からも、ねぇ」

「ええ、すでに町の商会には話が通っているはずですよ」

エリザベスに話を振られたシェリーが説明した。

サトシは、単なる学校の大会だというのに大げさだなと驚いたものの、ゴミ捨て場を作らなくちゃな、などと考えながら、エリザベスとシェリーと一緒に部屋を出た。それにファナとスーザンがついていく。

「あれ？　飯食いに行かないの？」

部屋に取り残されているプリマとリアにサトシが声をかける。

「ああ、行く行く」

「うん、お腹すいた」

サトシは何か皆の様子がおかしいことに気づいていたものの、聞かれたくない作戦でもあるのだろう、くらいにしか思わなかった。


翌日、サトシはファナを連れ、ドラゴニオンの古竜の洞窟へと時空魔法の魔法陣で転移。特に、ファナの言葉遣いが多少変になっていること以外は、いつもどおりだった。

気になるので、サトシは古竜の洞窟を歩きながらファナに聞いてみる。

「なんかあった？」

「いえ、何も」

「奴隷のくせに生意気だ、とか言われてない？」

「全く、そのようなことはありません！　我が主、サトシ様の周りの人は皆、私に優しいです」

「ならいいけど。変だよ」

「な！　何がで、ございますか？」

「いや、言葉遣いが。前まで『我が主』とか言わなかったでしょ?」

「そ、そ、そうかなぁ。主ちゃん」

ファナの目が泳いでいる。

「アルジちゃんって。無茶苦茶じゃん」

「疲労です。サトシ様のお世話で、私、疲れてしまっていて」

「あ、そうなの? じゃあ、休む?」

「休みません! 休めません! サトシさんを一人にすると何をするかわかりませんから!」

などと、話しながら、出入口に行くと、闘技場作りを手伝ってくれていたドラゴンライダーの一人が立っていた。

「あれ? どうした?」

サトシが聞く。

「あ、サトシさん。親方から伝言で、『今、サトシが出て行くとややこしくなるから、大会が終わるまではドラゴニオンの町には出ないように』とのことです。それから、大会当日には古竜の洞窟に親方がいるそうなので、迎えに来るように、とも言ってました」

「親方……ナーディアが? ドラゴニオンの中は結構、大変?」

サトシは軽くドラゴンライダーに聞いてみた。

「ええ、まぁ、それなりに。貴族と平民で意見が対立していて、俺たちドラゴンライダーが、直接攻撃に出ないよう両者を見張っている感じですかね」

「え⁉　なに？　僕の意見を受け入れちゃってる人もいるの？」

サトシにとっては想定外のことが起こっているようだった。

「そりゃあ、サトシさんは古竜様に勝てる人ですからね。軍事力としては最高ですよ。特に女性陣の間では人気が高いです」

「そうなの⁉　ど、どうしよう⁉」

サトシが頬に手を当てながら恥ずかしがると、ファナが、

「私が一番奴隷です。私の許可なくば、サトシさんとの性交渉をできない旨を公布してください」

と、宣言。

「な、なぜ、ファナがそんなことを決めるんだ⁉」

「いいですか？　サトシさんは考えておられないようなので忠告しておきますが、見境なくドラゴニオンの女性と性交渉していけば、必ず政権争いが起こり、暗殺や毒殺で、血の海ができます。サトシさんのことですから、一人とすれば、こちらの魔族に悪いと全魔族と性交渉していくことでしょう。そうなったら、魔大陸全土を巻き込む戦争が起きかねません！　自分の強さを自覚してください！」

「えぇ……？　じゃあ魔境の女性ともダメなのか？」

「ダメに決まってるじゃないですか！」

「奴隷でも？」

「ダメです！」

「だったら、魔大陸に来た意味が半分以上ないよ！　あんまりだ……」

そう言いながら、サトシは考えた。バレなきゃいいんじゃないか。誰にも邪魔されない隠れ里を探せばいい。いや、むしろ隠れ里を作ってしまえばいいんじゃないか。

「なに、ニヤニヤしているんですか⁉　悪いこと考えてませんか？」

「何を言っているんだ、全く。僕が奴隷であるファナに隠し事なんかするわけないじゃないか」

「何を隠したんですか？」

「まだ、隠してないよ」

「今から、何を隠すつもりですか？　我々に隠し事なんかしても、通用しませんよ！」

「我々？」

ファナは、しまった、という顔をして口を手で塞いだ。

「さては、秘密協定を結んだな？　誰とだ？　誰と……まさか……」

昨日、部屋に集まっていたのは、秘密協定のためか？　とサトシは考えた。ただ、自分の性交渉の相手についての秘密協定ってなんだ？　なんだ、そのバカバカしい協定は⁉　頭が悪すぎる！

という考えに至り、大会に向けての秘密協定か、と思い直した。

「ファナ、僕は大会で優勝する気なんかない。別に秘密協定なんか作らなくても、ちょっとだけ活躍できればいいんだから。それで、可愛《かわ》いくて筋肉質な彼女ができればいいんだから」

「な、何を言っているんですか？」

ファナは、サトシの言葉に混乱した。

昨日、サトシの部屋に皆が集まって会議していたのは、紛れもなく、サトシとの性交渉についてだったからだ。膨大な魔力を持つサトシに魔族でなくとも人は群がる。誰が、結婚をして、子を生むのか。それは、魔大陸の国々にとっても、ベランジアにとっても、由々しき問題だった。

それを真剣に皆で意見を交わした結果、『化物の子は化物だ。だが、子どものうちは化物でも弱い。そこを狙われでもしたら、悲劇が起こる。化物の子供は狙われやすい。子供を守る環境が整わないうちは、避妊をすること。サトシに、自由に性交渉をさせないこと』などの取り決めが作られた。

取り決めが作られてすぐにナーディアが部屋を出ていき、魔大陸へと向かった。魔大陸の国々と密《ひそ》かに通じ、取り決めを守らせるためだ。「ついでに、ドラゴニオンの民がサトシの奴隷になったことを伝えてくる」とナーディアは言っていた。

魔大陸の国々がそれを認めたら、サトシは一国の主になってしまう。ファナの戸惑いは、そこから始まっていた。

なのに、だ。自分の主人であるサトシは大会で活躍して、彼女が欲しいのだという。彼女なんて作ったら、大変だ！　環境も整っていないのに！

「バカなことを言ってないで、闘技場を作りに帰りますよ！」

「バカって……、まぁ確かに闘技場がなくちゃ、そもそも彼女も作れないもんな。よし、帰ろう！」

サトシはファナを連れて、闘技場を作りに学校へと帰った。

二人が時空魔法で闘技場近くに帰ると、ちょうどエリザベスが弁当を持ってやってくるところだった。闘技場内ではクロワとメルが王族用の席を製作している。木材を組み、階段状になっている椅子の上に台を作るようだ。メルも慣れない手つきで手伝っている。

「やってますね」

「ん？　おう、サトシか。時間がないと言ってたが、立派な闘技場ができてるじゃないか」

「中身はハリボテですよ。魔法陣で誤魔化してるだけです。それより、ちゃんと、王族用の席を作るんですね」

「なにかと世話になっとるからな。国王の席ぐらい作らないと罰が当たりそうじゃ」

「メルも手伝ってるんだね」

メルは一度、サトシを見て溜《た》め息を吐《つ》き、何も言わなかった。不本意なのだろう。

「後で、防御結界かなにかの魔法陣を描いてくれるか？　王族に媚《こび》を売っておくとなにかと便利じゃぞ？」

「構いませんよ。やっておきます」

サトシたちと一緒に闘技場の中に入ったエリザベスは、弁当を置いて、腰に手を当て、周囲を見上げていた。

ファナは弁当の匂いを嗅いでいる。

「ファナ、まだ食べるなよ」

「わかってますよ！」

ファナはサトシにムッとして言い放った。

「随分立派な闘技場を作ったじゃないか」

エリザベスがサトシに言う。

「外見だけですよ」

「いやいや、これだけできれば、十分さね。それで出店の場所なんだけどね」

「ああ、どこに出す気なんですかね？」

「外の通りの両側に作ろうと思ってるんだけど、ちょっと手伝ってくれるかい？」

「はいはい」

エリザベスが、出店の予定地にサトシを連れて行った。

「うちの厨房だけじゃなく、町の商会からも何人か出店するからね」

「じゃ、簡易テントかなんかがあったほうがいいですよね？」

「ああ、それは商会が持ってくるさ。たぶん後で魔道具屋のシェリーが……あ、来た」

サトシが顔を上げると、シェリーとスーザンが荷物を背負い、商人風の男たちを連れて闘技場へとやって来るところだった。

「サトシさん！」

手を振るシェリーの元に行き、荷物を持ってやるサトシ。

「ありがとう」

「いえ。スーザンもすっかり馴染《なじ》んじゃってますね」

「わ、私は巻き込まれただけだ！」

恥ずかしそうにしながらも、箒の下で揺れている尾びれは嬉しそうだ。

「捕虜だろうがなんだろうが、働かざるもの食うべからず、ですからね」

シェリーはニッコリ微笑《ほほえ》んだ。

「あ、皆さんこちらです！　商会の人たちを連れて来ました。大会当日に出店する方たちです。食べ物飲み物が中心で、できれば竈が欲しいそうなんですが……」

「わかりました。問題ないですよ。洗い場も必要ですかね？」

サトシが闘技場を見上げながら驚いている商人に聞いた。

「は、はい……」

商人の背負っている荷物がずり落ちた。町の商人たちが思っていた闘技場はせいぜい一〇メートル四方のものだった。それが予想の一〇倍ほどもある。学校の敷地内にあるただの施設が、すでに王都の新しい観光名所となり得る規模のものであることに、商人たちは驚きを隠せないでいる。

サトシは商人たちの要望を聞きながら、出店のテントを組み、中に竈を作ってあげたり、テントの裏手に共同の洗い場を作ってあげたりと、忙しかった。ほとんど土魔法で作っていったため、商人たちは終始自分の目を疑っていた。

「薪《まき》は厨房裏手にたくさん積んでありますから使ってください。焼くだけでいいなら、魔道具を売りますよ」

シェリーは商人たちに声をかけている。シェリーとスーザンは、ドサクサに紛れて商人たちに魔道具を売る気のようで、八百屋のような斜めの台に魔道具を陳列していった。

「おや、あんたはうちの学生じゃないのかい？」

商人たちの中に学生が混じっていたようでエリザベスが声をかけた。背が低く、少年のように短い髪のその女学生は、鼻をすすりながら父親らしき商人を手伝っていた。

「ズズ……そうです」

「あんたは大会出ないのかい？」

「出ます。一応。記念ですし」

女学生は下を向いて、服の裾を摑みながら、恥ずかしそうに言う。

「だったら、頑張んなきゃね！　何科の大会に出るんだい？」

「そ、僧侶科です。うちは薬屋ですから」

女学生の父親は、回復薬と柑橘系の果物を混ぜたドリンクを店で出すようだ。

「そうか。じゃあ、僕のライバルですね」

隣で聞いていたサトシが口を開いた。

「あんたは全部出るんだから、全員ライバルだろ？」

「そうでした」

サトシはそもそも大会に出る気などなかったが、クロワから「大会で活躍すればモテるぞ」と言われ、どうせならと全科の大会に出ることになっていた。

「こんな奴に負けんじゃないよ！」

エリザベスは女学生を応援するようだ。

「でも、皆すごくて、私なんか……」

「勝負は時の運って言うからね。誰にでもチャンスはあるもんさ。ほら、サトシ、なんか勝てる方法教えてやんな！」

「え!? 敵に塩を送れってことですか？ まぁ、良いですけど」

サトシは女学生と向き合った。ここでこの女学生に優しくしておけば、もしかしたら彼女を紹介してくれるかもしれないという打算はある。

「学校の授業で習う治療の方法は知らないけど、治療する時って人体の中身を想像したり、魔力を身体の中に通して身体を調べたりする方が効率的でしょ。君、人体って解剖したことある？ 魔物でも良いけど」

「な、ないです！」

「じゃあ、ファナ！ ちょっと脱いで、解剖させて！ 後で治すから！」

シェリーを手伝っていたファナに声をかけると「嫌ですよ！ バカじゃないですか！」と怒られた。

「しょうがない。自分の身体を解剖する？」

「い、嫌です」

「何だよ。皆、わがままだなぁ。じゃあ、描いて教えるか！」

サトシは地面に木の棒で人体の絵を描きながら、女学生に治療にまつわる講義を始めた。

「だから治療する部位を狙って回復魔法はかけたほうがいいし、薬も原料によって各部位への効果が違うからさ、体系的に学んでいったほうがいいと思うよ」

「そんなこと、薬学の先生は教えてくれませんよ」

「あぁ、それは既得権益とかがあるかもしれないけど、僕らは学生だし関係なくやっちゃっていいよ。大人の都合に振り回されてちゃ、治せるものも治せないし、薬学だって発展しない。それに大会なんだから勝つためにやるんだろ？　せっかく人が見に来るなら、僧侶界の膿《うみ》を出してしまったほうがいいかもね」

周りで出店の準備をする中、女学生は熱心にサトシの話に聞き入っていた。

脱線しながらも、大会の準備は進められた。


朝日が差し込む自室で、サトシは大会当日を迎えた。

「はぁ～あ！　よく寝た！」

プリマもリアも何故《なぜ》か、いない。大会に向けての猛特訓があったらしい。隣のベッドではファナが鼾をかいている。

外から、戦士科の誰かが朝稽古を行っている音が聞こえてきた。

「あわてないあわてない、一休み一休み」

サトシはそのまま、ベッドに倒れ込み、二度寝。

起きたのは、大会の開会式が始まる直前だった。窓の外を見て慌ててベッドから転がるように出て、ファナを探した。ファナは学校の風呂にゆっくり入って戻ってきたところだった。

「ファナ、寝坊した！」

「え？　そういうことは早く言ってくださいよ！　大会の日に寝坊するなんて、緊張感が足りないですよ！　サトシさん！」

「だって、ファナが起こしてくれなかったからさぁ。あ、ナーディアを迎えに行かなきゃな。ファナ、エリザベスさんに言って、飯もらってきといて」

そう言うと、サトシは煙のように消えた。

「え？　ちょっと、もうわかりましたよ！」

ファナは食堂へと走った。


魔大陸、ドラゴニオンの古竜の洞窟。

「あ、待った？」

ナーディアが、石に腰掛け、頬杖《ほおづえ》をついて待っていた。隣にはドラゴンライダーが立っている。

「忘れたのかと思ったよ。それよりサトシ、なんだ？　その格好は」

「なんだって……ああ、パジャマだ」

ベッドから起きだして、そのまま慌てて、時空魔法で飛んできたのだ。

「さすがにパジャマで大会に出るのは、怒られるよな」

「なんだ？　今起きたのか？」

「うん、ガッツリ寝坊したんだ。二度寝。言い逃れはしないよ！」

決然とサトシは言った。

「勢いで誤魔化そうとしてるな。まぁ、それより、どうするんだ？」

「すまない、ドラゴンライダー君。ちょっと服を交換してくれないか？」

隣で聞いていたドラゴンライダーにサトシが話を振る。

「え!?」

「頼む！」

頭を下げるサトシに、戸惑うドラゴンライダー。

「今日だけだ。貸してやってくれ」

親方ことナーディアの頼みを断れるはずもなく、困惑しながらもドラゴンライダーは、自分の防具を脱ぎ始めた。サトシは防具を受け取りながら「ちょっと改造しておこう」と、各種耐性の魔法陣を焼き付けていく。ついでにパジャマにも同じ魔法陣を描いて強化しておいた。これで、見た目は違うが、ちゃんと防御力の高い装備が二つできた。

「こらこら、伝説級のアーティファクトを作るんじゃない。急がないといけないんじゃないのか？」

「あ、そうでした。それでは」

サトシとナーディアは、魔法陣の上から煙のように消えた。後にはパジャマを着たドラゴンライダーだけが残された。

「えっと……明日には返してくれるんだろうか……」

ドラゴンライダーのつぶやきが洞窟に響いた。


「サトシさん！　ほらほら、口に詰め込んで！」

走りながら、ファナはサトシの口にサンドイッチを詰め込む。サトシとファナ、ナーディアは学校から闘技場へと向かっていた。

すでに闘技場からは歓声が聞こえる。出店はしっかり営業しているようだが、人通りはほとんどない。お客は皆、闘技場に入ってしまったのだろう。

「おはよー！　やっと来たか！」

「遅刻だぞー！　急げー！」

「ほら、飲み物も飲んどけ！」

出店の商人たちがサトシに声をかける。準備中にあれこれ要望通りの魔道具を作ってくれたサトシは、商人たちからの人気も高い。

闘技場の入口で教師らしき人物に咎《とが》められたが、無視して突っ込む。ファナとナーディアは客席側に。サトシは出場者入口に向かった。

出場者入口には戦士科の教師・セリアが立っていた。

「遅い！　出場停止になるぞ！」

「ん〜もごもご？（それもありかな？）」

口の中のサンドイッチを回復薬入りジュースで流し込むサトシ。

「急げ！　国王の言葉が終わるぞ」

闘技場内では国王の声が拡声器の魔道具によって響いていた。

客席は町の人たちや学生たちで満員。冒険者や軍人の姿も見える。もしかしたらスカウトをしに来ているのかもしれない。

円形の闘技場には大会に出る学生たちが整列している。

「……日々の研鑽《けんさん》の成果を我に、そして、今日この会場に来た観客に、あますところなく見せてみよ！　ドン・クロワ軍学校の猛者《もさ》共よ！　ここに開幕を宣言する！」

黒い髭を顔中に蓄えた国王が大会の開幕を宣言した。毛深い顔に埋もれているが、眼光は鋭く、身体も偉丈夫。決して派手ではない赤い衣装が印象的な国王だった。

会場内は、国王への歓声と拍手に沸く。

「いいこと言うな。国王は」

列の最後尾に並んだサトシが言った。

「それでは、これより戦士科第一試合を始める。呼ばれた者以外は控室で待つように！　また、戦士科以外の者は観客席で見るのもよしとする！」

戦士科の試合は四試合のバトルロワイヤルの後、優勝決定戦をすると説明があり、大会の実行委員でもあるセリアが、リストを持って学生たちの名前を読み上げていった。

第一試合にサトシは呼ばれたが、プリマは呼ばれなかった。

「一〇分後、試合を開始する！」

三〇人の戦士科の学生が柔軟体操をしたり、剣を振ったりしている。槍や斧《おの》、爪、武器はなんでも良いようだった。

「武器かぁ。武器って貸してくれるんですか？」

サトシがセリアに聞いた。素手の拳法使いもいるようだったので、なければないで良いが、あるなら貸して欲しい。

「あ？　ああ、貸してはいるが、あまりいい得物はないぞ。基本的に持ち込みは自由だからな」

「なんでも良いんで、貸してください」

「普通は自分で用意するものだが……お前だからな。練習用の銅の剣だ。刃は潰してある」

「ちょうどいいや」

セリアから銅の剣を受け取ったサトシは、素振りをして感触を確かめる。

「悪くない」

練習用だけあって、いろんな学生たちが握ってきたのだろう。よく手に馴染む。

ピリピリとした緊張感が会場を包むなか、サトシだけ盛大なあくびをしていた。

「つあ〜、寝すぎて眠いや」

ただ、開始直前、首をコキコキと鳴らしていたサトシが「よし、やるか」とつぶやいた瞬間、闘技場の中に魔獣が紛れ込んだようなプレッシャーが放たれた。

ジャーンッ！

試合開始の銅鑼《どら》の音が会場に鳴り響いた。

「はじめぇっ!!」

一斉に戦闘が始まる。サトシは切りかかってきた甲冑《かっちゅう》の剣士を剣の腹で打った。甲冑にはキレイな痕《あと》がつき、剣士は観客席へと吹き飛んでいった。

観客席から悲鳴が上がるが、甲冑の剣士は観客席の目の前で見えない壁にぶつかり、そのまま、ズルズルと沈み、地面に転がった。

「よかった。防御障壁の魔法陣が仕事をしている」

エルフの戦士の鉄の爪がサトシを襲ったが、サトシが避《よ》けた爪が地面にぶつかり、先が欠けた。うん、地面も仕事をしているようだ。

爪が折れてオロオロしている戦士のケツを蹴りあげて戦闘不能にしたサトシは、次の獲物を探すと、妙な武器を持っている剣士がいた。

身なりの良い剣士が、水流が出る魔剣で獣人の戦士を溺れさせていた。

「あれもありなのか。水流が出る剣ね、ナーディアの店の物が流れたか」

ベランジア王国の南方にあるカプリの町で、魔道具の武器が市場に流れ、戦争が始まりそうになったことがある。その時に流出した魔剣のようだ。

身なりの良い剣士は貴族かな？　ただ、扱いがなっちゃいない。

「魔剣の餌食《えじき》にしてくれるわ！」

放たれる水流を、横に飛んで躱《かわ》したサトシは、銅の剣で貴族の剣士の手首を打った。魔剣はカランッと地面に落ち、サトシが魔剣を拾い上げる。

「己《おのれ》ぇ！　卑怯《ひきょう》だぞ！」

何が卑怯なのかはわからないが、人の武器を使ってはいけないというルールなんかないだろう。

「この剣はこうして使ったほうが良いんじゃないか？」

サトシは、水流を細く圧縮し、威力の強いビームのような水流を貴族に放った。水流は貴族の服を切り裂き、その奥で戦っている戦士の鉄の盾を、縦に割った。闘技場内にいる戦士たちも会場の観客たちも、目を丸くしてサトシに注目する。

「もしくは、こうかな？」

そう言うと、サトシは魔剣から出る水流を魔力で調節して、刃渡り三〇メートル、厚さ一メートルほどの水の剣を作り出し、横に振った。

戦っていた戦士たちは倒され、溺れ、意識を刈り取られた。サトシ以外の戦士は戦闘不能。あまりのことに観客の意識は理解不能に陥った。

ただサトシをよく知る人物たちだけは、ああ、またやってらぁ、と見ていた。

ジャーンッ！

再び銅鑼の音が闘技場に鳴り響いた。

「戦士科第一試合、勝者、サトシ！」

静寂を突き破る勝利者宣言に、割れんばかりの拍手が会場を覆った。王族たちも拍手を送っている。以前、サトシに負けた国王軍だけが渋い顔をしていた。

第四話　暗躍とキノコ汁

サトシが控室に行くと、ルームメイトのプリマが準備をしていた。プリマは戦士科の第三試合に出るそうだ。

サトシが選手たちを気絶させて、水流によって出口へと流したため、試合はスムーズに進行しており、すでに第二試合は始まっている。

「「「わぁぁあああああ!!」」」

会場から聞こえてくる歓声のボルテージも高い。

「どう？　調子は？」

サトシはプリマに聞いてみた。

「いいね。これまでの人生の中で一番調子がいい」

「そうか。なら問題ないね」

「見ていてくれるか？」

「いや、決勝で見る」

サトシはプリマが決勝戦に上がってくることを疑わなかった。プリマはサトシの言葉に、一回戦で負けられなくなったことを感じ、集中し始めた。

プリマの邪魔にならないようサトシは自分の次の試合のスケジュールを確認しに、近くにいた教師に声をかけた。

「こんちは、あの試合のスケジュールって……」

「ひっ……」

サトシに声をかけられた教師が、目を見開いて驚愕《きょうがく》している。入学時にサトシの能力を鑑定して卒倒した教師だった。教師は壁に貼ったスケジュールの紙を指差すのが精一杯。

「どうも」

サトシが自分のスケジュールを確認しに行く中、教師は自分の教え子たちに、サトシと戦う際は毒や眠り薬を使うよう指示するために駆けまわった。

「げっ、大会って今日だけじゃないの!?」

サトシがスケジュールを見ながら渋い顔をする。

今日の試合は、午前中に戦士科の予選が行われ、午後には魔法使い科の予選が行われる。明日は、諜報科と僧侶科の予選試合があり、明後日以降にそれぞれの決勝戦が行われるという。ただ、諜報科の試合だけなぜか開始時間が記されていなかった。

「そもそも、諜報科ってどんな試合をするんだろう?」

サトシが疑問を口にした。

「試合内容や開始時間を知るのも諜報活動の一環だってことだろうね」

いつの間にか隣にいたプリマとルームメイトのリアが答えた。いつもと違い、黒装束に身を包んでいて、目だけしか出ていない。

「リア、今日はなんだかいつもと違うね」

「試合だから。なんなら、今すぐビキニアーマーを着てみせようか？」

リアはサトシの趣味を知っているし、サトシもまたリアの趣味を知っているので、お互いに助け合いながら、変態同士仲良くやっている。サトシは女性の筋肉が、リアはサトシの匂いがたまらなく好きなのだという。

「いや、いいよ。そうかぁ、試合内容も自分で探るんだなぁ。いろいろ考えるもんだ」

考えているのはメルなので、キノコ狩りか何かかな、とサトシは予想した。でも今は考えるだけ無駄だ。情報が足りなさすぎる。

それよりも、朝飯を食べていないことのほうが重大だ。

「リア、朝飯食べた？」

「いや、試合でそれどころじゃないかな、と思って」

「一緒に食べに行こうよ。表に屋台がたくさん出てたから、行ってみない？」

リアの頭には「デート」という文字が浮かび、サトシに向かって何度も頷いた。

闘技場を出たサトシとリアは、道の両側に並ぶ屋台を回った。どこの屋台も大盛況。看板を見つつ美味しそうな匂いにつられながら、朝食を選んだ。

フィールドボアの串焼きや葉に包まれた饅頭のようなもの、回復薬入りのジュースなどをどうにか買い、屋台の裏手にある森の切り株で食べた。切り株は闘技場を作るときにサトシたちが使った木材の跡。サトシはリアの隣で朝飯を食べながら、ずっと誰かの気配を感じていた。

リアは探知スキルで相手の居場所がわかっていたが、サトシが「気にするな」と言うので、放っておくことにした。せっかくのサトシと二人きりという状況に水を差され、腹は立ったが、サトシに見つめられるとどうでも良くなってしまうことをリアは自覚し、贖《あがな》えないことを知った。

戦士科の第二試合は、ガイズという上級生グループの中で有名な戦士が、苦戦の末、勝ち上がった。

プリマが出場する第三試合は滞りなく進み、プリマが勝利。下級生のプリマが上級生を打ち負かし、ジャイアントキリングをやってのけたと闘技場周辺で話題になっていた。

試合の準備をするというリアと別れて控室に行くと、プリマがびっしょり汗をかいた身体を布で拭いていた。

「勝ったって?」

「ああ、エルフと小人族の連携に、ちょっと油断したけど、勝ったよ」

サトシはプリマの筋肉に興奮しながらも、身体が傷つけられていないか、丹念に観察した。多少の擦り傷があるものの、目立った傷はない。

「これで、決勝戦で会えるね」

「ああ、ようやく修業の成果を出せる」

プリマは修業の成果を出さずとも一回戦を突破したようだ。

第四試合は、まったく無名のドワーフ族の青年が勝ち上がった。完全なダークホースで、試合を見ていた観客は、気づいたら彼だけが闘技場の上に立っていたという。

明後日の戦士科決勝戦に出場する選手が決まった。

昼休憩の後、魔法使い科の試合が始まる。全科の大会に出場するサトシは自分の出場する試合が第何試合なのか、知らなかった。闘技場の建設はサトシが主導だったが、大会運営についてはさっぱりわからない。

休憩中に戦士科の教師であるセリアにでも聞けばいいか、と思っていたサトシだが、全然セリアが見つからない。仕方がないので、サトシはぼーっと控室で待つことにした。待っている間、朝散々寝たというのに睡魔が襲ってきて、うつらうつらとしてしまった。初めは朝食を遅めに食べたからだと思っていたサトシも空気中に漂う煙に気がついた。

控室に眠り薬が充満している。空間魔法で控室から外の森へと出たサトシは新鮮な空気を吸って、眠気を覚ました。

リアと朝食を食べている時に監視していた連中かもしれない。サトシは一先《ひとま》ず、犯人を見つけ出して大会の運営委員にでも突き出そうとしたが、闘技場は大混乱の様相を呈していた。どうやら眠り薬は控室だけでなく、闘技場全体に仕掛けられていたらしい。

急いで風魔法で闘技場の入口から、順番に眠り薬を外に散らしていく。休憩中ということもあって、闘技場の内部にはほとんど観客も残っておらず、一部の熱狂的なファンと王族だけが残っていた。とすれば、普通に考えて、眠り薬は王族を狙ったものだろう。

サトシは風魔法を観客席の方へと向け放った。眠り薬が吹き飛ばされた観客席ではクロワとメルが黒い服を着た者たちと戦っていた。

「サトシ！　遅いぞ！」

大きく息を吸ったメルが言った。どうやら二人とも息を止めて戦っていたようだ。

「反撃開始じゃぁあ！」

「キェエエエッ！」

クロワが吼《ほ》え、メルが奇声を発する。一瞬固まった黒い者たちは二人のなすがままに吹き飛ばされていった。吹き飛んだ黒い者たちをサトシが魔力の紐《ひも》で一纏《まと》めにする。

王族たちは無事で、なぜか王族の側でファナが近衛《このえ》兵らしき兵士たちと一緒に眠っていた。

「王族を守ろうとしたようじゃ。あとで褒めておいてやってくれ」

サトシは黙って頷いた。眠り薬を発生させる装置は機械仕掛けで、入口近くに置かれていた。酒《さか》樽《だる》ほどの大きさで持ち運びには不便そうだ。

「魔法陣にすれば、持ち運びなんてしなくて済むのに」

「サトシよ。そんなものは発見されていないことになっておるのだ」

サトシの言葉にクロワが返答した。

「この仕掛けは、テリアラの物だろう。シェリーを呼ぼう」

メルが真面目に装置を見ながら、言った。テリアラとはベランジア王国の近隣の国だったはずだ。大陸一の大国であるベランジアだが、周辺国との関係はあまり良くないのかもしれない、とサトシは思った。

「テリアラってあんまりベランジアと仲良くない国なんですか？」

「いや、同盟国さ。だが、信用はできない国だ」

クロワがサトシに説明した。

「ここまで宣伝したら、襲われない方がおかしいいか」

メルがつぶやいた。

「テリアラは認めんだろうな。それよりもワシたちがいなかったらどうなっていたか？　そっちの方が問題だ。王国軍は鍛え直さんといかんじゃろ」

「そうだね。サトシ、全員起こして」

メルがサトシに頼んだ。

「うん」

サトシは範囲魔法でその場にいる全員を起こした。

ファナは起き上がるとすぐに自分の主人であるサトシを見つけ、気まずそうに近づいた。

「王様を守ろうとしたってね。よくやった」

サトシはゴシゴシとファナの頭を撫でた。「後で甘いものでも買ってやろう」と言うと、ファナは「チョココロネ！」と即答した。

「王よ。我々がいなければ死んでいたぞ」

クロワが王に言った。クロワは王にも軽い口調だ。

「うむ。助かった。我が友よ」

王は髭を触りながら、苦い顔で言った。

「側近たちを鍛え直したほうがいいと進言しておく」

「我が友。お前がいなくなったせいだ」

「言い訳するでない。戦争がないと思って、たるんでおるのだ。いくら同盟条約が締結されたとはいえ、このように狙われることはある。テリアラはこの件について絶対に認めないぞ。どうするのじゃ？」

「いや、まったくその通りだな」

王はクロワに説教をされて、ショボンとしてしまった。

「まぁ、いい。午後から魔法使い科の一回戦が始まる。見ていくと良い。城よりここのほうが安全じゃ」

「そうさせてもらう」

王とクロワはなぜかサトシを見ていた。

サトシは居心地の悪さを感じながら、

「この黒い服の犯人たちはどうするんです？」

と、聞いた。

「お、俺たちを尋問しても何も吐かないぞ！」

黒い服の一人が言った。

「尋問などする気はない。お前らが計画に失敗した時点でテリアラにもベランジアにも居場所などない。さて、どうするか？　埋めるか、それとも沈めるか？」

メルが腕を組んで考えた。

「魔大陸にでも送るか？」

クロワが提案した。

「魔大陸に連れて行って、どうするんですか？」

「サトシの奴隷にして、ドラゴニオンで働かせればいい」

「そんなこと言ったって、今ドラゴニオンは……」

大混乱のまっただ中とサトシが言う前に、

「それがいい！　そうしよう！」

と、メルが言った。

「隷属の魔法陣は描けるだろ？」

「そりゃ、まぁ描けるけど」

サトシは戸惑いながら言った。

手に入ってしまった。

「ファナちゃん、教育よろしく」

「わかりました！　私がサトシさんの第一奴隷のファナだ！　これから言うことを聞くように。命令は絶対だ。首と胴体があるべき場所にあるうちは使ってやる」

どんどん話が進んでいって、サトシは戸惑うばかりだが、とにかく六人のアサシン出身の奴隷が手に入ってしまった。

アサシンの奴隷たちを全員素っ裸にして、時空魔法でドラゴニオンの古竜の洞窟へ運んだ。

六人中三人が女だったが、ファナが気にしないというのでサトシも気にしてないというフリをしながら股間や胸をチラ見するのが精一杯。どうしても目がそちらに行ってしまうのは男の性《さが》だ。

洞窟に着くとサトシのパジャマを着たドラゴンライダーが驚いている。手足を縛られた裸のアサシンたちはもっと驚いていた。

「訳あって、この人たちをちょっとの間、預かっておいてくれる？」

「いや、あのう、え!?」

パジャマ姿のドラゴンライダーは困惑した。

「俺もよくはわからないんだけど、この人たち居場所ないんだって。一応、奴隷印描いておくか」

サトシは六人全員の肩の辺りに奴隷印を焼き付けた。アサシンたちは一言も声を発しなかった。

痛みを感じる間もなく、サトシは素早く奴隷印を描いたのだ。

「じゃあ、よろしく」

「いや、よろしくって言われても……」

ドラゴンライダーの声を聞きながら、サトシは煙のように消えた。

残されたドラゴンライダーは六人のアサシンを見た。全員裸。筋肉もしっかりしていて強そうには見えるが、どう考えてもサトシたちには敵《かな》いそうになかった。

「ここはどこなんだ⁉」

「お前は魔族か?」

アサシンたちがドラゴンライダーに聞いた。

「俺は魔族だ。ここは魔大陸のドラゴニオンって国の古竜の洞窟。裸でクサリリュウやシャドウローに勝てないなら、逃げないことを勧めるよ。その辺にうようよしてるから」

「クサリリュウ?」

「シャドウロー?」

アサシンたちはただただ戸惑い、床に転がった。

「あの人たちを敵に回さないほうがいいよ。古竜様にも勝ったような人だからね」

ドラゴンライダーは静かな洞窟内がさらに静かになった気がした。


ベランジアの闘技場では、長めの昼休憩が終わり、魔法使い科の試合が始まろうとしている。

アサシンたちが闘技場に持ち込んだ眠り薬を発生させる装置は魔道具師であるシェリーとセイレーン族のスーザンによって調べられ、単純な仕掛けの装置であることがわかった。魔道具でもないらしい。

観客たちには闘技場に入るときに、教師たちの身体検査が待ち受けていた。武器はすべて預けられることになり、サトシは教師たちから、「どこか荷物を置いておけるような空いているスペースはないか」と聞かれた。

「上はハリボテなので、いくらでもスペースがありますよ。ところで、僕って第何試合ですかね？」

「お前はそんなことも知らないのか？」

サトシは、教師から魔法使い科第三試合の出場選手であることを教えられた。

「第三試合かぁ、ありがとうございます。結構時間あるな」

少し寝ようかと、控室の柱に背中をつけて天井を見上げると大きなキノコが生えていた。サトシが自ら作った闘技場で、新しいというのに、キノコの菌が育つなんておかしい。しかも、そのキノコが移動し始めた。

「なんだ？　ああ、メルか。なんか用？」

「なんか用じゃないだろ？　諜報科の試合については調べたのか？　サトシはすべての科の試合に出るんだぞ」

キノコが喋《しゃべ》っているように揺れている。メルは天井裏の排気口にいるようだ。

「そうだったね。それで、諜報科の試合内容はなんですか？　メル先生」

「ハハハ、バカだなぁ。言うわけがないだろ？」

「どうせキノコ狩りかなんかだろ？」

「なんでわかった⁉」

キノコが大きく揺れた。

「わかったって言ってるし。なんのキノコ？　いつから開始だっけ？」

「ハハハ、明日になった瞬間から始めるさ」

「今夜〇時からか。ということはヒカリダケとかヤコウダケとかが本命かな？」

「まったく教え甲斐《がい》がない奴だ。それで、闘技場の床は火に耐えられるんだろうな？」

「なに？　鍋でもするの？　あ、採ってきたキノコを鍋にするのか」

サトシは諜報科の試合で採ってくるのはヤコウダケであることがわかった。ヒカリダケは小さく、食用には適していない。

「で、どうなんだ？」

「大丈夫だよ。鍋やろうがキャンプファイヤーしようが問題はないよ」

「ヤコウダケ採るのは良いけど、群生地なんてこの辺にあるの？」

「だからこそ試合だろう？　ハハハ、バカだなぁ……ハハハ……」

メルの笑い声が遠のき、キノコも消えた。

図書館に行ってヤコウダケの分布を調べなくてはいけない。その図書館の本の争奪戦から試合が始まっているようだ。とはいえ、まぁ、誰か知っている者についていけばいいだろう、とサトシは高をくくって目をつぶった。

サトシが軽く仮眠して起きると、魔法使い科の第三試合が始まるところで、サトシの名前が呼ばれていた。慌てて闘技場に行き、目をこすっていると銅鑼の音が響いた。

ジャーンッ！

試合開始。戦士科と同じバトルロワイヤル方式で、三〇人が闘技場に集まって、各々杖やムチを構えている。他にもスクロールを使う者、無詠唱で魔力を練り上げる者たちがいるものの、誰も魔法を放たず、膠着《こうちゃく》した状態が五秒ほど続いた。

詠唱や魔力を見ると、なぜか光魔法を使おうとしている魔法使いが多い。以前、サトシが倒した王国軍の精鋭の中に光魔法を使う魔法使いがいたが、学生たちは彼を目指しているらしい。

サトシは両手から水蒸気を発生させて、闘技場全体を霧で包んだ。その間、二秒。闘技場内の誰も対応できていなかった。霧の中で幾つかの閃光《せんこう》が起こったものの、霧の水蒸気に光が乱反射し、誰一人倒れる者はいなかった。

霧に紛れて、倒すか。サトシがそう思った次の瞬間、水魔法で霧の水分を集めた魔法使いがいた。霧の水分を集め巨大な水球を作り出した魔法使いは、他の魔法使いの恰好《かっこう》の的となり、ビームのような光魔法で蜂の巣にされていた。

水球は崩壊し、雨のように闘技場に降り注いだ。サトシはその雨に紛れるように光魔法で自分の姿を隠した。

誰もサトシがいなくなったことに気が付かないまま、火や風、水、土魔法の戦いへと移行していった。初めは光魔法を使っていた魔法使いたちも結局、四大魔法のどれかの系統を得意分野としているらしい。

嘆かわしいことだ。サトシは相変わらず、四大魔法という分類に依存しているこの学校の魔法学に落胆。観客たちもそれにあまり危機感を持っていないようで、好みの魔法使いに声援を送っている。渋い顔をしているのはクロワとクロワの横にいる王くらいか。王の横には、国王軍の精鋭で例の光魔法を使う白服の魔法使いがいた。彼は笑っていた。誰も自分の地位を脅かすような者はいないとでも思っているようだ。確か、白服の魔法使いは光魔法と空間魔法を使うんだったか。どちらの攻撃もサトシには効かなかった。

サトシは水たまりができた闘技場を歩き、クロワと王の目の前で立ち止まった。

観客の誰しもが闘技場の魔法使いたちの戦いに目を奪われる中、クロワだけが水たまりの波紋に気がついた。

水たまりの上に少しだけ浮かんでいるサトシが姿を現した。周囲でサトシに気がついているのはクロワだけだ。サトシは王の横にいる白服の魔法使いを指さし、「ゆ・だ・ん」と口を動かした。

「油断？」

クロワはサトシの言っていることがわからなかったが、白服の魔法使いが笑っている姿を見て、眉を寄せた。

次の瞬間、闘技場に雷が落ちた。魔法使いたちは感電し、倒れていく。白服の魔法使いは驚愕の表情で闘技場を見つめたまま、前のめりに倒れた。サトシが結界魔法で白服の魔法使いの頭部周辺から空気を抜いたのだ。サトシが同時に使った魔法は、自分を浮かせるための風魔法、雷魔法、結界魔法の三つ。

「王様、油断大敵です。他国のアサシンが出たというのに側近の国王軍の方たちは気が抜けているようだ。この闘技場から観客席に攻撃は行きませんが、観客席で発生させた魔法で死ぬことはあります。十分お気をつけください」

サトシの言葉に、毛むくじゃらの王は倒れた白服の魔法使いを見ながら、深く頷いた。

闘技場にはサトシ以外立っている者はいない。サトシはやることもなくなったので、控室へ戻る。

「不敬と言うかな？　我が友よ」

クロワが王に聞いた。

「いや、あの若者が言ったことは正しい」

王は闘技場を去るサトシの背中に拍手を送った。拍手は広がり、雷魔法に面食らっていた観客たちも勝者を称《たた》えるように拍手が沸き起こった。

「勝者、サトシ！」

ジャーンッ！

再び銅鑼の音が会場に鳴り響いた。

去り際、サトシは回復魔法の範囲魔法で、倒れた魔法使いたちを治した。気がついた魔法使いたちはなにがあったのかわからぬまま、自分が負けたことを告げられ、闘技場から追い出されていた。

今日はもう試合がないので、サトシが控室から出ていこうとすると、薬屋の女学生が走ってやってきた。サトシが人体の構造について教えた僧侶科の娘だ。

「どうした？」

「いや、ズズ……魔法使い科の人たちが怪我《けが》したって聞いたから、僧侶科が呼びだされたんです」

相変わらず、鼻を啜《すす》りながら女学生が答えた。怪我した魔法使いのためにやってきたようだ。

「選手たちは大丈夫だよ。全員治しておいた。それより、王の側近の魔法使いも倒れたんだ。そっち頼めるかな？」

「は、はい！」

女学生は素直に観客席の方に向かおうとして、立ち止まった。

「師匠！　師匠は怪我しなかったんですか？」

サトシは、いつの間にか師匠になってしまっていたようだ。

「僕？　僕は怪我してないよ」

「ズズ……そ、そうですか。そうだ！　師匠、お名前なんて言うんですか？　応援しますから教えてください」

「サトシだよ。サトシ・ヤマダ。君は？」

「オクラです」

「良い名前だね。僕も応援する」

「私を応援するのは師匠しかいませんよ。大会中は家族も商売していますから。それじゃ！」

オクラは観客席に向かって走っていった。

オクラはサトシが何者なのかよく知らなかった。わかっているのは、回復魔法の技術は高く、人体についての知識も豊富だというくらい。ただ、料理長のエリザベスが全科の試合に出るというようなことを言っていたのは覚えている。本当にそんなことができるのか疑わしかった。先ほど会った時はほとんど傷も汚れもなかったので、きっと魔法使い科の第四試合に出場するのだろう、と予測していた。

観客席に辿り着いて、人が集まっているところに向かうと王の側近である国王軍の魔法使いが倒れていて、すでに僧侶科の上級生や教師が治療にあたっていた。症状は酸欠ということだった。

「試合に興奮して息をするのを忘れたらしい」

僧侶科の教師が診断していた。

オクラは「そんなに興奮する試合だったのか、売り子サボって見たかったな。ズズ……」と教師たちに聞こえないようにつぶやいた。オクラはまだサトシの実力を知らない。

サトシは屋台で飯を食べようかどうしようか迷っていた。

「迷いすぎですよ！」

隣でファナが文句を言った。

サトシたちを尻目にナーディアは、屋台で爆買いしていた。

「なんで迷ってるんだ？　魔大陸ではこんな美味しいものを食べられないんだから、損だぞ」

「夜、キノコ汁なんだよ」

「キノコ汁？　なんだ、その美味しそうなものは」

「メルが諜報科の試合で作るらしいんだ。試合が終われば、どうせ食べるから、今食べるとキノコ汁が入らないかもしれないだろ？　だからと言って、このまま深夜まで腹が持つかどうか」

「ファナ。お前の主はしょうもないことで悩むんだな」

ナーディアがファナに言った。

「ほら、バカにされてますよ！」

「待て待て。ちゃんとお腹と相談しないと、試合に影響する」

「まったくヒヤヒヤさせる奴じゃ」

いつの間にかサトシたちの後ろにクロワがいた。

「あ、クロワさん」

「尻は拭いておいたぞ。お咎めなしじゃ。あまり王に喧嘩《けんか》売るなよ」

「王には売ってませんよ。ただ、側近の魔法使いが油断しすぎだったから」

「あれでも、軍の精鋭部隊ではナンバー2をやっている男なんじゃがなぁ」

「そうだったんですか！　この国大丈夫かなぁ……」

「ドラゴニオンだけでなく、このベランジアも手籠《てご》めにする気か？」

「手篭めって、そんなことしてませんし、しませんよ。それより、テリアラについてはどうするんです？」

アサシンを送り込んできた隣国のテリアラの処遇についてサトシがクロワに聞いた。

「大会が終われば、ワシとメルが潜入して黒幕を捕まえるしかないじゃろうな。まぁ、空飛ぶ箒もあることだし、問題はないじゃろう」

「あのアサシンたちは本当に僕の奴隷にしていいんですか?」

今は、ドラゴニオンの古竜の洞窟で監禁している。

「ああ、テリアラに帰っても殺されるし、ベランジアにいても死ぬまで拷問される。居場所がない奴らじゃて、上手《うま》く調教することじゃ」

調教と聞いてサトシは面倒だな、と思った。まぁ、ファナに任せるか。

「さて、ワシはこれからキノコ汁に合う魔物でも狩りに行こうかと思うのじゃが、サトシはどうする?」

「えーっと、一応、僕は試合に出る側なので、キノコの発生場所について調べなきゃならないんですよ」

「そうじゃったな。時々、お主の立ち位置がわからなくなる。それじゃあ」

そう言ってクロワが空飛ぶ箒を取り出した。

「あ、そうじゃ。明日の僧侶科の試合にな。カプリにいたあの娘が出場するぞ」

「え? あの娘って、教会にいたあの娘ですか?」

以前、カプリで魔族と戦争が起こりそうになった時、教会で担ぎ上げられていた娘がいた。確か、町人たちに謝罪し、奴隷落ちしたのではなかったか。

「そうじゃ。カプリで奴隷として橋作りをしていたが、力仕事では役に立たないからな。王都で勉強させることにしたんじゃ。僧侶として腕を上げ、カプリに帰ったら回復役をさせるらしい。ま、ワシの口利きもあったがなぁ」

「なんですか、それは」

「ワシは尻に弱いからなぁ。まぁ、いい試合を期待しておる」

クロワは手で挨拶をすると、箒に飛び乗り一気に上空へ上がって見えなくなった。

結局、サトシは夕飯を食べずに、ヤコウダケに関する本を探すことにした。以前、生まれ故郷のフルネールにいた頃にも読んだことがあるが、すべての記述を覚えているわけではない。

サトシが図書館に行くと、すでにキノコ関連の書籍は借りられてなかった。仕方がないので、シェリーに言って、自分の蔵書からキノコ関連の本を探すことに。

「まったく整理してないからですよ！」

シェリーの魔道具屋の二階で本を漁《あさ》りながらファナに文句を言われつつ、なんとか森の食材という本を見つけ、ヤコウダケについて調べた。

魔物の死体に寄生し、洞窟などジメジメした場所で群生するとある。僅かな光を受けて発光するとも書いてあったので、探しやすいだろうとサトシは思った。学内の地図を広げダンジョンと洞窟の場所を確認していると夜は更けていった。

闘技場の真ん中にはいつの間にか鍋が置かれ、火の準備が始まっている。取り仕切っているのは恰幅《かっぷく》のいい男に変装したメルだ。闘技場には一〇〇名余の諜報科の学生たちが集まっている。

情報を持つ者。隠れて潜んでいる者。戦闘を匂わせる者。とりあえず周囲を見ている者。様々だ。

サトシの他にリアの姿も見えた。

ジャーンッ！

〇時きっかり。メルが銅鑼を叩いた。運営側からはなんの説明もなかったが、キノコ狩りが始まった。

「どのくらい採ればいいと思う？」

サトシは隣に立っているリアに聞いた。

「食べられる分だけで良いんじゃない」

「そうか、採りすぎても他の人が採れなくなるもんな」

二人は闘技場の入口前で分かれることに。これからは個人戦だ。

「じゃ、リアの健闘を祈る」

「私はサトシが暴走しないことを祈るよ」

そうして走り出したが、サトシとリアはヤコウダケをすぐに見つけた。リアは修業している間に見つけた洞窟を回り、サトシは空飛ぶ箒で、空から仄《ほの》かに光る場所を探し、同じ場所に辿り着いたのだ。

「まさか同じ場所に辿り着くとはね」

「空から見ればすぐにわかったけど、リアはよく知ってたね」

「修業で森の中をいろいろ回っているからさ」

洞窟内にはヤコウダケが異常に群生しており、採り放題だった。

「ヤコウダケって魔物の死体に寄生するんだよね？」

サトシが聞いた。

「うん、この地面には死体が埋まっているってこと」

「こんなにたくさん？」

メルが埋めたと考えるのが妥当か。それにしても、洞窟の中の方まで続いているように見える。

「どこまで群生しているのか確かめてみない？」

サトシがリアに提案した。

「いいけど、メルさんが仕込んだと考えると、罠《わな》があると思うよ」

サトシとリアが洞窟の奥まで行くと、あっさりと行き止まりになって、天井から白い大きな柱のようなものが突き出していた。

その白い柱をサトシが触って確かめてみると、巨大な魔物の骨であることがわかった。

「骨だ。たぶん肋骨《ろっこつ》だと思うんだけど……」

「ってことは、この洞窟は巨大な魔物の死体だってことかな？」

「そうみたいだね。遥か古《いにしえ》の昔、ここに生息していたんだろうね。ここまで大きかったら、古文書に残っているかもしれないよ」

サトシの言葉にリアは頷いた。

「メルさんもここまで手の込んだ罠は張れないよね」

「だね。学校の敷地内にこんなものがあって良いのかどうか。ま、それは校長とかが考えればいいことか。ヤコウダケは採ったし帰ろうか」

「うん！」

サトシとリアが闘技場に到着し、順位は一位、二位。この時点で、二人は勝ち抜け。二人はそのまま、メルに指示されるままにキノコ汁作りを手伝わされた。

発光したキノコが湯の中で踊るなか、煮崩れを起こさないようにゆっくりとかき混ぜろというのがメルからのお達しだ。味付けはメルが味見をしつつ行っていた。メルの服の中には様々なスパイスが隠されている。

リアがゆっくりと鍋の中をかき回している。

「これだけあるんだから、アサシン達《たち》にも食べさせてもいいかな？」

「ん？　ああテリアラの奴らか。構わないぞ、好きにしろ」

サトシの提案にメルはそっけなく答えた。

サトシとリアが採ってきただけでも大鍋一杯のヤコウダケが入っている。これから、さらに諜報科の選手たちが採ってくるはずだから多すぎるくらいだ。

キノコ汁ができあがると、サトシはエリザベスに小鍋とお椀を貸してもらい、ドラゴニオンへ向かうため時空魔法で煙のように消えた。

パジャマ姿のドラゴンライダーはすでに見張りを交代したようで、別のドラゴンライダーがいた。アサシンたちには布切れが与えられており、男女六人全員ちゃんと局部を隠した状態だった。どうやら、ドラゴンライダーたちが見かねて気を使ってくれたようだ。

「悪いね。服用意させちゃって」

サトシがドラゴンライダーに話しかけると、

「ああ！　サトシさん！　いえいえ。サトシさんの奴隷と聞いたので」

ドラゴンライダーは腰を低くして言った。アサシンたちもサトシに気がつき、警戒した様子で壁際に移動していた。

「飯食べさせた？」

「いえ、そこは。サトシさんの計画もあるかも、ということで控えさせていただきました」

「ありがとう。キノコ汁なんだけど、君も食べる？」

「私は家で食べてきてしまったので」

申し訳なさそうにドラゴンライダーが言った。

「そう。明日には、使いの者を寄越《よこ》すから。一晩、この奴隷たちをここで預かってて」

「はい。わかりました」

闘技場の建設で、ドラゴンライダーたちはすっかりサトシに従順になってしまっている。

サトシがドラゴンライダーと会話している最中、アサシンたちはサトシへの警戒を怠らないように身を低くしていた。

「キノコ汁持ってきたよ。ここに置いておくから食べてね。毒は入ってないから安心してくれ。一応、加熱の魔法陣も描いておくか」

サトシは洞窟の地面にさらさらと魔法陣を描き上げた。

「じゃ、明日にでもファナっていう僕の筆頭奴隷を連れてくるから、なんでも言うことを聞くように。今日はキノコ汁でも食べて休んでて」

「「「……」」」

アサシンたちからの反応はない。

サトシは彼らが「キノコ汁が好きじゃなかったのか、やっぱり毒が入っていると思っているのか」などと考えて、鍋の中のキノコ汁を一口食べた。

「うん、うまいよ。じゃ、僕は帰るから、ドラゴンライダーさんの言うことをちゃんと聞いておいてね」

そう言うと、サトシは現れたときと同じように煙のように消えた。

元アサシンたちはどうしようもなく腹が減っていたが、サトシが持ってきたキノコ汁を食べる気にはなれなかった。

「食べないと俺が怒られそうなんだけどな」

ドラゴンライダーは加熱の魔法陣に鍋を置き、キノコ汁を温めてやると、洞窟内にとても美味しそうなスパイスの香りが充満した。

「はっきり言って、これから魔大陸ではベランジアのように美味しい物は出てこないよ。それでも食べないなら、見張り交代の時に仲間に捨てておくよう伝えるけど、どうする？」

ドラゴンライダーの言葉に、アサシンたちは迷い始めた。

「よくこんな美味しそうな匂いがしているのに、我慢できるな。魔大陸では奴隷にちゃんと飯を食べさせない主人は罰せられるんだけど、ベランジアでは奴隷が餓死するのが普通なのか？　随分、古い考えを持ってるんだな」

暇なので、ドラゴンライダーは元アサシンたちにどんどん話しかける。

「いや、我らとて、食べたくないわけではない」

「なら食べたらいい。あ、もしかして、まだ助けが来るとか、逃げるチャンスを窺《うかが》っているのか？それなら、まず無理だ。そもそも大陸が違うから助けは来ないし、逃げるチャンスと言ってもよほど自分の戦闘力に自信がない限りクサリリュウには勝てないよ。耳を澄ませてみろよ。カエルの鳴くような声が聞こえてくるだろう？　ああやって弱い者をおびき寄せて、襲うんだ」

元アサシンたちが耳を澄ますと、確かにカエルの鳴き声のような音が聞こえてきた。

「俺たちもこの前までは逃げることも叶わなかった相手だけど、ドン・クロワから教えを受けて、どうにか倒せるようになったんだ。君たちは教えを受けたことは？」

「ない。我々はドン・クロワにやられたんだ」

元アサシンの一人が答えた。

「ああ、だったら無理をせず、生き残る方法を取ったほうがいいと思うよ。サトシさんはあんな少年のような見た目をしているけど、中身は大人で面倒見もいいから、ベランジアの大会が終われば、ちゃんとここから出してくれるはずさ」

ドラゴンライダーに説得され、ようやく元アサシンたちはキノコ汁に手をつけてみた。一口食べれば、あとはその美味しさで食べる手を止めることはできない。小鍋に入ったキノコ汁はものの三分ほどで汁一滴も残っていなかった。


サトシが闘技場に戻ってくると、メルが眠そうに鍋をかき混ぜていた。リアと交代したようだ。

「お疲れ。まだ、皆来ないの？」

「ああ、舐《な》めてんのかな。サトシとリアしか戻ってきてないってどういうことだろうか？　私としては、もうお腹いっぱいになったし、適当でいいんだけど。ドン・クロワ！」

メルは、観客席でキノコ汁を食べているクロワに向かって大声で呼びかけた。

「なんじゃ？　急に大声を出すな！」

クロワは文句を言いながら、ナーディアとエリザベスと談笑を続けた。

「あと全員、退学でいいんじゃないですか？」

メルがつぶやいた。

「え？　なんじゃと!?」

「残りの奴らは見込みがないですよ。どうすればこんなに時間がかかるのか」

「魔物にでも襲われてるんじゃないか？　まぁ、もう少し待ってみることじゃな」

クロワは適当に返した。

「それにしたって、こんな学校の周りに強い魔物なんか……」

「生態系が急に変わることはあるよ。僕が前に住んでた森も、ワイルドベアが亜種に変わってたことがあるし」

サトシがメルに忠告すると、メルは面倒くさそうに鍋をかき回す手を止めた。

「クロワ、サトシ、手伝ってください。箒に乗って三人で回って様子を見よう」

「なんで僕が!?　僕だって選手だよ」

「そうじゃぞ。老人を過労死させる気か？」

「手伝ってくれなきゃ、二人とも、その食べたキノコ汁を吐くまで組手だ」

「「ん〜まったく」」

しぶしぶサトシとクロワはメルを手伝うことに。

「悪いけどリア、鍋をかき混ぜててくれ。ナーディアとエリザベスさんは私たちがいない間にヤコウダケを持ってきた選手がいたらキノコ汁を振る舞ってくれる？」

「「はいはい」」

メルはその場にいた人たちに頼み、箒にまたがった。

急上昇するメルをサトシとクロワが追いかける。西と南、北に分かれ、それぞれ諜報科の選手たちを探した。

結果から言えば、徒労だった。選手たちは未だにヤコウダケを探していたのだ。

ある者はヤコウダケではなくヒカリダケを採取しようとしたり、ある者は夜行性の魔物に苦戦していたり、ある者は自分の仕掛けた罠にハマったり、媚薬《びやく》のキノコを誤って採取し森のなかでおっ始める者たちまでいた。

道に迷って泣いている選手たちはサトシが道を教えて闘技場に向かわせた。ヤコウダケを持っていないため、彼女たちは失格になるだろう。わざわざダンジョンに向かう者たちはクロワが叱《しか》り飛（しか）ばした。闇夜に紛れて無意味な戦いを繰り広げていた者たちはメルがぶっ飛ばした。

「メル。部屋に帰って寝ていい？」

「嘆かわしいことじゃ……」

サトシとクロワの言葉が聞こえないくらいメルは怒りに震えていた。自分がいた頃の諜報科とまるで変わってしまっていたのだ。

「ドン・クロワ！　諜報科の教師陣を全員クビにしろ！」

「ワシはすでに校長ではない。進言するならホルシオンに」

メルは怒りの表情のまま、学校へと飛んだ。

サトシとクロワは闘技場に戻り、ナーディアたちと後片付けをした。キノコ汁の鍋は蓋《ふた》をして学校の厨房へと持って行き、空間魔法の魔法陣の中に置いて保存。サトシたちが厨房にいる間に、メルが校長室で暴れている音がかすかに聞こえてきた。

「良い方に向かえばいいな」

ナーディアが天井を見上げて言った。料理長のエリザベスは帰ってこない学生たちを心配している。

「あれはもうサトシしか止められる者はおらんじゃろうな」

「え？　僕は止めませんよ」

幾度かズンッという音が鳴り、寝ていた学生たちも起き出していた。慌ただしく、諜報科の教師たちが闘技場の方へと向かっている。

サトシたちは各々の部屋へと戻り、就寝。奴隷のファナも腹いっぱいキノコ汁を食べたようで、早々に鼾をかいていた。


早朝に僧侶科の試合が開始されることになり、諜報科の教師たちが僧侶科の選手たちを朝早くから起こして回っていた。サトシを起こしに来た教師はファナに時間を止められ、一瞬命の危険に晒《さら》されたが、すぐにサトシがファナを止め、事なきを得た。

「ノックもせずに部屋に入ろうとするからですよ」

と、ファナは教師に忠告しナイフをしまっていたが、後にサトシは奴隷の教育がなっていないと噂が立った。サトシもファナが正しいと思っているので特に噂は気にしない。

それよりも準備をして闘技場へと向かった。ファナも着替えを手伝ってくれたのだが、最近、なにかと股間周りを触ってくるので、叱った。

「溜まっているなら、ヘスナさんから張り形を一本借りてこいよ」

ヘスナというのはカンパリアの魔道具師ギルドにいるバイブマニアの女性だ。

「いいえ、いいんです。サトシさんが溜まっているのではないかと思って、奴隷として気を使っただけです」

ファナとしても自分が急にサトシから襲われるのはいいが、他の女性との間に子供ができたら大変だと思っての行動だった。サトシは「自分で処理できる」と言っておいた。それに、大会が終われば、彼女ができると淡い期待を寄せている。ファナとしてはサトシに彼女ができると、監視ができなくなるので危険だと考えていた。

「よし、行くか」

サトシはちゃんと着替え、ファナを連れ、闘技場へと向かった。闘技場近くの屋台は早朝ということもあり、まだ営業していない。朝飯は抜きだ。道行く観客もまばら。

僧侶科の試合内容は、夜明け前に闘技場まで辿り着いた諜報科の学生たちの治療をすることに急《きゅう》遽《きょ》決まった。

総勢一〇〇名近い。身体の部位を負傷していたり、毒に侵されている者がほとんどだ。薬屋の少女・オクラと、カプリの教会にいたソフィアも学生として参加。

サトシは非常に眠かったし、お腹も空《す》いたので、もう試合とか大会とかどうでも良くなってきていた。

「師匠おはようございます、ズズ……」

オクラがサトシに話しかけてきた。

「ああ、えーっとオクラだったっけ?」

「そうです」

「おはよ。あそこにいる毒にかかってる人にアンチドーテと麻痺《まひ》を治す薬を飲ませてあげてね。それからあそこで寝てる人とあっちの壁に寄りかかっている人も危ないね」

「へ？」

オクラは師匠であるサトシが何を言っているのか、すぐには理解できなかった。

サトシとオクラが話しているところにソフィアが近づいてきた。

「おはようございます！　この度は……」

「あーなんだったっけ？　お尻の人だ！　遠いところわざわざお疲れ様です」

「お尻のって……それは！」

「あ、ごめん。秘密だった？　まぁ、人それぞれ趣味があるからね。あ、そろそろ始まるみたいだね」

そうサトシが言った直後、
ジャーンッ！

と、銅鑼の音が鳴り、僧侶科の試合が始まった。

僧侶科の学生たちが負傷者たちのもとに駆け寄るなか、サトシはオクラに話しかけた。

「オクラ。薬は足りそう？」

「え？　一応、薬屋の娘なので薬はたくさん持ってきました」

「じゃ、あとよろしくね。解毒魔法は人によって効果が違うからさ」

サトシは、闘技場全体に範囲治療魔法を使った。緑色の光が闘技場全体を包み、その場にいた全員のケガが治っていく光景に観客も負傷者も学生たちも言葉を失った。

光が収まっても、誰も動こうとしなかった。サトシを除いては。

「帰って寝まーす」

と、宣言してサトシは闘技場から出て行った。

去っていくサトシを見ながら、オクラだけが気がついたように慌てて動き出し、サトシに言われた人たちを薬で治療して回った。

その後、僧侶科の試合はやり直すことになった。冒険者ギルドの協力を得て、ケガをした冒険者たちを治す試合が組まれたのだ。サトシとオクラに関しては、勝ち残りとされた。

第五話 決着と戦火

翌日、戦士科の決勝戦。

プリマと上級生のガイズ、それにドワーフ族の青年・ダフトが緊張の面持ちで、試合会場に登場するなか、サトシはあくびをしながらお腹を擦《さす》っていた。

「ハラ減ったなぁ。プリマ、なんか食べた？」

「いや……それより、そんなに余裕をかましていていいのか？」

「いいだろ。別に優勝する気ないし」

「フハハハハ！　優勝は俺のものだ！」

ガイズが観客に向かって吠《ほ》えている。

「弱いやつほどよく吠えるってのを地で行く奴いるんだなぁ。ダフト君と言ったかい？」

「え？　は、はい」

サトシが頭一つ分背の低いドワーフの青年に話しかけた。

「初めにあの上級生に退場してもらおうと思ってるんだけど、なにか個人的な恨みとか戦いたいとかあるかい？」

「いえ、僕はプリマさんと戦えればそれで」

ダフトが頬を赤く染めながら、自分の得物である板斧をギュッと握りしめた。

「なんだ、プリマのファンか。プリマってモテるんだな」

「別に……」

プリマは興味がないというように、両手に持った木の棒をくるくると回している。木の棒には魔法陣が描いてあり、決勝戦のために仕込んできた物らしい。サトシは、そういえばプリマにいろいろ魔法陣を教えたけど、これのためだったのかと納得した。

サトシは相変わらず、練習用の銅の剣。

ガイズはなんかデカい剣。

「戦士科決勝戦、始めっ！」

ジャーン！

銅鑼の音とともに、サトシとプリマがガイズに向かって走った。

ガイズが大剣を構えた時には、二人ともガイズを通り過ぎており、観客は何が起こったのか、よくわからなかった。ただ、ガイズがゆっくりと倒れたので、二人が攻撃し、ガイズが反応できなかったという事実は見て取れた。

後に、ガイズは全身打撲と診断されることになる。

開始一秒の出来事だった。

「さて、どうする？」

サトシはダフトを見た。

「手合わせ、お願いします！」

ダフトはプリマに向かって板斧を構えた。

プリマも頷いて、棒を構え、一気に距離を詰める。プリマはダフトが一振りする間に、三回くらい攻撃を当てている。棒術というやつだろう。

ダフトはプリマのスピードについていけず、身を固めてずっと隙を窺っている。よく鍛えた身体だが、ダフトの肌には痣《あざ》ができていった。

堪えきれなくなったのか、ダフトが板斧を振った。狙いも定まらない板斧は空を切る。それでもプリマが離れた隙にダフトは雄叫《おたけ》びを上げて、白目をむいた。いわゆるバーサーカー状態になり、防御を捨てたのだ。

観客がどよめき始めた。

学校の試合とは言え、バーサーカー状態になるのは異例だ。プリマがダフトの攻撃を受け始めた。強力な板斧の一撃を躱し、受け流し、反撃を繰り返す。ダフトの攻撃は強化した会場の床を削るほど。攻撃を一度でも受ければ、プリマは倒れる。

逆にプリマの攻撃は、決め手に欠け、幾度もダフトの顎を打っても気絶しない。

ダフトは痛みを忘れているようだ。闘技場の隅に追い詰められていくプリマだが、口元は笑っていた。

「仕方がない。サトシに使おうと思っていたが……」

プリマは手に持った棒に魔力を込めた。棒が二つに折れ、魔力の糸で繋《つな》がっている。いわゆるヌンチャクのようだが、棒の間の糸は伸縮性に優れていた。プリマは片方の棒をダフトの後方にブーメランのように投げつけ、脇をすり抜けると、魔力の糸がダフトの腕と身体を縛り付けた。

ダフトは板斧で糸を切ろうとしたが、肘から先しか力が入らず、プリマのなすがままになってしまう。あとは、プリマがダフトを縛り上げていく作業と化していった。ダフトは口から泡を吐きながら気絶し、戦闘不能。

ようやくけりが付いたと思ったプリマが振り返ると、サトシは串焼きの肉を食べていた。

「終わった？　じゃ、やろうか」

プリマとダフトが戦っている最中に、サトシは腹が減りすぎて闘技場の外に行って串焼きを買っていた。サトシが肉を口いっぱいに放り込み、串を後ろに投げ捨てたのが合図になった。

プリマはサトシに走りより、ヌンチャクを振り回した。その射程距離は槍よりも長く、スピードは他の学生が短剣を振るうよりも速い。

「うわたぁっ！　ほあちゃっ！」

プリマは声と攻撃するタイミングを少しずつ変えることによってフェイントをかけていく。

サトシは、プリマのヌンチャクの動きを見極め急所への攻撃だけ練習用の銅の剣で受けながら、後退していった。プリマはダフトのときと同じく、片方の棒をサトシの後方に投げた。

サトシは投げた棒を空中でキャッチして、プリマの周りを猛スピードで回った。縛られたプリマはヌンチャクから手を離した。魔力の糸が切れ、自由になったプリマはサトシに迫る。

体勢を低くしてレスリングのタックルをするように、サトシの足に飛びついた。サトシは後ろに倒れ、プリマは馬乗りになる。このままプリマがサトシの顔面を殴り続ければ、プリマの勝利になると、観客の誰もが思った。

サトシは殴りかかろうとするプリマの喉に練習用の銅の剣を当てた。

「武器を手放してはいけない。手放した時点で負けが確定します。前に言ったろ？」

汗だくのプリマはフッと笑った。敵わない。そんなことは試合をする前からわかっていたことだ。それでもサトシを押し倒し、捕まえることはできた。足元くらいには追いついただろうか。

プリマは呼吸を整えながら、手を上げて降参。

ジャーンッ！

銅鑼の音が鳴った。

「勝負あり！　勝者プリマ！」

観客から、今日一番のどよめきが沸き起こった。どう見てもサトシの勝ちだ。

銅鑼を叩いた戦士科の女教師・セリアが「静粛に！」と大声で観客に呼びかけた。

「今の試合を説明いたします。勝敗は、プリマ選手がダフト選手に勝利した時点で付いていました。サトシ選手は一度、魔法で外に出ているため、場外になります。よって、勝者はプリマ選手です。試合終了の銅鑼の音が遅くなったことをお詫《わ》び申し上げます」

観客席からは「どういうことだよ!?」などという声が上がったが、結果は覆らなかった。

なにより、サトシがプリマの身体に腕を回し持ち上げて、試合会場から立ち去ってしまったので、それ以上異論は上がらなかった。

「よくここまで鍛えたね」

控室でサトシはプリマの身体を撫で回して見つめた。

「サトシに追いつこうと思って、努力をしたんだ」

プリマもサトシを見つめている。セリアが説明をしている最中から、ずっと二人は見つめ合っていた。サトシとしても、非常に好みの筋肉だ。

「ん、おっほん」

天井からリアが飛び降りてきた。

「リア！」

プリマは慌ててサトシから身を離した。サトシもようやくまずいものを見られてしまったと思い、急に恥ずかしくなった。サトシはただプリマの筋肉に夢中になっていただけ。以前よりも口角が上がり表情筋までついていたことに、興奮していた。できれば触らせて欲しい、と。

「すべての試合が終わってからにしないか?」

リアの提案に、サトシもプリマも頷いた。


続いての試合は魔法使い科決勝。魔法使いの上級生たち三人が魔力を込め、詠唱している間に、サトシは手の平に作った竜巻を徐々に大きくしていき、試合会場に天災を生み出してしまった。

巻き上げられた三人を確認して、サトシは勝利を確信。四つの科のうち一つくらいは優勝しておかないとファンができないだろうと思っていたので、魔法使い科だけは優勝するつもりだった。

ところがサトシが試合会場から出たところで、巻き上げられたうちの一人が試合会場に落下。他の二人の魔法使いは会場外の木に引っかかり、軽傷で済んだが、落下した魔法使いは全身打撲と引き換えに優勝を果たした。

「勝負が決まる前に、会場から出る奴があるか!」

観客席から中年女性姿に扮《ふん》したメルがサトシに苦言を言う。

「面目ない」

メルの言うとおりなので、サトシは反省した。

諜報科の試合は、昼を過ぎてから開始されることになったのだが、メルは不満そうに、試合会場に鍋を並べ、勝手に銅鑼を鳴らし試合を始めてしまった。

「いついかなる時も、油断をした奴から死んでいくのだから、諜報科が自分の食事を任務よりも優先するなどあり得ない」

というのが、メルの言い分だった。

サトシとリアだけは、メルの動きに注意していたので気がついたが、他の諜報科の学生たちは気づかずに飯を食べに行ってしまっていた。見ている観客もお弁当を持ってやってきていた者たちだけ。その中で、諜報科の決勝戦が行われた。

お題は、並べられた鍋の中に入った料理の中で、致死性の物は何種あるか、というものだった。

結果は、サトシが食べても死なないと思っていた食べ物が、実際は二日後に苦しんで死ぬという毒を持っていたため、リアの勝利。サトシが六歳くらいの時、食べて死にかけたが結局死なかったので、答えから外してしまったのだ。

「サトシは森育ちで、耐性がつきすぎてしまっていたから負けたんだ。これからは普通の人の身になって考えるように」

メルは尤《もっと》もらしいことを言って、銅鑼を鳴らし、試合終了を告げた。

昼休憩から帰ってきた選手も観客も、すでに試合が終了していることに面食らいながらも、決着が付いたことには納得していた。正直、リアとサトシと戦って勝てる気がしない。毒などの耐性を持たれてしまっては暗殺も難しいのだ。ただ、サトシを嫌う教師だけが悔しそうに、メルに抗議していた。それも「お前は学生に、なにを教えていたんだ？」と言われ、黙ってしまった。

最後の試合は、僧侶科の決勝戦。

前日、王都にいる怪我人はほとんど治してしまったため、試合で傷ついた選手を治すことになったのだが、僧侶科の決勝前にサトシが控室で全員治療してしまっていた。わざわざ、怪我人を作り出すわけにもいかず、決勝に上がった四人の僧侶科の選手は、これまでの自分の研究成果を発表し、優劣を決めることに。

結果は、サトシが『僧侶殺し』を発表するもシェリーに止められ、さらに会場にいる僧侶全員から非難を浴び、証拠が足りないということで敗退。

「そんなこと言ったって、事実なのに！」

サトシは憤慨していたが、気分は割りと晴れやかだった。

オクラが優勝したからだ。オクラはサトシが教えた人体の構造を説明しながら、怪我だけでなく、定期的に探知魔法を体に当て検診をすることで病も事前に発見できると発表し、拍手喝采を受けていた。僧侶に定期的な仕事を与えたのだから、優勝は当たり前だ、とサトシは納得した。

「師匠！　優勝してしまいましたぁ、どうしましょう!?　ズズ……」

「良いんじゃない？　あとは国民に病気なんじゃないかっていう不安を煽《あお》るだけで、僧侶は大金持ちだよ」

「師匠、あくどいですね……」

オクラはサトシの言葉に若干引いた。サトシからすれば、もっとあくどいことはいくらでも思いつきそうだった。むしろ、健康診断をしていない僧侶の方が今までなにを考えていたのか。

「僕にとっては、暇つぶしだからね。面白くなりそうなことを無責任に言ってるだけだよ」

サトシは大会が終わり、誰かが告白してくるのではないかと、周囲をキョロキョロしていた。プリマとリアにはあとで筋肉を触らせてもらうつもりではいるが、彼女にするとなるとまた別だと考えていた。

サトシの期待とは裏腹に、近づいてきたのはナーディアだった。

大会の閉会式に、出場した選手たちが試合会場に集まるなか、サトシはナーディアに呼ばれ控室にいた。

「どうかした？」

「ドラゴニオンが大変なことになっているはずだから、とりあえず連れて行ってくれ」

「え、これから閉会式だし、その後打ち上げがあるのに？」

サトシはきっと打ち上げの時に呼ばれて告白されるだろうと夢想していた。

「ラブレターは、戻ってきてからでも貰《もら》えるさ。大会で全科の試合に出たんだからな」

「そ、そうかなぁ。一つも優勝できなかったけどね。でも、わかった。行くよ」

試合会場では、王が直々に大会終了の宣言をし、選手たちへのねぎらいの言葉をかけているのが聞こえた。サトシは、その声に紛れるように、煙のように試合会場から消えた。

ドラゴニオン、古竜の洞窟。サトシとナーディアは、周囲を見回し立ち尽くした。誰もいなかったのだ。見張りのドラゴンライダーもサトシの奴隷たちも消えてしまっていた。

「あれ？　あたしの思っていた状況と違うなぁ」

ナーディアが首を傾《かし》げた。

「とりあえず、外に出ようか」

サトシたちが洞窟を出ると、町の各所が燃えていた。

町の人々は叫びながら、逃げ回っている。谷の真上では、古竜とレッドドラゴンに乗ったドラゴンライダーたちが旋回していた。

「こんなことは予測していなかった」

「何があったんだ？」

サトシは箒に飛び乗り、空を旋回している古竜に近づいた。

「いったい、どういうことになっているんですか!?」

大声で呼びかけたが、傷だらけの古竜の目は焦点が合っておらず、よろよろと飛んでついには螺《ら》旋《せん》を描きながら、墜落していった。サトシは、古竜を空中で摑み、ゆっくりと地面に下ろした。

古竜に息はあるので、生きてはいるようだ。サトシは古竜にソナー魔法を使って、診察。外傷は多いが、内臓は比較的傷ついていない。ただ、状態異常になっているので、休息が必要だろう。

レッドドラゴンに乗ったドラゴンライダーたちはサトシに気づき、周囲に集まり始めた。

「どうなってるんだ？」

「古竜様が飲んでいた酒に毒が入っていたらしく、正気を失って暴れまわっています。しかも、なぜか同じタイミングで東からマクロネシア軍が侵攻してきました」

同時刻に攻撃されているとすれば、敵は何らかの通信手段を持っているということだろうか。ただ、古竜が毒入りの酒を飲んだことがわかる位置に敵の一人がいたということは……。

サトシはそこまで考えて、犯人探しを止めた。そんなことは後からいくらでもできる。それより、今は。

「けが人の回復を優先で。マクロネシア軍というのは今どこに？」

「東の谷です！　我らドラゴンライダーの仲間が空から迎撃しているはずですが、逃げ遅れている谷の民がいるかもしれません……」

「案内してくれる？」

「了解しました。こちらです」

ドラゴンライダーが手綱を握るとレッドドラゴンが飛び上がった。

「ナーディア！　ここ頼める？」

「任せろ！　ついでにサトシの奴隷たちも探しておく」

「助かる！」

サトシも箒に乗り、飛び上がる。レッドドラゴンよりも遥か上空に飛び上がり、風魔法で雲を蹴散らしながら、サトシは下を見た。

空からドラゴニオンの谷を見ると、真ん中に大きなメインの谷があり、枝葉のような細かい谷が東西に広がっている。太古の昔に川が流れていた跡だ。

その東側の谷に煙が立ち上っているのが見えた。迎撃しているレッドドラゴンの炎が遠くに見える。

「あれか」

戦闘している場所はわかった。サトシは案内してくれるレッドドラゴンに近づく。

「谷の民たちが避難しているのは？」

「あの砦です。地下に野菜を育てる畑があって、たぶんそこに避難しているはずです」

ドラゴニオンには洞窟で野菜を育てる技術がある。畑ができるほどの大きさということなので、避難する先としては十分だろう。

「砦の向こうに火の手が上がっているのが見えたんだけど、あそこには何かある？」

「砦の先は、国境線まで貧困層の居住区です」

ということは、貧困層の谷の民たちが逃げ遅れているかもしれないのか。

「わかった。他にドラゴニオンにマクロネシア軍が入ってくるルートはある？」

「他のルートは確認が取れていません。第一報が届いたのは、マクロネシアとの国境線で、砦の向こうです」

「わかった。確認を取りに行ってもらえる？　僕は砦の向こうに急ぐから」

「了解しました！」

サトシはドラゴンライダーの返事を聞いて、一気にスピードを上げ、砦の上を通過。緊急事態につき、魔封じの指輪は外した。砦の下にいた避難民はとてつもない魔力が上空を通過するのを感じたという。

砦の向こう。マクロネシア軍と交戦しているドラゴンライダーたちは、苦戦していた。

「くそっ埒《らち》が明かない」

ドラゴンライダーは跳ね返ってきたレッドドラゴンの炎で焦げた頬を拭いながら言った。火傷《やけど》くらい大したことではない。それよりも、目の前の敵だ。

空から放たれるレッドドラゴンのブレス攻撃が、マクロネシア軍には一切効かなかった。マクロネシア軍は集団で密集し、半球状に防御結界の魔法陣を張っていた。

地上に降りて、魔法を放っても防御結界に阻まれてしまう。下手《へた》に近づけば、集団で襲い掛かってきて反撃を繰り出す間もなく連撃に次ぐ連撃。マクロネシアはダンジョンの国であるため、パーティでの連携攻撃が上手いのだ。

「おつかれ」

サトシがレッドドラゴンの隣を飛びながら、ドラゴンライダーに声をかけた。

「え!? お、お疲れ様です!」

「マクロネシアの軍ってあれ?」

「そ、そうです!」

密集した軍隊を指しながら、サトシが聞いた。

「他には?」

「後方の洞窟で略奪している者たちもいます」

「洞窟には逃げ遅れているドラゴニオンの民はいる？」

「わかりません。たぶん、ほぼ全員砦に避難しているかと」

「わかった、現地で確認する。ありがとう」

サトシは地面に降りて、マクロネシア軍の前に立つとゆっくり手を地面にかざした。膨大な魔力が地面に注がれ、隆起し始める。数秒で谷底に壁ができた。

「なんだ!?」

「おい、これは!?」

「いつの間に、こんな壁が……」

マクロネシア軍は前進できず、壁を見上げるのみ。戦闘面では連携を見せるマクロネシア軍だったが、突然の地形の変化には対応できなかった。

その間に、サトシはマクロネシア軍の後方に移動。貧民層の居住区である洞窟を調べて回る。

逃げ惑うドラゴニオンの民はいなかった。マクロネシアの軍は目的の金目のものがないのか、荒れた様子でドアや壺《つぼ》を壊し、鬱憤《うっぷん》を晴らしているようだ。

サトシは、床に睡眠魔法の魔法陣を描いて魔力を込め、洞窟の入口を岩魔法で塞いだ。洞窟内の全員が眠るまで、サトシが入口の前で待っていると、マクロネシア軍が何人かやってきた。全員縛り上げ、軍の司令官を探した。

「司令官、統率者、元帥、呼び名は何でもいいけど、ドラゴニオンへの攻撃を指揮している人間に会いたい」

サトシがそう言うと、マクロネシアの軍人たちは国境線の方を向いた。

様子を見に来たドラゴンライダーとレッドドラゴンを呼び、洞窟内で眠っているマクロネシア軍の捕獲と、逃げ遅れて隠れているかもしれないドラゴニオンの民の救出を任せ、サトシは国境線へ向かった。

国境線は谷底にあり、Hの形の門があったようだが、今は破壊され、ドラゴニオンの衛兵もいない。とりあえず、これ以上侵攻されないようサトシは国境線にも魔法で岩の壁を作った。

国境線の向こう側、マクロネシア側に行くには上り坂になっており、谷が終わっていた。

サトシが坂道を上り始めると、前方から油の入った樽と火の玉が飛んできた。油の入った樽はスルーして、火の玉は水魔法で消した。

坂道を上りきると、テントが立ち並び、マクロネシア軍が陣を張っていた。樽や火の玉を放っていた軍人たちは、サトシを囲むように扇形に陣形を組み、槍を構えている。

「司令官を出せ」

サトシの言葉に、マクロネシア軍は誰も答えない。

「もう一度言う。司令官を出せ」

やはり誰も答えない。その代わりに、一人の軍人が槍を突き出し、サトシを攻撃した。サトシは槍を掴み、軍人ごと持ち上げて、そのまま振り回す。陣形は崩れ、軍人たちの血しぶきが舞った。

呻《うめ》き声を上げ、地面に転がっている軍人の一人から剣を奪うと、サトシは水魔法の魔法陣を刃に描いた。先日、戦士科の大会で見た魔道具と似たようなものを作った。即席なので小一時間しか保《も》たないだろうが、これで十分。

「むんっ！」

サトシが剣に魔力を込めると、刃渡り三〇メートルほどの水の剣が空へと伸びた。

あとは、それを振るだけ。陣営のテントごと軍人たちを水で流していく。魔法を放ってくる軍人たちもいたようだが、サトシには届いていなかった。

陣の端っこには馬車が停まっていて、中にサトシの奴隷であるヒューマン族の男が三人乗っていた。もちろん、その三人も水で流され溺れている。

一通り壊滅させたあと、サトシは大きく息を吐き、剣をベルトに差した。地面に転がっている軍人たちの中に、自分の奴隷がいたことにサトシは驚いて、急いで息を吹き返させた。

「何やってんの？　脱走？」

「ゴホッゲホッ。違います。古竜の洞窟から出たところで襲われて、空間魔法でここに連れてこられたんです」

奴隷の一人が答えた。

「え～、空間魔法使う種族がいるのかぁ。厄介だなぁ。まぁ、いいか。僕も使えるし。それより人数減ってない？」

「自分たちの仲間は町の方に連れて行かれたようです」

「なんか、目的があんのかな？　この軍の司令官って誰かわかる？」

「緑色の肌の魔族です。手の甲に魔石が嵌められていたはずです」

サトシはなんでも答えてくれる奴隷に違和感を覚えた。ちょっと前に奴隷になったばかりだというのに素直すぎる気がしたのだ。

「な、なにか？」

じっと見つめるサトシに奴隷の一人が聞いた。

「いや、どうしてそんな素直に答えてくれるのか、考えてたんだ」

「そりゃ。あなたが私たちの主人ですからね。他に生き残る方法があるなら教えてください。長いものには巻かれますよ」

奴隷は腹をくくったように言った。

「そういうもんか。あ、緑色の魔族ってあれかな？」

緑色の肌の魔族はすぐに見つかった。

サトシは奴隷たちに落ちている武器を全て回収させ、気絶している軍人たちを縄で縛るよう指示。自分は軍の司令官を魔力の糸で縛り上げる。軽く頬を叩いて起こして、目の前の岩に座った。

「マクロネシア軍がドラゴニオンに侵攻した理由は？」

「……」

サトシは司令官の片足に剣を突き刺した。

「あががっ！　がはっ！」

「次は切り落とす。僕はヒューマン族だけど、一時的にはドラゴニオンの民の命を預かっている。

その命を脅かすような輩《やから》は敵とみなす。君が答えないなら、町を焼き尽くしながら誰かに聞くだけだ。こんな風に」

サトシは奴隷たちが乗っていた馬車を火魔法で焼いて、消し炭にした。水魔法のせいで濡れていたにも拘わらず、かかった時間は一瞬だった。

「ド、ドラゴニオンの民、全員がヒューマン族の奴隷になったと聞いた。ヒューマン族など魔道具も扱えない下等な種族だ。我らダンジョンで鍛えられた軍隊が負けるはずがない。一つだけ気がかりなのは古竜だったが、ジギタリスの葉を絞った汁を古竜が飲む酒に混ぜることができれば怖くはない。奴隷とは財産だ。これで全国民が奴隷の国に攻め込まないほうがおかしかろう」

奴隷とは財産か。そんなこと考えもしなかったな。サトシはマクロネシア軍の司令官の話を聞きながら、顎に手を当てて、思考を巡らせる。魔大陸では奴隷を従者として丁重に扱うが、売買できる人財ということだ。

「ドラゴニオンの民が全員奴隷になったというのは誰から聞いた」

「筆頭魔道具師のナーディアが各国に通達している。ドラゴニオンがサトシ・ヤマダというヒューマン族が治める国になったことと、ドラゴニオンの全国民がそのサトシ・ヤマダの奴隷になったという話だ。我々がドラゴニオンから攫《さら》ったヒューマン族の中にはサトシ・ヤマダはいなかったみたいだが、もしかして貴様がサトシ・ヤマダか？」

「そうだ、僕がサトシ・ヤマダだ」

「女の名前かと思ったのだが」

文化が違うと、名前の付け方も違うのだろう。

「僕の女奴隷たちが町に連れてかれたらしいんだけど、返してくれるかな？」

「……すぐには無理かもしれん。女奴隷たちを連れて行ったのは空間魔法を操る『空渡りの種族』だ。一度必ず、ダンジョンにある自分たちだけしか知らない住処《すみか》に戻るからな」

面倒だな。サトシはダンジョンがあるだろう道の先を見た。

「そうか、わかった。待ってやる。ただ、一両日中に返さなかった場合、もしくは女奴隷たちに一つでも傷を負わせていた場合は、ダンジョンが更地になるまで攻撃を止めないと『空渡りの種族』に通告してくれ。これは僕個人のことだ。それから、即刻、マクロネシア軍を引き上げさせろ。今夜からドラゴニオンにマクロネシアの魔族がいた場合は即時殺す。いいな？」

「そんなことをしたら、国交はどうなる？」

「侵攻しておいて、国交もクソもないだろ。ドラゴニオンとマクロネシアの国境線は封鎖だ。交渉したければ、それなりの礼儀を示せ。よし、僕たちはドラゴニオンに帰ろう」

サトシは司令官を縛っていた魔力の糸を解き、奴隷三人を連れて坂を下りた。

国境線に作った岩の壁の一箇所に穴を開け、人が通れるようにする。未だドラゴニオンにいるマクロネシアの軍人たちを帰すためだ。夜には封鎖する。

岩の壁を抜けると、ドラゴンライダーとレッドドラゴンがサトシを待ち構えていた。一緒に学校の闘技場を作ったドラゴンライダーだったので、サトシからすれば、気心が知れている。

「悪いけど、マクロネシアとは国交を断絶した。今ドラゴニオンにいるマクロネシアの魔族を夜までに祖国へ帰してやってくれ」

「了解しました」

ドラゴンライダーは上司に答えるように言った。

「マクロネシアと国交断絶して、困るようなことがあれば教えてくれる？」

「ダンジョンで見つかる遺物や魔道具が手に入らなくなりますね」

「その程度なら、ナーディアと僕がいれば問題ないかな。食糧危機になるとか、インフラが崩壊するようなことってあるかな？」

「インフラ？」

ドラゴンライダーにはわからなかったようだ。

「ああ、国の基礎、つまり衣食住や教育、医療なんかが崩壊したりする？」

「いえ、特にはないかと思いますが、貴族に聞いてみるのがいいかと」

「わかった。洞窟に逃げ遅れた民はいた？」

「ええ、壺の中に隠れていたものがいましたが、怪我はなく今はよく眠っております」

「死者と怪我人は？」

「怪我人は多数いましたが、いずれも軽傷のようです。死者が出たとは聞いておりません」

「そうか、ありがとう。とりあえず、僕は古竜の洞窟近辺にいるから、何かあれば来て。夜にはこの通路を塞ぎに来るから」

「了解しました」

ドラゴンライダーとレッドドラゴンは飛び立った。

サトシは地面に魔法陣を描き、奴隷たちと中に入り、古竜の洞窟へと時空魔法で煙のように消えた。

「そういや、君らどうして洞窟から出たんだ？」

古竜の洞窟に戻ったサトシが奴隷たちに聞いた。

「見張りのドラゴンライダーの方が侵攻の報《しら》せを受けて、洞窟を出るというので連れて行ってもらったんです。『見張りがいないと殺される』と言ってましたが、洞窟を出たところで、すぐに空間魔法で攫われたんですけどね」

「なるほどね。とりあえず、ドラゴニオンではここを拠点にしようと思うんだけど、洞窟にいる魔物は問題ないかい？」

「いえ、それが……」

奴隷はとても言いにくそうに下を向いた。

「どうした？　何か問題かい？」

「装備も回復薬もないと厳しいですし、そもそもレベルが足りず、ポイズンサラマンダーやクサリリュウとは戦いにならないかと。洞窟を出る際もドラゴンライダーの方の後ろから付いていきましたから」

奴隷たちは元アサシンといえど、レベルは低いらしい。ドラゴンライダーもこの前まで弱かったはずなんだけど、普通に外に出られたということはクロワとメルの稽古が良かったのかな。それなら、奴隷たちも稽古すればある程度強くなるはずだ。サトシは考えを巡らせた。

「じゃ、鍛えてもらうか。ちょっと待ってて」

サトシは古竜がいた場所の側に描いた魔法陣で、学校の自室に戻った。

大会の閉会式はすでに終わり、食堂で打ち上げが催されているようだ。どんちゃん騒ぎが食堂の方から聞こえる。

サトシは見つかると面倒なので、こっそり食堂に近づき、中を覗いた。クロワかメルがいれば良かったのだが、どこにもいない。闘技場かな、と思って闘技場へと飛んだ。


闘技場は真っ暗だったが、人の気配があった。

「あ、サトシさん！　今までどこに行ってたんですかぁ!?」

闘技場の客席からファナが駆け寄ってきて、サトシに飛びつこうとした。サトシはひらりと躱し、客席を見るとプリマとリア、シェリー、スーザンがオクラを囲んで酒を酌《く》み交わしていた。

「クロワか、メルはいない？」

「んぐ。いませんよ。城に呼ばれてテリアラ国に潜入するそうです」

地面から顔を上げてファナが答えた。酒を飲んでいる女性陣はジト目でサトシを見ている。

「もしかして、僕がなにか悪いことした？」

「しましたよ！　急にいなくなって！　いったいどこで何をやっていたんですか!?　もしかしてナニをやっていたとか!?　ナーディアさんもいなくなっちゃうし！」

ファナの頬は赤く、酔っているようだ。

「なにって、ドラゴニオンが他国から侵略されそうになったから、追い返してたんだよ。ナーディアも一緒だったんだけど……」

そこまで言って、サトシはドラゴニオンに置いてきたナーディアのことを思い出した。あとで連絡しておかないと。

「それでサトシさんはどうしてクロワさんとメルさんを探してるんですか？」

「ドラゴニオンで奴隷たちに稽古をつけて貰いたかったんだけど……。ファナできる？」

「できますとも！　ファナはサトシさんの第一奴隷ですよ！　サトシさんの生まれ故郷で地獄の特訓をしたじゃないですか！」

ファナが立ち上がって胸を張った。

「そういうことなら、私もできる」

「私だって、クロワ師匠とメル師匠の教え子だ！」

プリマとリアも立ち上がり、闘技場の真ん中に出てきた。

「じゃ、三人ともドラゴニオンに行こう！」

「し、師匠！　ズズ……」

急に観客席にいるオクラが声をかけてきた。

「ん、どうした？　オクラも来る？」

「いいえ、戦闘ではお役に立ちません。ですが、これを」

そう言ってオクラが、自分のリュックを差し出してきた。

「私が作った回復薬ジュースです。稽古では怪我人がつきものですから」

「ありがとう。シェリー先生とスーザンは来る？」

「行かないわ。お店があるし、そろそろ帰ろうと思ってたところだから」

「来てほしければ、命令しろ。所詮《しょせん》、私は捕虜なのだから」

「いや、特に命令はしないよ。じゃ、先生また授業で！」

サトシはファナを背負い、プリマとリアの手を取って、煙のように消えた。

「相変わらず、忙《せわ》しない学生ですね。サトシさんは」

「まったくだ。あれで学生なのだから、立ち位置がわからん。軍のトップ連中よりも強いのだろう？」

「あ！　皆から預かった師匠へのラブレターを渡しそびれてしまいました！」

夕日が沈むのを見ながら、シェリーとスーザン、オクラが言った。


谷の中腹にある古竜の洞窟の入口にサトシたちが到着すると、奴隷たちは「気をつけ」の姿勢のまま立っていた。

「よーし！　準備は良いな！　死ぬ気でついてきな！」

ファナが奴隷たちにかましていた。奴隷たちの実力をプリマとリアが見てから修業を始めるようだ。

サトシは奴隷たちを三人に任せ、古竜の洞窟から出た。

古竜の洞窟の外はすっかり夕方になっており、ドラゴニオンの人々が不安そうな表情で、たき火を囲んでいた。古竜が暴れたせいで住居が壊れたという人もいるが、ほとんどが町の方まで戦火が及ぶのではないかと心配して、身を寄せ合うために外に出て来たようだ。

サトシは未だ竜の姿のまま眠っている古竜に近づくと、気づいたドラゴンライダーたちが集まってきた。

「脈は安定していますし、息も問題はありません」

「古竜様の酒に毒を入れた犯人として、マクロネシア軍から送りこまれた奴隷をつかまえており、現在ナーディア様が尋問中です」

ドラゴンライダーたちがサトシに報告する。サトシは報告を聞きつつ、古竜をソナー魔法で診察し、傷が癒えているのを確認した。

「そうか。東の崖から来るマクロネシア軍は壊滅させて追い返した。国境線にも壁を作って軍の偉い人に国交断絶も宣言しておいたよ」

「壊滅させた？」

「国境線に壁？」

「国交断絶？」

ドラゴンライダーたちが次々に驚いていた。

「そう言えば、ドラゴニオンの軍隊はドラゴンライダーしか見なかったけど、何してたんだい？」

サトシの質問にドラゴンライダーたちは黙るしかなかった。

ドラゴニオンの貴族たちは祈り場と呼ばれる教会のような役割をする谷底の洞窟で、臨時議会を開き、マクロネシア軍にどう対処するのか、またどの国に応援を頼むのか、決めている最中だったのだ。

もちろん、ドラゴニオンにも軍はあるが、歩兵部隊の重要な管理職は貴族たちの息子や親戚が務めており、ほとんど機能していないのが現状だ。長く戦争をしていなかったツケが回ってきている。貴族の誰も自分たちと縁故のある兵を戦場に送りたくなかったし、なにより、東の崖は貧困層しか住んでいなかったため、王都に来るまでに対処できれば問題はないだろうと考えていた。むしろ「敵を食い止めておけ」としか考えていない者も多く、古竜やサトシに対する不満の声を上げる者もいた。

ドラゴニオンの国民たちは、その全てを見ていた。谷という特性上、谷底で起こっていることは広まりやすい。

「お、サトシ戻っていたか。お前の奴隷を攫ったのは『空渡りの種族』だ。空間魔法を操る厄介な奴らでね……」

ナーディアが近くの洞窟から出てきて、サトシに話し始めた。

「ああ、聞いた」

「聞いた？」

「うん、奴隷の半分は古竜の洞窟で修業させてるところ。もう半分は一両日中に返さなかったら、マクロネシアのダンジョンを更地にするまで攻撃を止めないって脅しておいたけど、返ってくるかなぁ？」

「そうか。サトシはダンジョンの探索者たちを敵に回すか。ん～むむ」

ナーディアは顎に手を当てて、唸りながら考え始めた。

「まずかった？　僕も空間魔法くらい使えるし、問題ないと思ったんだけど」

「いや、サトシの実力ならダンジョンの探索最深部を更新できると思うから問題はないんだけど、各国の動きが読めない。正直、私の情報でマクロネシアが侵攻してきたんだと思うけど、まさかこんなに魔大陸の国同士の関係が悪いと思ってなかった。すまない。私の認識不足だった」

「いや、僕が全国民を奴隷にするって言っちゃったのが悪かったんだよ。不用意な発言だった」

「魔道具師ギルドには、すでに話は通している。すぐにでもマクロネシアから魔道具師たちが撤退するだろう」

「そうかぁ」

魔大陸では魔道具が重要な役割を果たす。魔法剣や魔法の杖など武器はもちろんのこと、冷却器や火魔法コンロなどの日用品、土壁を作るワイパーや風魔法を付与した斧など、仕事に便利な道具類も全て魔道具だ。

「もう議論は不要です！　サトシ・ヤマダ様がマクロネシア軍を追い返しました！」

ドラゴンライダーの一人が祈り場の洞窟に向かって叫んだ。その声を聞き、貴族が何人か出てきた。

「軍隊を壊滅させ、マクロネシアとの国交断絶を宣言したそうです！」

「……なんてことを！」

「あのヒューマン族は何を考えているんだ！」

「それでは魔大陸の平和が保てないではないか！」

ドラゴンライダーの報告を聞き、一瞬固まった貴族たちだったが、すごい勢いでまくし立てた。

自分の国が攻められているというのに、魔大陸の平和が保てないと言うのはどういうことなのか、サトシにはよくわからなかった。すでにこの国の平和は保たれていないというのに。

「この国の平和は誰が保つのか……」

たき火を囲んでいた少女の一人が自分をくるんでいた毛布を脱いで、サトシに近づいた。ボロと言っても過言ではないほど汚れた服を着た、その少女はサトシの前で立ち止まり、自身の服を脱ぎ始めた。

「ど、どうしたの？」

戸惑うサトシをよそに全裸になった少女はサトシの前に跪《ひざまず》き、頭を垂れた。

「貴方《あなた》様の奴隷にしてください」

サトシは谷中の視線を感じた。

「この国は私の服より汚れています！　どうか私を貴方様の奴隷にしてください！」

涙を浮かべた少女の叫びが、谷中に響いた。

「私も！」

「俺も！」

「オラも！」

集まっていた人々が続々と服を脱いで、サトシの周囲に集まり頭を垂れた。

「どうか、奴隷にしてください！」

「なんでも致します！　どうか！」

すぐにサトシの周囲はドラゴニオンの民でいっぱいになり、サトシの近くまで行けなかった者たちは、その場で全裸になり跪いて頭を垂れた。

サトシは苦い顔をして、ナーディアを見た。ナーディアは両手を広げ、「好きにしろ」とジェスチャーで答える。

サトシは自分の服を脱いで、一番初めに声を上げた少女の肩にかけた。

「ナーディア。竜族ってのはシータ国にもいるのかい？」

後ろを向いたまま、サトシがナーディアに質問した。

「いや、竜族は珍しいからいなかったはずだ」

「なら、竜ってのは魔族の一員ではないわけだね」

「そ、そうなるか!?」

「僕は魔大陸に来て間もない。だから、よくは知らないけど、ドラゴニオンには気高い生き物である竜がいると聞いた。古竜もレッドドラゴンも見たけど、未だ竜とは何か見極められないでいるんだ。大陸の平和を保つために議論をして自分たちの国の平和を守らないのは竜なのか、それとも魔族なのか。自分の国を守るために奴隷落ちしようと宣言する者たちが竜なのか、それとも魔族なのか」

サトシが周囲を見回し、谷中に聞こえるように大声で言った。貴族たちはサトシを睨みつけているが、ドラゴンライダーが槍を脇に挟み構えていて、誰もサトシを止められない。

「竜は縄張り意識が強いと本で読んだことがある。自分の国を守るためなら、奴隷落ちも覚悟する彼女の瞳に僕は竜を見た気がする。もしかして、この谷に住んでいる人たちの瞳には竜が住んでいるのではないか⁉」

サトシは谷にいるドラゴニオンの民全員に問いかけた。

「聞こえるか⁉　谷の竜たちよ！　奴隷落ちするほどの覚悟を持ち、自分の縄張りを守ろうとする誇り高き竜たちよ！　貴殿らが気高い誇りを持っているならば、瞳の中に隠れてないで、己の足で立ち上がれ！　そして己の手で縄張りを、国を、摑み取れ！　さあ！」

サトシは目の前の少女に手を差し出すと、少女はサトシの手を摑み、立ち上がった。

「「「わぁあああああ！！！！」」」

少女が立ち上がるのが合図だったかのように、ドラゴニオンの民たちは素っ裸のまま一斉に谷底へと殺到した。

サトシは貴族に何人か死人が出るかと思ったが、予想に反して、貴族たちは祈り場の洞窟に閉じ込められただけだった。洞窟の入り口がいつの間にか無数の岩で塞がれていたのだ。その岩の上で素っ裸のドラゴニオンの民たちが叫び声を上げたり、周囲で踊ったり、竜の歌を歌ったりしていた。

「お主、意外に人を煽るのがうまいな」

眠っていたはずの古竜が目を開けてサトシを見ていた。

「あの岩は古竜様が？」

「ワシではない。ドラゴンライダーたちじゃ。生かしておいて、ちゃんと裁くつもりだろう。力はなくとも頭のキレる者はいるようで何よりじゃ。ところで、その娘をいつまで抱きしめているつもりじゃ？」

サトシは古竜に言われて、少女から手を離した。

「残念だけど、僕は魔族を奴隷にできても竜は奴隷にできないんだ」

頬に涙のあとが残る少女はコクリと頷いた。

「じゃ、そろそろ国境線を閉じに行きますか」

サトシはそう言うと、煙のようにその場から消えた。

第六話　希望と現実

サトシが東の谷にあるマクロネシアとの国境線に現れた時には、すでにドラゴンライダーたちが、侵攻してきたすべてのマクロネシア軍を追い返していた。

「おつかれさま～」

「「おつかれさまです！」」

「塞いで大丈夫？」

「はい！　お願いします！」

サトシは通路を土魔法で塞いだ。

すでに谷は暗くなっており、光魔法で隙間なく国境線の壁が塞がっているのを確認した後、貧民街の住人たちが避難している砦に箒に乗って向かった。ドラゴンライダーたちもレッドドラゴンに乗って一緒に治療済みの怪我人を運ぶ。貧民街からマクロネシア軍を追い出し、国境線を塞いだことを報告するためだ。途中、サトシは砦と貧民街の間に作った隆起させた土壁を元に戻しておいた。

砦には食料を積んだ馬車が到着していた。

「篝火《かがりび》をつけろ！　マクロネシア軍がまたいつ攻めてくるかわからんぞ！」

歩兵部隊の魔族が部下と思われる魔族たちに指示を出している。サトシとドラゴンライダーたちが目の前に降下すると、驚いていた。

ドラゴンライダーの一人が歩兵部隊に対し、敬礼で挨拶した。

「輜重《しちょう》部の方ですか？　砦から国境線までの居住区からマクロネシア軍は撤退し、国境線に壁が作られました！」

「壁!?　そ、そうか！　もしかして、そちらは……？」

歩兵部隊の隊長と思われる中年の魔族がサトシを指した。

「ヒューマン族のサトシ・ヤマダと申します。気軽にサトシとでもなんとでも呼んでください」

「ドラゴニオン輜重部・隊長、グリード。中央からの命令が来なかったので、俺の独断で東の谷の住人のために食料を運んできた。自分の部下たちは俺に騙《だま》されて来ただけだ。どうか寛大なる処置をお願い申し上げる」

グリードはサトシに深々と頭を下げた。

「国を助けるために動いている人を処罰するほど、落ちぶれていませんよ。グリードさん」

そもそもマクロネシア軍を撃退した情報も届いていないようなので、砦の怪我人を治療してからサトシが説明することに。ドラゴンライダーたちにも市民たちの革命について話さなくてはいけない。

「すみません。先に砦の怪我人を治療したいのですが……」

「あ、すまん。こちらだ」

慌ててグリードが砦の中を案内してくれた。

グリードにとってサトシはどう扱っていいかわからない存在だった。急に現れたヒューマン族で、国の者を奴隷にする不届き者かと思ったら、マクロネシア軍を撤退させた。姿は青年のようであり、こちらを見下してくるような態度も取らない。現在、国のトップのはずなので敬語で話さなければならないのだが、そもそもあまり気にしていないようにも見える。

とりあえず、グリードは怪我人のために砦の地下へとサトシを案内した。

砦の地下には大きな空間が広がっており、貧民街の住人たちは身を寄せ合っている。治療が必要な怪我人たちは一箇所に集められ、すでに薬草での治療が行われていた。ドラゴンライダーたちが運んできた怪我人もそこに寝かせられている。

一箇所にまとめていてくれたお陰でサトシは一気に範囲魔法で治療。あとは毒などをくらっている者がいないかの確認だけ。明日には怪我をする前と変わらず、動き回れるだろう。サトシの手際の良さに、怪我人たちも歩兵たちも感謝するよりも引いていた。

サトシは軍の輜重部の歩兵たちとドラゴンライダーたちを集めて、中央の谷で起こったことを説明。住人たちに話す前に軍に説明したのは、革命に興奮し住人たちが暴動を起こすかもしれないからだ。

「中央にいる貴族たちは市民たちの手により祈り場の洞窟に閉じ込められました。現在、ドラゴニオンは国として機能していません。早急に新政府を樹立し、魔大陸の各国に対し新しい体制になったことを宣言しなくてはならない状況にあります」

「革命か?」

「そうです」

サトシは、その革命を自分が煽ったとは言わなかった。

「地図上で言うと、ドラゴニオンは東西南北を他国と接していますよね?」

サトシが確認する。以前見た地図では東はマクロネシア、西はラリックストーン、南はカンパリア、北はシータ国に囲まれているはずだ。

「そうだ」

ドラゴンライダーたちと歩兵たちが頷き、グリードが返事をした。

「新政府ができるまでの間、僕はドラゴニオンにすぐ来られる場所にいますから、いずれかの国が侵攻してきた場合対処します。今のところ、中央の谷では敵の毒にやられていた古竜様が復活しているはずですが、貴族たちの家がどうなっているかはわかりません」

「貴族に死人は出ていないのか？」

グリードが質問した。連れてきた歩兵の中には貴族出身の者もいるかもしれない。

「僕が見ていた時には出ていませんでした。ちゃんと後から法に則《のっと》って裁くつもりだと思います」

「革命ってどういう感じで起こったんですか？」

ドラゴンライダーの一人がサトシに聞いた。

「貴族たちは魔大陸の平和について議論していたらしく、市民たちは自分の国を守ろうと立ち上がった感じですかね。全員素っ裸で貴族たちを閉じ込めていましたよ。恥を捨て、竜の民としての誇りに目覚めたように見えました」

サトシは正直に話し、歩兵たちもドラゴンライダーたちも納得したように聞いていた。

「魔大陸の平和か……。未だに身の程知らずの大義名分について議論していたか」

グリードが目をつぶって、溜め息を吐いた。

「ドラゴニオンは過去冒険者たちとの戦争で、自分たちが魔大陸の領土を守ったという自負があった。だが、それも昔の話だ。今じゃ、軍も縁故採用がほとんどで魔大陸を守れるような能力もなければ、自国を守る能力すらない。上官の言うことを真面目に聞く奴も少なくなってたしな」

グリードがドラゴンライダーたちを見た。ドラゴンライダーたちは気まずいようで、下を向いている。実際、彼らは勝手にカンパリアのラーダにやってきて町を荒らしたことをサトシは思い出した。

「市民が立ち上がらなきゃ、どちらにしろこの国は潰れていたよ。いや、市民が立ち上がったところで、ハハハ……」

グリードの悲しい笑い声が砦にこだました。

そもそもサトシがこの国に来る前から、根深い問題があったようだ。ここに来てようやくサトシは、もしかしたらとんでもないことをやってしまったのかもしれないと思い始めた。これまであった制度を変えるのだ。やっていることはテロリストのシータリアンと変わらないのではないか。サトシの胸に自責と後悔の念が一気に押し寄せてきた。

「状況は理解した。住人には俺から説明するよ」

グリードは住人たちのいる地下へ続く階段へと歩いていった。

「グリードさん！」

サトシは思わず、グリードを止めてしまった。

「なんだい？　何かまだ言うことはあるのかい？」

「すみません！　僕が市民を煽ったんです！」

「そんなことくらい言われなくたってわかってらぁ！　全国民がヒューマン族の奴隷になるって聞

いたときから、変わらなきゃいけないことくらい皆気づいているさ！」

グリードはそう言って「任せとけ」とでも言うように片手を上げて地下へ下りていった。

サトシは、住人たちの反応を見なければならない気がして、光魔法で姿を隠し、グリードについていった。

グリードは東の谷の住人たちを起こし、全員に聞こえるように全てを説明した。

「じゃあ、貴族にあんなに税を払わなくて良いんだな!?」

「娘も売らなくて済むんだな!!」

「でも、俺たちはどうなるんだ？」

「マクロネシアとの国境線が塞がったら、オラたちの生活はどうなっちまうだか？」

革命を聞いた貧民街の住人たちは、初めは喜んでいたものの、これから先のことを考えると不安になっていった。

「あのヒューマン族はいつまでいてくれるだか？」

「ずっといてもらわねばならんぞ」

「あのヒューマン族は、ずっとただで守ってくれるのか？」

矛先がサトシに向いた時、グリードは住人たちを一喝するように「おいっ！」と叫んだ。

「あのヒューマン族はなぁ、きっかけを作ってくれたにすぎないんだ。冒険者たちとの戦争以来三〇〇年。竜の名にかこつけて、安穏と暮らしてきた結果がこのざまだ。何も考えず、貴族に文句を言って溜飲《りゅういん》を下げているアホと、アホから金巻き上げることだけ考えているバカな貴族たちしか、この国にはいなくなっちまった。いいか、いつ何時隣国が攻めてくるかもしれないことは今回わかったろ？　アホのままじゃダメなんだ。自分たちが変わらなきゃ、この国はなくなるんだぞ！」

住人たちは黙ったまま、グリードの話を聞いていた。

「そんなこと言ったって、何やっていいかわかんねぇよ！　オラは文字も読めねぇし、鉄貨を数えるのだってよくわかってねぇ！　野菜も作りたいけど、どんどん洞窟は崩れていくしよぅ……変われって言うけど、どう変わればいいんだ？」

少年が泣きそうになりながら、立ち上がった。

「そうか。坊主は野菜を作りたいんだな。文字の読み書きも算学も覚えたいんだな。でもどうすればいいのかわからない。だったら、知ってる人に教えてもらうのが一番だ。洞窟が壊れたなら、直して使う。直せないなら直せる人を探してくればいい。そういうことを中央にいる役人に頼むんだ。もう貴族はいないんだからな」

グリードの口調は今までにないくらい優しいものになっていた。

「坊主だけじゃねぇ、これからは皆、自分がしたいことを言っていいんだ。自分たちで考えて、できることは自分たちでする。だけど、できないことは、その要望を集めて中央の役人にお願いしに行く。そのお願いができる代表者を決めておこう！」

本当の革命が始まったのは、東の谷の砦かも知れない、とサトシは思った。そっと話し合いが続く砦から出て、中央の谷へと時空魔法で飛んだ。

「新しい政府を樹立しなくてはならん！　ついては、産業を立て直さねばならんだろう。ドラゴニオンはラリックストーンのように珍しい魔石が採れるわけでもなく、カンパリアのように貿易できるほどの魔道具もない。どうするか考えるのはお前たちだ！」

古竜が貴族たちを閉じ込めた市民たちに説教をしていた。革命の高揚感のようなものはすでにない。

「我らはワイバーンによる運送業ができます！」

「洞窟の補修作業をしていたため、建設業は得意ですよ！」

「季節を問わず作れる洞窟の野菜は強みにならないか？」

「古竜様の洞窟を金庫にするというのはどうだ？」

「恥なら捨てた！　なんでもやりますよ！」

中央は人が多いせいか、アイディアも多い。貴族がいなかったら、こういう事業をやってみたかったという人たちも大勢いて、逆になかなかまとまらない。

「後日、場を設けますので、それぞれの新事業についてまとめておいてください！」

結局、ドラゴンライダーたちが取りまとめていた。

祈り場の洞窟を一時的に開け、貴族以外の議会を手伝っていた下級役人や奴隷たちを出し、書類作成を急ぐ。泣き叫ぶ貴族たちはレッドドラゴンの炎で脅され、祈り場の洞窟に戻されていた。

軍の方も大変で、貴族の親戚がトップにいたため、まず、そのトップを取り押さえるところから始まり、文官としての資質がないものは続々と古竜の洞窟に送り込むこととなった。古竜とドラゴンライダーを中心に、サトシとファナ、プリマ、リア、さらに修業中のサトシの奴隷の元アサシンたちも軍の選別作業に加わることになった。

ナーディアはカンパリアとドラゴニオンの安全保障条約を結ぶため、カンパリアの王都へ向かい、忘れ去られていたラリックストーンの騎士サイラスも、やはり安全保障のため自国へと送還されている。


サトシが東のマクロネシアとの国境線にある壁に時空魔法で飛んだのは、そんな選別作業の合間だった。

革命から二日後。自分の三人の女奴隷を返してもらうつもりだ。

「むぅ……どうしてこうなった？」

サトシは壁の下を見て、頭を掻いた。

マクロネシア側の坂道にはテントが並んでいる。軍ではなく、前にカンパリアで見たサトシを追うキャラバンだ。種族も多く、どう見ても魔境の国からやってきたアマゾネスの格好をしている者すらいる。

サトシは肌の色と髪の色を調節しローブを身にまとい光魔法で姿を消して、キャラバンの中に降り立った。誰も見ていないテントの裏で姿を現し、通りに出て魔族たちの中に紛れた。

キャラバン内ではヒューマン族がドラゴニオンに現れたという話題で持ちきりだった。サトシは耳を傾けながら、キャラバンの中を歩いた。

「それで、そのヒューマン族の奴隷三人っていうのはどこにいるんだい？」

「さあ？　未だダンジョンの中に囚《とら》われているって話さ」

「じゃあ、ヒューマン族のサトシもダンジョンに現れるんじゃないか？」

「はぁ？　殺すぞ」

「次、私の未来の旦那を呼び捨てにしたら、磔《はりつけ》にすっからな」

「誰が未来の旦那だ⁉　コラァ！　お前なんか奴隷の末端にもなれねぇからな！」

「なんだとコラァ！」

「おいおい！　ケンカだ！　ケンカぁ！」

物騒なことになってしまっている。魔族でも気が短い種族はいるようだ。

サトシは自分が原因のくだらないケンカは見ていられなかったので、魔族の女たちを睡眠魔法で眠らせ、とっとと坂を上った。一瞬のことだったので、誰もサトシがやったことに気がついていない。サトシの後ろでは、突然ケンカしていた者たちが眠り始めたため、「何が起こったんだ？」とキャラバン内が騒然となった。

「ダンジョンってこの道を真っすぐ行けばいいのかな？」

サトシはキャラバンの端でシチューを売っていた女魔族に声をかけた。

「ああ。そうだよ。あんたキャラバンの新人かい？」

「まぁ、そんなところ」

キャラバンが追うのが自分だとは言わない。

「だったら、私の特製シチューを食べてきな。名物のキャラバンシチューさ」

「ありがとう」

サトシは赤い髪の魔族に鉄貨を渡し、キャラバンシチューが入った器を受け取った。濃厚なデミグラスのような香りが立ち、疲れた身体には丁度いい濃いめの味つけ。サトシは一気に食べてしまった。

「美味しかった」

「ところで、なにかあったのかい？」

赤い髪の魔族がキャラバンの中心、サトシが魔族を眠らせた方を指して聞いた。

「さあ？　ケンカじゃない？」

「ふーん。まったく、こんな所まで来てケンカとはね。あのヒューマン族が来るかどうかもわからないってのに」

「たぶん、来るさ」

「本当かい？」

「ああ、自分の奴隷は大事にする方なんだ」

サトシは肌の色と髪の色をもとに戻しながらニッコリ笑った。

「はっ！　……あんたっ……」

「ごちそうさま。また、いつか会えたら」

次の瞬間にはサトシは煙のように消えていた。

マクロネシア首都・マクロポリス。五〇万人ともいわれるマクロネシアの人口の九〇パーセントが住む巨大都市で、ダンジョンを中心に東西南北に大通りが延びている。

古来よりダンジョンに潜る探索者と、彼らに夢を託す魔道具師が集まり、栄えた都。魔大陸の中心にありながら他国から攻められない理由は、ギルドに抱えられた高レベルの探索者たち。なによりダンジョンから齎《もたら》される世界でも類を見ない金と宝石がちりばめられた財宝、現在では作ることのできないアーティファクト、想像を絶するほどの厄災を封じ込めた壺、命を宿した陶器の心臓。これらの品への敬意と畏怖によって、この国は守られている。

はずだった。サトシが来るまでは。

空間魔法で坂道の先に移動したサトシは、自分の魔力を練り上げながら進んだ。


首都・マクロポリスにほど近い森。

魔物たちが逃げ出し始めたことに一番初めに気がついたのは、木こりだった。魔道具の材料である木を切り出していた魔族は後に語っている。

「あの時、森の奥から、ワイルドベアやゴブリン、オークたちがいっせいに移動を始めたんだ。地面が揺れてオラは切ろうとしていた木に登るしかなかった。だけど、オラは間違っていたんだ。魔物たちと一緒に逃げればよかった」

木こりは震えながら続けた。

「あれは魔族ではねぇ。探索者なんかでもねぇ。あれが本物の冒険者だと言うなら、ご先祖様の魔族たちはバカだ。あんなものに勝てるはずがねぇ。戦争するだけ無駄だ。あの魔力に触れた瞬間、オラは生きることを諦めて気絶した。この額の傷は、その時、木から落ちた時のものだ」

そう言って木こりは目深にかぶっていた帽子を脱いで生々しい傷あとを見せた。

「昼が夜になったですよぅ」

と、後に語ったのは首都マクロポリスの西側で宿屋を営んでいる婆さんだ。

「見上げれば、空が茶色に変わっていたんですよぅ。こんな空は見たことねぇなと思って、東の空を見たら、まだ青かったんですよぅ。なんだぁ？　と思ってたら、岩なんですねぇ。そらぁたまげましたぁ。巨大な岩が落ちてきていましたよぅ。孫娘がギャーギャー騒いでて『とにかく避難しろ、避難しろ』ってぇ、世界が終わったみたいな顔で叫んでたんですよぅ。その叫び声がピタッと止まった。あたしゃあのヒューマン族の冒険者が来た時のことは死ぬまで忘れらんないですよぅ。魔力ってのは光るんですねぇ……それまであたしゃ知りませんでしたよぅ」

曲がった腰の魔族の婆さんは目尻に深いシワを作りながら語った。

「え？　ヒューマン族の冒険者はかっこよかったかって？　あんな魔力見せられて、惚《ほ》れない魔族がいたらスライムの角に頭ぶつけて死ねばいい。あたしゃ、あの魔力に魅せられて失禁までしましたよぅ。恥ずかしくもなんともない。隣にいた婆ぁ連中は皆失禁していたんですから、ファッファァッファッファァ」

「はっ！　あの時、自分が西門の警備にあたっておりました！」

首都の西門にいた衛兵は、サトシが来た時のことを、後にこう切り出した。

「我々、マクロポリスの衛兵はできうる全ての対処をしました。もちろん、軍にも応援を頼みました。失礼、水を飲んでもよろしいでしょうか？」

衛兵は何度も喉を鳴らして、水を飲んだ。

「失礼致しました。どうしても、あの時のことを思い出すと喉がからからになってしまいまして。え？　ああ、そうです。我々ができうる全ての対処とは、ダンジョンから発掘された伝説級のアーティファクトも使ったということです。衛兵の中には魔力を使いすぎて魔力切れを起こす者も大勢出ました。空の巨岩に対しては、衛兵だけでなく軍人、市民たちも含めて攻撃しました」

衛兵はそこまで話してから唾を飲み込んで続けた。

「全ての攻撃を受けきった、あのヒューマン族の男は自分に近づいてきて『奴隷を返してほしいだけなんだ。空渡りの種族を呼んできてくれるかい？』と言ったんです。自分はすぐに部下に命令して空渡りの種族を呼ぶよう手配しました。そりゃあれだけ見せられたら言うことを聞くしかないですよ！　それに自分も魔力の強さに憧れる魔族です。え？　待っている間ですか？　男の後ろの地面は我々の攻撃で穴ぼこだらけだったんですが、空に浮かんでいた巨岩を砕きキレイに舗装していました。たぶん、本当に奴隷を返してほしかっただけなんだと思います。敵意は感じられませんでしたから」

そこで衛兵は、もう一度水を飲み、前のめりになって秘密の話でもするように語り始めた。

「ただ、自分を含めその場にいた者たち全員は男の一挙手一投足を見逃さないようにしていましたね。あれほど無駄がなく魔力を使いこなす光景を見てしまうと、正直、ダンジョンに潜る探索者などお遊びにしか見えませんよ」

衛兵は魔力で自分の手のひらの上に石を浮かばせながら、「敵わないです」と首をひねった。


サトシが穴ぼこだらけになった大通りを舗装し終えると、空に浮かばせていた巨岩が消えていた。脅しのつもりで出した簡単な土魔法だが、道を舗装する時には材料として役に立つ。サトシがマクロポリスにやってきた時以上に大通りはキレイに整備された。

そんなサトシの姿を目の前の王都に住む人々は羨望の眼差しで見ている。

マクロポリスの西の森では冬の間、燃料になる薪が手に入る他、マクロネシアで唯一鉄鉱石が採れる山への道になっている。今までの大通りは若干傾いていたため、石ころが落ちていれば馬車の荷が崩れてしまうことがあったが、サトシが整備した大通りは水平が取れている。ただそれだけのことだが、マクロネシアの役人が長年無視してきた西町の住人の訴えを、サトシは無意識のうちに聞いてしまっていた。

サトシの人心掌握はこれまでのところうまくいっていた。自分の実力を見せながら、決して手を出さず、むしろその場にいる人々にとって利益になることをすることで味方にする。元々マクロポリスの住人はダンジョンからの宝や探索者を目当てにやってきた移住者がほとんどで、国への帰属意識が薄いことも味方した。

敵に回すより味方にしたほうが自分の要求がスムーズに受け入れられるのではないか、とサトシが思ったのはカプリでの魔族との交渉を経験していたからだ。

実際、サトシの要求はスムーズに進み出す。

空渡りの種族を呼びに行った衛兵が戻ってきた時、誰も連れていないことを最初に怒ったのは宿屋の婆さんだった。

「空渡りの種族がいないじゃないか⁉　あいつら来なかったのかい？　探索者だからって偉そうに！　皆、ダンジョンに抗議しに行くよ！　冗談じゃない！　だいたい悪いのはこちらの方じゃないか⁉　恩だけ受けて仇《あだ》で返すなんて私たちの種族はできないんだよ！　あんたたちの種族はどうだい？」

よく通る婆さんの声が、マクロポリスの西門周辺に響き渡る。

「我々は種族もバラバラ。ただダンジョンを求めるのみ。だが、他国を攻撃し、さらに他人の奴隷を誘拐するなんてことは本意ではない。一部の者のために我々の目的を崩壊させてはならない！」

サトシが声をかけた衛兵が叫ぶ。

婆さんと衛兵に反論する者は出なかった。

結果、住人たちと衛兵たちはデモ隊となって、街の中心部、つまりダンジョンに向かって動き出すことになった。

マクロネシアの軍部はサトシを迎え撃つために、ダンジョン周辺に歩兵部隊と魔道具師部隊を展開していた。

「なにぃ！　西町の住人たちがヒューマン族の味方になっただとぉ！　どうなってやがる！」

軍の司令官は額に青筋を立てながら、魔道具の杖を折った。

程なく、西町の住人たちとマクロネシア軍がダンジョンの西側で対峙《たいじ》した。

「空渡りの種族を出せー！」

「ヒューマン族の奴隷を返せー！」

「ダンジョンと関係ないことをするなー！」

西町の住人たちの声は人を介して、どんどん広がり、デモ隊は膨れ上がっていく。

話は尾ひれをつけてマクロポリス全体へと拡大し、ダンジョンへと人々が集まっていった。この時点で、マクロネシア軍がダンジョンの全ての出入口を封鎖。

ダンジョン内では、事態を収拾するために空渡りの種族とコンタクトをとる軍人のチームが一〇組編制され、浅い階層を探し回ることになった。軍のミスはデモ隊の動きが速かったため、探索者ギルドとの連携が取れなかったこと。空渡りの種族を探すチームではダンジョンの罠にハマり負傷者が続出。ダンジョンから負傷者が運び出されていくと、それを見ていたデモ隊では「空渡りの種族が抵抗している」という噂が広がり、種族の評判が落ちていった。

それは突然、ダンジョンの外に現れた。

「逃げられた……。ヒューマン族に手を出すな……」

軍とデモ隊の間に現れた空渡りの種族の男は、両手を切り落とされていて、死に際の言葉を吐いて倒れた。

一方その頃、サトシは西門近くの石のオブジェに腰を掛けて、つまらなそうに自分の奴隷たちを待っていた。

「まだかなぁ」

しばらくして、自分の奴隷たちが『空渡りの種族』の集落に囚われの身となったことをマクロポリスの衛兵から伝えられた。ここまではサトシの予想通りだった。

その後、詳しく説明するためにマクロネシア軍の司令官が町の外までサトシに会いに来た。

話を聞くと、空渡りの種族の一人が戦争に参加し、捕らえてきた捕虜たちは初めおとなしかったが、魔法を使おうと手をかざした瞬間に隠し持っていたナイフで族長の手首を切り落とし、逃げ出したという。集落はダンジョン内にあり、『空渡りの種族』たちは、すぐに捕虜の奴隷たちを見失ったらしい。奴隷たちはそこにタイミングよく罠にかかった軍人を見つけ、そのまま軍服を剝ぎ取り変装の後、負傷者としてダンジョンの外へと連れ出され、いつの間にか行方不明になってしまったという。

「軍人に化けて逃げた⁉」

事情を聞いたサトシは口を開けたまま、しばらく固まった。

事情を説明した軍の指揮官は何度も謝った。しかし、謝られたとて奴隷たちがサトシの元に返ってくるわけではない。

一応、行方を探せないかとサトシは聞いてみたが、奴隷たちは北門から出た後だったようで、すぐそこはシータ国と魔境の国の国境線でどちらに向かったかわからない、と告げられた。

サトシは、焼き付けた奴隷印を頼りに追おうとしたが、すでに奴隷印が切り取られているのか、魔法陣を崩したのかはわからないが、まるで反応しなかった。完全に奴隷に逃げられた形だ。

「結局、道を直しただけだったな」

サトシは草臥《くたび》れたように空間魔法でドラゴニオンに帰った。


ドラゴニオンは新政府を作っている真っ最中。ドラゴンライダーも役人も落ち込んだサトシに構うような余裕はない。

男の元アサシンの奴隷たちも駆り出されているくらいだ。古竜もドラゴニオンの魔族だけでは判断しにくい案件に掛かりきり。民たちは仮の政府である古竜の洞窟に列をなして押し寄せている。

「ここにいても、僕がやることはない、か」

そう呟《つぶや》いて、サトシは時空魔法で煙のように消えた。


クロワとメルは、軍学校の大会時にアサシンを潜入させたテリアラ国へ向かっていた。

ベランジア王国の国王はすでにテリアラ国への経済制裁をすべく諸外国に働きかけている。クロワとメルの仕事は暗殺を指示した者の始末。所詮、国同士は舐められたら終わり。徹底的に危険因子を潰すことによって諸外国にも力を示さなければならない。

国王が軍の諜報部隊よりもクロワとメルに依頼したのは、確実に仕事をこなすという信頼からだ。そもそも大会でのテリアラの王族襲撃は国の諜報部隊がしっかり機能していれば事前に察知できたはずで、現在、軍の諜報部への信頼は失墜している。また、クロワとメルであれば経費が浮くことも理由の一つだ。食料は現地調達で、必要経費や医療費もほぼかからない。

「右寄りの議員と貴族派閥の議員の調査じゃな」

「はぁ〜あ、政治が絡むと面倒事が多くて嫌だな。わかりやすいのがいいよ。ん？　なんだこの匂い⁉　なぜアイツが⁉」

メルが周囲の匂いを嗅ぎ始め、挙動不審になった。

「なんじゃ？」

「前方、国境線の手前付近にサトシがいる」

そう言って走り始めたメルを追いながら、クロワは「また厄介事に巻き込まれたか」と心配した。

「どれだけ変装しようと匂いは誤魔化せないぞ！」

「変装もしてないし匂いも誤魔化していないよ」

サトシは国境線に続く道の脇にある石に腰掛けてクロワとメルを待っていた。

「ドラゴニオンで何かあったのか？」

クロワの推測は正しく、サトシは「クロワさんは、どこまで見通せるのか」と驚いた。

サトシは今まであったことを簡潔に説明し、二人は「何を聞かされているのか」と呆れた。

「まぁ、サトシでなければ信じないが、それが事実だとして、なぜここにいるのじゃ？」

「暇なんですよ！　皆、ドラゴニオンでやることがあるのに僕は特にないし、女奴隷たちには逃げられちゃうし」

「いや、ドラゴニオンの民を鍛えたり、文官を手伝ったり、やることあるのではないのか？」

「ただ『自分たちで立ち上がれ』って言ってしまった手前、僕は表に出にくいですよ。侵攻は退けましたから、あとは国民がどうにかするしかないです。僕が国を作るわけじゃないですからね」

サトシは溜め息をついた。

「要は、誰も構ってくれないから、私たちに構ってくれってことでしょ？　サトシは強いのにバカだよなぁ！」

サトシは、そう言って笑うメルの頬をつねった。顔を真っ赤にしてふてくされている。

「ははは、サトシがいればこちらも仕事が楽になるわい。さあ、久しぶりにパーティが集まったのじゃからテリアラに潜入する前にキノコ汁でも食べよう」

三人は道を外れ、森の中に入った。

キノコや山菜を採り、キノコ汁を作っていく。採集は三人でやったが、調理はほぼメルがやった。

「相変わらず、メルのキノコ汁はうまいな。大会でも食べたっていうのに」

「季節や場所によって味わいが違うからね」

「それで、今回の任務はテリアラ国に潜入して何をやるんですか？」

食べながら、打ち合わせ。

「アサシンたちを送り込んだ者を特定し制裁を加える。これが主な任務じゃな」

「それは本当に制裁を加えないといけませんね。どういう教育を受けていたら逃げ出すのか、こっぴどく説教してやりましょう」

「サトシならまた国を乗っ取るんじゃないか？」

メルの言葉にサトシは苦虫を噛み潰したような顔をした。

「もう国は懲り懲りだよ」

「よほどドラゴニオンでのことが堪《こた》えたようじゃな。ははは」

「考えなしで行動するからだ。サトシにはいい薬だよ」

「反省はしてるよ」

すっかりしょげているサトシを「反省だけなら魔物でもできる。次に生かせ」などと笑いながらキノコ汁はなくなっていった。


「男のアサシンたちはドラゴニオンに僕の奴隷として残っているので、テリアラの誰に指示されたか聞いてきましょうか？」

近くの小川で洗い物をしながらサトシが提案した。

「いや、末端のアサシン程度が知るような者が黒幕ではないだろう。仮にも一国の国王を暗殺しようとした奴じゃからな。まぁ大丈夫じゃ。こちらには元諜報部隊長がいるでな」

「そうだ、サトシはもっと私を崇《あが》めていいんだぞ」

「またまた〜」

サトシからすれば、「武術はクロワさんと一緒にいるから鍛えているけど、こんなノーパンツガールがそんなにスゴいわけがない」と思っていた。

しかし、サトシの予想に反してメルの優秀さは国境線から発揮された。

すでにベランジア国王がテリアラに刺客を送り込むという情報が届いていたようで、テリアラの軍が国境線付近の草原に展開し、門は固く閉ざされていた。

空飛ぶ箒を手にしたメルは上空から門に潜入。アサシン部隊についての資料を盗み、こちら側の資料を焼き捨てた。さらにはテリアラ国の内情と経済的困窮についても立ち聞きしてきたらしい。

空飛ぶ箒で三人が国境線の空を通過している最中にメルが報告。目を丸くして驚くサトシに、メルは得意げに語った。

「メルって仕事できたんだな」

「サトシは私をなんだと思ってたんだ」

「ただのノーパン……ぐえっ」

上空でサトシの脇腹にメルの右フックがめり込んだ。

「痛いよ。こっちはあんまり空の戦闘をしてないんだからな」

「私は散々クロワの爺さんとやりこんだからね」

「しかし、ワシの予想が外れたな」

クロワはメルの報告を聞いて、情報を整理し始めた。

テリアラ国はベランジア王国から莫大《ばくだい》な借金をしており、返済に追われている。

国民感情としては借金返済のために税率を上げた政府への不信感は増すばかり。普通ならここで貴族たちが出資し、商人たちが他国へ出向き、商売を始めるのではないか。今なら、特に民間の魔道具屋がどの国も不足しているので、そこら辺が狙い目だ。その上で魔法書を大量に所有し、魔法の技術情報を解禁しないベランジア王国にスパイを送り込むところだが、ベランジア王国には軍学校出身の優秀な諜報部隊があり、なかなか情報を奪取できない。

あとがなくなったテリアラ国は軍学校の大会の話を聞き、直接攻撃にうって出ることにした。王暗殺の混乱に紛れ、魔法書を盗み出すのがアサシンたちの任務だったのではないか、というのがクロワの予想だった。だが、魔法書を狙ってきたテリアラの者はいなかったので、不思議に思っていたのだ。

メルの情報では、税率を上げたのは一般庶民にだけで、貴族への税率は変わらず。貴族たちは自分たちへの反感を逸らすため、ベランジア王国は独裁者が支配しており、国民たちは常に怯えて暮らしているという風聞を広め、「いつ殺されるかわからない隣国よりはマシだ」という意識を一般庶民たちに植え付けていったようだ。

結果、冬になるとテリアラ国の田舎では栄養失調になる者が増え、庶民出身の議員たちは、南北に長い領土を持ち、季節に関係せず食料があるベランジア王国に嫉妬し始める。ベランジア産の食料が冬の間、輸入されないのは、ベランジア王国の国王が止めているからだと勝手な解釈をして、自国が財政難だからという理由は愛国心の下、黙殺される。あとは「独裁者から隣国の民たちを解放しろ」と誰かが言えば、あっさりそちらに傾いていく状況が作り出されてしまった。

「……と、まぁ、メルの情報を加味して予想すると、こんなところじゃないか？」

クロワが持論を述べている間、サトシもメルもまるで借りてきた猫のように聞いていた。

「ほえ～クロワさん、よくそこまで考えられますね」

「ただの尻好きの前元帥ではないと思っていましたが、衰えていませんね」

サトシとメルは感心していた。

「年の功じゃ。さて面倒なことになった。一度植え付けられてしまった国民感情は中々覆せないぞ」

「結局、誰を粛清すればいいのか。まずは貴族たちを牛耳っている奴ですか？　あぁ、考えるのが面倒くさい」

「やっぱり国に関わると面倒なんだよ」

メルとサトシは空を見上げ、考えることを放棄した。

「せっかく、サトシがいるんだから無理もできる。議員会館乗っ取っちまおう！」

「「了解」」

クロワの案が採用されることになった。

ポカポカ陽気で空は晴天。キノコ汁を食べて眠かったのもあって、サトシとメルはただクロワについていこうとしか、この時は思っていなかった。

第七話　鉛玉とある殺人事件

テリアラ国の首都・ターラに着いた三人は一番高い建物を探し、屋根に降り立った。

一番高い建物はテリアラの議事堂で、現在夕方のため、衛兵たちがいるだけ。即座にサトシの魔力の紐により衛兵たちは縛られた。

「貴族院と庶民院の議員会館は、どの建物だ？」

特に変装もせず、あっさり議事堂を制圧した三人に衛兵たちは怯えていた。

「お前たち、こんなことしてただで済むと思うなよ！」

「当たり前だ！　私たちがただで帰ると思うなよ！」

メルは歯向かう衛兵の顔を蹴りながら、恫喝《どうかつ》した。

「こっちは借金を取り立てに来てるんじゃ。質問に答えなければ、身ぐるみを剥いで森に捨てるだけじゃ」

ちょうど日が沈む頃で、衛兵たちの目には、メルとクロワの姿が化物のように映った。サトシから見れば、ちゃんと仕事をしているメルなど奇妙でしかなく、尻のあたりがむず痒《がゆ》い。

メルは答えなければ自白剤として毒キノコを食わせようと用意していたが、衛兵たちは各議員会館の場所と貴族の屋敷の位置など詳細に語り始めた。

クロワは議員たちがいつ集まるのか、なども聞き出した。すでに日が落ちてるので、真面目な庶民派の議員しか残っていないだろうとのこと。

「貴族院の議員会館に人がいるとは思えません」

衛兵長らしき髭の一人が答えた。

三人は議事堂を出て、庶民院の議員会館に飛び、全ての出入口と窓をサトシの土魔法で封鎖。貴族院の議員会館は中にいた常駐の衛兵を外に出し、火魔法で爆破。

「これでわかりやすくなったな」

「あとは明日の朝でいいじゃろう」

三人は首都から少し離れた町の宿に移動することに。

首都ターラ中心部は突然の爆発による大混乱で、空飛ぶ三人に気づいた者はいない。軍が議事堂前の広場に集まり始めるのは貴族院の議員会館が爆破されてから、二時間後のことだった。

「で、明日はどうするの？」

首都から離れた町の宿でフィールドボアの生姜《しょうが》焼き定食を食べながら、メルがクロワに予定を聞いた。

「明日の朝、庶民院の議員会館に行って、このテリアラ国を動かしている奴らと話し合いじゃな。現実を教えてやろうと思う」

「貴族院の議員たちはどうするんです？」

「貴族はほとんど逃げているじゃろうな。逃げずにいるなら、何か裏があるということじゃ。メル、もし貴族院の議員が残っていたら調べておいてくれ。サトシは軍と遊んでていいぞ。議事堂くらいなら壊していい」

非常にわかりやすい指示に、サトシは喜んだ。ここのところ、サトシは自分がなんだかよくわからなくなってきていた。軍学校では大会で運営側として会場作りをしていたし、ドラゴニオンでは国のトップになりそうになったり、奴隷が逃げ出したりして、自分の本分を忘れそうになるのだ。

元々、女の筋肉が大好きな冒険者。パーティはクロワとメル。肩書はそれくらいでいい。あまり肩書が多いと仕事も増えて面倒事が持ち込まれやすくなる。森に一人で住んでいた頃が懐かしく思うことが最近増えた。

今の依頼は少し変だが、メンバーからの指示を受けて遂行すればいいので、あまり考えなくて済む。明日はテリアラ国の軍にいる女軍人に好みの女性がいるか探しながら遊んでいればいいのだから、こんなに趣味と実益が伴っていることはない。

ニヤニヤしながらサトシが眠りにつこうとした時、メルが「何をニヤニヤと。気持ちが悪いな」などと言いながら、自然を装って脇の下に潜ろうとしてきた。

サトシはメルを三角絞めにして気絶させてから、隣のベッドに放り投げておいた。

翌朝、計画通りに三人は首都ターラの広場にサトシの空間魔法で移動すると、クロワは庶民院の議員会館へ、メルは貴族院の議員を探しに向かい、サトシはその場で不敵に笑いながら、魔力を練り上げた。

夜を徹して首都中心部を警備していた軍隊は、夜明けとともに現れた巨大な魔力に、睡魔を吹き飛ばされた。

「敵襲うううううううっ!!」

と叫ぶ軍人の身体を魔力の膜が通過した。その魔力の膜は、広場を中心にターラ全域に広がり、都市そのものを飲み込むほど巨大に膨らんだ。

あまりの巨大さにターラの住人の誰もが魔力の膜の存在に気づかなかったほどだ。この時はまだ、早起きした町の外にいる行商人が突然何かの壁に阻まれ、ターラに入れない、と嘆いていただけだった。

「貴様かぁっ！　議員会館を爆破したのは！」

テリアラ軍司令官、獅子《しし》の獣人がハルバートをサトシに向けながら、大声を張り上げた。

「お祭しの通り、貴族院の議員会館を爆破したのは僕です。今日はある国での失敗を踏まえ、誰一人この首都から出す気はございませんし、虫一匹入り込む隙を与えるつもりはございません」

丁寧にお辞儀までして語るサトシの姿に、軍人たちの誰もが違和感を感じていた。着ているものは初心者の冒険者のような皮の鎧《よろい》。これといった特別な武器を持ち合わせているようには見えない。しいて言えば、指輪が見たことがないものというくらいだ。

軍人たちのほとんどが「こんな大したことなさそうな奴が議員会館なんか爆破できるか？　ブラフだろ？」と思った。

テリアラ軍司令官もその一人だ。

ザンッ！

と、振り下ろしたハルバートの先端を、サトシが二本指で摑むまでは。

「両手で持つハルバートは一撃必殺でなければ意味がない。躱されれば次の攻撃までタイムラグができてしまう。そのタイムラグの間に敵は攻撃し放題というわけです。つまり、今」

パンッ！

という音が広場に響いたかと思うと、獅子の獣人の肉厚な身体は議事堂の石柱にめり込んでいた。

「さて、今日は遊んでいいと言われているんです。やりましょうか」

サトシは司令官のハルバートを真っ二つに折り、刃の部分を捨て、柄の方をくるくると回しながら、コキコキと首を鳴らした。

軍人たちは武器を手に、怒号とともにサトシに殺到。が、広場の中心にいたはずのサトシは消えていた。

パンッ、パンッ、パパンッ！

代わりに何かが破裂するような音が聞こえ、その度に軍人の誰かが広場から消え、周囲の建物の壁や柱にめり込んでいた。

音がする度に仲間の誰かが消える状況に軍人たちは恐怖し、自然と密集し始める。だが、事態はさほど変わらず、再び破裂音が鳴り響き、特定の軍人たちが消えた。

そして広場には女性の軍人だけが残った。

「じゃ、こっからが本番だね。僕も本気で行かせてもらうよ」

サトシは魔封じの指輪を外し、ハルバートの柄に付いた血を払った。

生暖かい魔力の風が女性軍人たちの頬を撫でる。前から魔力の風が来ているのに、震えたのは背中だった。女性軍人たちは目の前の男に命を握られているとはっきり理解できた。

「どぉあああああっ！」

恐怖に打ち勝つため、一人の女性軍人が大声を上げながら全身を自分の手で叩きながら、筋肉のこわばりをとった。

「「「うぁわああああああ！！！！」」」

大声は伝染し、闘志をむき出しにした女性軍人たちがサトシを睨みつけた。

初めの司令官との戦いを目の当たりにして、サトシへの初手を外せば、戦闘不能になることはわかっている。サトシが言ったように一撃必殺でなければ、傷一つ付けられそうにない。女性軍人たちはこれまで培ってきた技術のすべてを叩きつけるつもりで、自分たちの得物を握った。

「いい殺気だ」

女性軍人たちを見てサトシもテンションが上がる。

「キィエエエエエエッ！」

女性軍人の一人がフェイントも戦術もなく、ただ真っ直ぐにサトシに向けて槍を突き出した。サトシは突き出される瞬間、少しだけ斜め前に出ただけで槍を避けた。

女性軍人の顔の一〇センチ前にはサトシの胸があった。

「何か守るものでもあるのかい？　動きを邪魔しているその鎧で僕の攻撃を防げると？　自分の命も差し出さずに僕の命を獲れるとでも？　舐めるなよ、テリアラ」

そう言ったサトシは女性軍人に頭突き。女性軍人の鉄の兜とサトシの額がぶつかった。にもかか

わらず、金属と金属がぶつかったような音が鳴り、女性軍人の身体は広場の反対側まですっ飛んでいった。

「全てを捨ててかかってこい！　全部僕が受け止めてやる！」

サトシは、ハルバートの柄も捨て、皮の鎧を脱いで、腕まくりをしながら女性軍人たちに宣言した。

「武闘家として相手をしよう」

女性軍人たちも身を守っていた鎧、手甲、ブーツを捨て、インナー姿になった。

「いい筋肉だ。それを求めていたんだ！」

サトシの喜びはピークに達し、そこから数分間の記憶がない。

後にターラの住人たちはサトシの笑い声を聞きながら、自分たちの家で震えるしかなかったと証言する。

　メルが議事堂内にいる貴族派の議員たちから情報を聞き出し、表に出てきた時には、立っている軍人は一人もいなかった。広場には、しみじみと「あぁ～パラダイス」と言いながら顔をクシャクシャにして笑うサトシが、陽の光を全身に浴びていただけだ。

「ああ、メル。どうだった？　こちらはすっかり堪能させてもらったよ」

　手をモミモミしながら、サトシが聞いた。

「黒幕はチ○コのでかい黒衣の祈禱師だそうだ。貴族院はその祈禱師が牛耳っていたらしい」

「そうかぁ。で、その祈禱《きとう》師ってどこにいるの？」

「ベランジア国王の暗殺が失敗したという情報が入った時には、もう北に逃げていたんだって」

「じゃ、この町にいないのかぁ」

クロワが庶民院の会館から出てきた。クロワも黒幕は黒衣の祈禱師だという情報を議員たちから聞いたという。祈禱師とその子飼いの娼婦たちが貴族とその家族たちにハニートラップを仕掛け、醜聞で脅していたのだとか。

「もういいんですか？」

クロワが壊した入口から続々と庶民派の議員たちが出てきているのを見て、サトシが聞いた。

「うむ。法案はすでに作った。貴族院は崩壊しているから、彼らが主導してこの国を立て直すだろう。さ、責任を取らせる人物を捕まえに行こうか」

三人は空飛ぶ箒にまたがり、北を目指した。


テリアラ国北部のポリコロフスク辺境領にある町にその男はいた。

ポリコロフ家が治める城下町で子飼いの娼婦たちとともに匿《かくま》われていたのだ。黒衣の祈禱師ことグレゴリ・モーブは、教会の寒々とした床をゆっくりと歩きながら、魔法書を読んでいた。ポリコロフ家の当主が所有していた治癒魔法に関する書で、理論的にかなり遅れている内容が書かれていた。

子飼いの娼婦たちは教会のシスターたちとともに、教会の掃除や炊き出しをしており、とても評判がいい。容姿端麗な娼婦たちは男たちから羨望の眼差しで見られ、教会から出れば後ろに人だかりができるほど人気になっていた。

「グレゴリ様、スウェーダンの貴族から手紙が来ておりますがいかがいたしますか？」

娼婦に聞かれたグレゴリはそっけなく手を振って断った。スウェーダンというのはテリアラの北西に位置する国だ。逃亡するところがなければ、「うちの国に来るといい」と言ってきている。周辺の国からすれば、一代でテリアラの政治を裏で操るほどの実力者なので、自国に欲しい。むしろ、そんな者がテリアラにいることが危うい、と思っていた。

グレゴリはベランジア国王暗殺を国のアサシンギルドに頼んで、すぐに北を目指した。議員たちには五分五分と言っておいたが、計画は失敗するだろう。まず、軍事面でベランジアに勝つのは不可能。奇襲しかないが、もし大会に軍の前元帥であるクロワか、メルという元諜報部の隊長がいれば、奇襲してもあまり意味がないことはわかっていた。クロワとメルの動向を探りつつ、計画を実行したわけだが、二人はグレゴリの分析よりも速く移動していることがわかり、計画を修正せざるを得なかった。計画が成功しようと失敗しようと、自分がこの国において有利な立場になることは揺るがない。その自信があった。

「戦争は始まったか？」

グレゴリは手紙を持ってきた娼婦に聞いた。

「いえ、まだです」

自分が殺されそうになったというのに、ベランジア国王の動きが遅い。グレゴリの予測では、すでにベランジアの軍隊がテリアラ国に侵攻している頃なのに。

「ターラからは？」

「何も」

それもまたおかしい。グレゴリは自分への非難や抗議があるはずだと思っていた。戦争が起こり、怪我人が多数出て、自分のような有能な祈禱師にすがるしかない状況になっているはずだったのに。

「何かが、狂っているな……誰かが紛れ込んでいるようだ」

「また、アサシンギルドに頼みますか？」

娼婦はグレゴリに抱きつくように身を寄せながら、耳元で囁《ささや》いた。

「それもまた、そいつの運命か……」

グレゴリは魔法書を閉じ、娼婦を押し倒しながら、唇を重ねる。


その様子を窓の外で見ていた者たちがいた。

「おおっ！　すげー、本当にアソコがデカいな！」

「大きければ良いってもんじゃないよ。んふっ」

サトシとメルだ。

首都・ターラから空飛ぶ箒で飛んで、一時間前にはポリコロフスク辺境領に着いていた。

町に宿を取り、早速「黒衣の祈禱師」を調査。サトシとメルは「祈禱師というくらいだから教会にでもいるんじゃないか」という適当な理由で探している、と先程の光景に出くわしたのだ。

クロワは「良い尻がありそうだから」と、ポリコロフ家の屋敷に潜入している。

「まったく、昼間っから盛んだなぁ」

メルは興奮して中を凝視していたが、サトシは早々に「人の行為なんて見てられない」と、教会の敷地から出て町へと繰り出した。

町には活気があり、中心部では市も立っている。

北部の町らしく、毛の多い魔物が使役され、町人たちの服も厚手で肌の露出が少ない。人種はヒューマン族よりもエルフや獣人が多い。薬学が盛んなようで、町の各所に薬屋があり、薬臭かった。

「今度、オクラを連れてこようか」

サトシは自分を師匠と呼ぶ女子を思い出した。

パンッ！

人通りの激しい市場の方から花火のような音が聞こえた。続いて、「きゃ〜!!」という女性の悲鳴。野次馬たちが一斉に市場の方に向かう。

サトシも野次馬たちと一緒に市場に行くと、「衛兵！」「薬師《くすし》はいないか!?」「誰か回復薬を持って来い！」などと、市場の中央から声が上がっていた。

サトシは人混みを避け、建物の壁を上り、屋根伝いに騒ぎの中心を見れば、胸から血を流した人が倒れていた。一刻を争う状況だったので、屋根から跳んで、倒れた人のすぐそばに着地。周囲の野次馬たちが驚いていたが、無視して倒れた人の服をめくり上げ、傷の程度を確認した。

胸にはぽっかり穴が開いていた。脈を確認しても反応はない。

いくらサトシが高度な回復魔法を扱えても、死んだ者を蘇《よみがえ》らせることはできない。せいぜい聖水で身体を浄化して手を合わせるくらいだ。

サトシに遅れてやってきた薬師たちも診察していたが、結果は同じ。衛兵からの事情聴取に答え、その場をあとにしようとしたら、市場の端でクロワと変装をしたメルがサトシを待っていた。

「殺されたのは中年男性。仕立てのいい服を着ていたが、所持品はなかったらしいです。白昼堂々と人通りの激しい市場での殺人事件なのに、誰も犯人を見ていない。ただ、見ていた人は、中年男性が『何かに追われているようだった』と言っているのだそうです」

サトシは二人に、衛兵から聞き出した情報を説明した。

「ああ、知っている。男性の名前はヒョードル・ポリコロフじゃ。この辺境領にいる貴族議員の一人で、犯人はメルが追っていたが……」

「犯人は毒で死んだ」

二人とも、やることが早い。

「人を殺して自害したってことか？」

サトシがメルに聞いた。

「いや、そんな感じじゃなかったな。一仕事終え、一息ついていたんだと思う。何かを口にした途端、痙攣《けいれん》して死んだんだ」

「毒殺か」

メルはコートの中から、黒い筒状の杖のようなものを取り出して、サトシに見せた。

「これがなんだか、わかるか？　死んだ犯人が持っていた物なんだけど」

サトシはそれを受け取って、まじまじと見た。

「へぇ～、この世界にも、魔道具じゃない銃ってあったんですね」

「この世界？」

メルはサトシの顔を覗き込んだ。

「やはり、サトシは転生者だったようじゃな」

「あ、そうか！　二人に言ってなかったっけ。あんまり意識してなかったから言わなかっただけだよ」

「まぁ、いい。宿でゆっくり聞くことにしよう。これからのことも話しておかんとな」

三人は市場で食料を買い、宿に帰った。


サトシは音が漏れないよう部屋に防音の魔法陣を描き、メルとクロワは簡単なサンドイッチを作った。

「それで、こっちは転生者だなんて聞いてないぞ！」

メルは口の中のサンドイッチをワインで流し込んで、サトシに食って掛かった。

「確かに、誰にも言ったことはないかもしれないな。そもそもそんなに仲良くなった友だちがいなかったからかもしれないけど」

「前の世界では何をしてたんじゃ？」

クロワもサトシの前世には興味がある。

「職業ですか？　それがよくわからないんですよね。こちらの世界にはない職業のようで、記憶も曖昧なんですよ。経験したことや本で読んだことなんかは思い出せるんですけど、家族や恋人についてもすっかり忘れてしまいました」

「ヒドイやつだな。サトシは」

メルがサトシを睨んだ。

「使わない記憶はどんどん忘れちゃうんだよ。でも、名前は前の世界と同じにしたんだ。僕を拾った婆さんがつけてくれなかったからね」

「なるほどな。まさに『名残り』ってことじゃな」

「そうですね。ハハハ」

「転生者がもたらした技術や知恵は多い。その分、狙われやすくなるが、まぁサトシの場合は大丈夫じゃろう。ただワシらがこのことを明かすことは生涯ないと思ってくれて構わん」

クロワの言葉にメルもサトシを見て、頷いた。

「ありがとうございます」

「それで、この武器について教えてくれ」

食後、クロワはテーブルの上に銃を置いた。

「銃ですね。この形状はこの世界にもあったはずですよ。カプリの離れ島で魔族が魔道具の銃で電撃を放ってきましたからね。もしかしたら、過去にいた転生者から、魔道具として伝わったのかもしれません。ただ、これはどこにも魔石はハマってないし、魔法陣も描かれていない。魔道具ではなく、普通の銃ですね」

「その普通の銃ってのはどういうものなんなんだ？」

メルが聞いた。

「飛び道具だよ。火薬を使って鉛玉を発射するんだ。この銃はいわゆる火縄銃ってやつだね。だから、あの貴族の議員さんの身体から鉛玉が見つかるはずだよ」

サトシは「ほらここに火薬と鉛玉を詰めるんだよ」と、銃を持ちながらメルに教えた。

「ちょっと待て、火薬っていうのはなんじゃ？」

「たしか、硝石と硫黄《いおう》、炭を混ぜたものですね。よく燃えるんだそうです。僕も実際作ったことはありません」

クロワの疑問に、サトシは知っている限りの知識で答えた。

「正直、僕が生きていた時代にはほとんど見ることがなかった武器なので、詳しくは知らないんですよ」

「なんでわざわざ、その火薬とか鉛玉なんか使うんだ？　魔法でいいじゃないか？」

メルから尤もな質問が出た。

「前の世界には魔法がなかったんだよ。ただ、今回の事件の犯人が銃を使った理由はわからない」

「それはこの国の事情にある」

そう言って、クロワはコップにワインを注《つ》いで続けた。

「このテリアラという国は、魔法があまり発達してないんだ。魔物もそんなに強くないから、剣術や体術も発達していない。ただ、昔から薬学や錬金術が盛んでな。目薬で財を成した者もいるくらいだ。他にも冒険者ギルドで売られている眠り薬や麻痺薬なんかはテリアラで作られたものが多いな」

「そういえば、この前の大会で仕掛けられていた罠にも眠り薬が使われていましたよね。なんで幻覚系の魔法を使わなかったのか謎だったんですよ」

「サトシ、幻覚系の魔法も、眠り魔法の魔法陣も、普通の冒険者は知らないんだぞ！」

メルが非常識なことを言うサトシを窘《たしな》めた。

「でも！　魔物だって使ってくるんだから知っておいたほうが……ごめんなさい。クロワさん続けてください」

「まぁ、とにかくこの国では魔法使いよりも薬師や錬金術師の方が信用されているんじゃ。特にこのポリコロフスク辺境領は薬学が盛んで、町中でも薬の匂いがしたじゃろう？」

クロワの言葉に、サトシとメルは頷いた。

「そんなところだからか、毒殺事件も多い。むしろ毒の成分によって、どこの家の人間が殺したのかわかるくらいだ。だから今回はどこの家の者の犯行かわからないように、わざわざこの銃という武器を使ったんじゃと思う」

「でも、もうクロワさんは犯人がどこの家の者か知っているんでしょう？」

サトシは、クロワならすでに事件の全容を摑んでいるだろうと予想していた。

「無論じゃ。ポリコロフ家の者、全員が犯人だと言っても過言ではない。全ては、グレゴリという男を殺すためじゃな」

そこでクロワはぐいっとワインを飲んだ。

「グレゴリという男がテリアラの表舞台に現れたのは一〇年ほど前じゃ。テリアラの貴族議員である前ポリコロフ家当主アレクサンドル・ポリコロフが病にかかっていたのを祈禱で治してしまったのだそうだ」

「祈禱なんか効くの？　この町の薬のほうがよっぽど効きそうだけどなぁ」

クロワの説明にメルが口を挟んだ。

「どんな病だったかは知らないが、ポリコロフ家は代々薬師たちを取りまとめているような貴族じゃ。自身でも薬を扱うというのだから、長年薬を服用していれば、耐性ができて薬の効きも悪くなるじゃろう。むしろ、それでアレクサンドルは病になったのかもしれん。グレゴリは薬の服用を止めただけという可能性もある」

「運がいい男ですね」

サトシが言った。

「その運が止まらなかったんじゃな。テリアラ国随一の薬師であるポリコロフ家を治した祈禱師とあって、首都・ターラまで名が轟《とどろ》いてしまった。ポリコロフ家の連中も当主を治した祈禱師をどんどん貴族院の議員たちに紹介した。『彼は本物だ』とかなんとか言ったんじゃないかのぅ」

「あとはグレゴリが祈祷のついでに、貴族に子飼いの娼婦を紹介するということ？」

メルは「全く男は馬鹿だな」と呆れていた。

「まぁ、そうじゃろうな。貴族たちに娼婦と遊ばせている間に、貴族の奥方をかどわかして弱みでも握っていくとかも考えられる。大方、イチモツがデカいということもうまく作用したのじゃろう。高貴な女性ほど好奇心は強いからな」

「なるほど」

実際のところ、グレゴリの成り上がりについては、クロワの予想通りだった。

「五年前にはグレゴリが貴族院の実権を握り、金と権力を手に入れた。が、財政難のテリアラ国じゃからな。高が知れとる」

「それで他国にちょっかいを出したのか？　傲慢な奴だ」

メルはワインの入ったコップを乱暴にテーブルに置き、自分のベッドに向かった。

「メル、寝るのか？　まだ話は終わってないだろ？」

「もう十分、話は聞いた。あとはどうせ、ポリコロフ家の中で骨肉の争いだろ？」

ポフンッとベッドに飛び込んだメルは仰向《あおむ》けになった。

「まぁ、そうじゃな。ポリコロフ家には、国の貴族院すら牛耳ってしまったグレゴリにすり寄り、お家再興を狙う者たちと、国政にまで手を出すグレゴリに脅威を感じて排除しようとする者たちが醜い争いを続けていたそうじゃ。そんななか、グレゴリが中央から帰ってきてしまった」

クロワは自分のコップにワインを注ぎ足し、「それがグレゴリの運の尽きじゃ」と言った。

「娼婦たちを連れて戻ってきたグレゴリは、ひっそりと領民たちに施しをするばかりでほとんど何もしない。グレゴリ本人は中央に戻る機をうかがっているだけかもしれないが、この国では少し前まで市民革命の機運が高まっていただけに、貴族の連中はグレゴリが革命を先導するのではないかと疑う者が続出し、グレゴリにすり寄っていた者たちが粛清されていっているところじゃな」

「え!? あ、そうか! 今、骨肉の争いの真っ只中なんですね」

サトシはようやく状況がつかめてきた。

「近々、グレゴリがポリコロフ家の屋敷に呼ばれるだろう。そこでヤツの命運は尽きる。ワシらが暗殺する前に、この土地の貴族が殺すのじゃ。さて、困ったことになったのう……」

クロワは自分の額をペシッと叩いて、ワインを飲み干すと「ワシらのやることがなくなってしまった」と自分のベッドに潜り込んだ。

「え!? そうか! じゃ、僕らが先にグレゴリを殺しますか?」

「タダで仕事はせんことだ……」

サトシの問いにクロワは寝ながら答え、鼾をかき始めた。

「せっかくこんなところまで来たというのに、何もしないで帰るんですか? メルはどう思……二人とも寝てる!」

夜が更けても、サトシは眠れず、クロワの話を頭の中で整理しながら、どうにか落とし所を探し続けた。

翌朝、三人は町の近くの森で朝食を食べていた。

宿でも食べられたのだが、メルのキノコ汁の方が美味しいので、わざわざ早朝から森に入ってキノコ狩りをしていたのだ。

「森の中で食べるのが一番うまいな！」

町の中だとメルは変装しないといけないため、他に誰もいない森での食事を好む。

「さて、どうする？　サトシ、昨晩、随分考えておったようじゃが、なにか落とし所は見つけたか？」

クロワがキノコ汁に口をつけながらサトシに聞いた。

「正直、ベランジア国王暗殺についての責任を取らせるはずのグレゴリがそのうち死ぬ以上、特にこれと言っていい策はないように思います。賠償金を貰うにしてもテリアラ国の借金が増えるだけ。ベランジアに大して得がありません。それでは僕らがせっかくここまで来た意味がなくなります。ということで、技術で賠償させましょう」

「技術？　というと薬関係か？」

メルがサトシに聞いた。

「うん、薬と毒だね。ポリコロフの人たちがグレゴリを殺そうとしている間に、薬剤関係の本やレシピを盗み出すのが一番かと。他にグレゴリの娼婦たちを奴隷として引き取ることも考えましたが、ヒューマン族の女奴隷は逃げ出すことがあるのでおすすめはしません。特にこの国の女性は！」

サトシは自身の経験から言った。

「ハハハ、そういえばサトシは個人的にアサシンギルドへの制裁はいいのか？」

「良くはありませんよ。見つけ次第、縛り上げて説教をします。ま、でもそれはあとでどうにでもなるかなぁっと思ってます」

「ふ～ん。サトシは本当に生真面目だなぁ。バカなんじゃないか？　せっかく仕事する必要がなくなったというのに」

メルはキノコ汁をおかわりしながら、呆れていた。

「そんなこと言ったって、何もしないでベランジアに帰ったら、それこそバカみたいじゃないか！」

サトシはメルに食って掛かった。

「仕事する必要がないなら、趣味に走ればいいんじゃよ」

「あ……！」

クロワに言われ、サトシは再び自分自身の趣味について思い出した。

「無論、あとでポリコロフ家に潜入して、薬や毒のレシピを盗み出すのは構わん。だが、個人としての趣味を忘れるべからずじゃ。仕事の見通しがついたのなら、まずは趣味に走るべきじゃ」

「そうでした。どうも前世での体質が抜けなくて、仕事を優先させてしまうんですよね。そうかぁ、筋肉娘を追って良いのかぁ……」

サトシの表情から急激にトゲトゲしさがなくなった。

「そうじゃよ。もしかしたら、その間にアサシンギルドにつながる何かを見つけてしまうかもしれんぞ」

「それなら、一石二鳥ですね。なんだぁ、そうかぁ……メルはこのままキノコ狩りをするの？」

「そうだね。あと、サトシの下着を洗濯しないといけないしね」

サトシは自分の股間の辺りが涼しいことに気がついた。

「いつ盗《と》った⁉」

「それをわざわざ本人に明かすバカはいない」

メルはそう言ってキノコ汁を平らげた。

「まさか、キノコ汁に僕の下着が入ってたりしないよな？」

「それは私だけの楽しみだ。さ、二人とも、とっとと町に繰り出しなよ。女の尻と筋肉が待ってるよ」

「そうじゃな」

クロワは立ち上がると、ブルッと身体を震わせた。

「ハハハ、年甲斐もなく武者震いをしておるわ。寒い地方の女性たちは脂肪がつきやすいから、ワシ好みの丸い尻が多そうじゃ」

そう言ったクロワは、逃げる魔物を追い越すスピードで町へと走っていった。

「よし！　僕も行こう。町の人たちは皆、厚着だからな。歩いている体幹を見なくちゃ、中の筋肉までわからないよなぁ。途中で下着も買わなくちゃ……」

サトシはヘラヘラとしながら、ゆっくりと町へと向かった。

町の入口で、サトシは町の名前がポリコであることを初めて知った。基本、空飛ぶ箒で出入りをしていたので、町の門をくぐるのも初めてだ。

「旅の者か？　冒険者だって？　こんな辺境では珍しいな。回復薬の補充か？」

衛兵がヘラヘラしているサトシにしつこく質問してきたが、サトシは衛兵が女性だったので、嫌がることもなく全て答えた。

「逆に質問しても？　重心がズレているようですが何か重いものでも運んでらっしゃったんですか？」

サトシが質問すると、女性の衛兵は驚いた表情で数秒止まった。

「五歳になる息子がいる。よく右腕で抱えているから多少右側の筋肉がついているだけだ。気になるほど、重心がズレているか？」

「自分が動きやすい筋肉がついているなら良いのでは。ただ、もっと筋肉と会話した方がいい。通っても？」

「ああ、どうぞ」

女性の衛兵はサトシを町へと通した。

「筋肉と会話か……世界には不思議な冒険者がいるものだな。それにしても随分と良い香りだった」

ごく普通の冒険者の格好をした、不思議な男の香りを女性の衛兵は覚えてしまった。

町の市場は、昨日、殺人事件が起こった現場とは思えないほど、活気にあふれていた。

なぜか自然とサトシの周りに挙動不審な者たちが集まってきてしまう。市場には回復薬や魔物用の毒なども売られており、少なからず薬師もいる。その中の女性の薬師たちがサトシの周囲に集まってきた。

薬師は皆一様に大きなカバンを持っているので、わかりやすい。カバンの中には薬の原料や、空き瓶などが詰め込まれており、人混みを器用にすり抜けている。

大きなカバンを持った女性たちがサトシを指差した。

「やはり、彼だ」

「ごく普通の冒険者に見えるけどね」

「男の薬師がいないけど、この香りは女の私たちしか嗅ぎ取れないってことかい？」

「香《かぐわ》しい。やわらかく芳醇《ほうじゅん》な香りだ。いったいどこの家の香水だい？」

周囲から指を差され、さすがにサトシも立ち止まらずにはいられなかった。

「何か御用ですか？」

「あ、あんた昨日の！」

振り向いたサトシを見て、薬師の一人が、気がついた。

「昨日、毒薬の香りがする男が殺された事件があっただろ？　その殺された男を一番初めに診察したのが、この人だよ！」

薬師は仲間たちに向け語った。

「診察するってことはあんたも薬師なのかい？」

「ねぇ、どこの香水使ってんの？」

「冒険者っぽい格好をしてるけど、たまたまこの町に来たの？　南の町に行けば、その香水は手に入るのかい？」

矢継ぎ早に質問されたサトシは辟易《へきえき》しながら、これ以上ついてこられても面倒なので答えることにした。サトシにとって猫背で筋肉の細い薬師たちは興味の対象ではない。

「香水なんかつけていません。診察したのは回復魔法が使えるから、まだ息をしているなら助けられるかもと思っただけです。まぁ、もう事切れていましたがね」

一瞬、市場の喧騒《けんそう》が遠くなった。薬師たちが物音一つ立てず、固まってしまったからだ。

「……香水をつけていないってことは、自分の汗がそういう香りを放っているってことだよね？」

「まぁ、そうです」

女薬師の質問に、サトシがめんどくさそうに答える。

「どこの宿に泊まってるんだい!?」

「実家はどこで、なんという家系？」

「代々、おじいちゃんもお父さんも同じ香りかい？」

「普段どういう食べ物を食べてるの？」

女薬師たちの質問が止まらない状態になった。

サトシは市場から逃げるようにして出た。

建物の角を曲がったところで、空間魔法を使い、建物の上に避難。女薬師たちは通りを「どこに行った？」「まだ香りが近くにあるよ」などと探し回っている。

「はぁ、そうか。薬師たちは薬品の匂いの研究をしているから鼻が敏感なんだなぁ。いい加減、この皮の鎧も洗濯しないと」

サトシは建物の屋上に干されていた灰色のシーツを一枚失敬して身にまとった。タダで持って行くのは気が引けたので、物干し竿《ざお》の側に銅貨を一枚置いておく。

シーツに光魔法の魔法陣を描いて姿を隠し、裏通りに降り立った。

ポリコは裏通りでも人通りが激しく、武器や毒薬を売る店が目立つ。それに伴って冒険者や裏社会の人間っぽい人が増えた。

姿を消したサトシは、通りの隅にある壺に腰掛け、じっくりと行き交う人たちを観察することに。

裏通りは筋肉を生業《なりわい》の道具にしている者が多い。

「初めからこうしておけば良かったんだ」

光魔法の魔道具で姿を隠し人間観察をしながら、目当ての筋肉質な女性を探す。

しばらく見ていると、引き締まった筋肉をした女性が多いことに気がついた。重いものを持ち上げるのには向いていないが、俊敏に動くには良い筋肉、というのがサトシの見立てだ。正直なことを言えば、太く引き締まった体型を望んでいたサトシだったが、他の女性たちは猫背の薬師っぽい体型か指をソーセージのように太らせた肥満体型しか見当たらなかったので、筋肉質な女性についていくことに。もしかしたら、アサシンギルドにたどり着くかもしれない。

サトシが後をつけた相手は、黒で統一した服を着ており、毒薬などを物色したあと裏通りから出ていった。町外れの通りを警戒することもなく歩き、ローブをかぶった怪しげな老婆や全身傷だらけで上半身裸の大槌《おおづち》を担いだ男とも仲良さそうに挨拶を交わしている。

「いったい何者なんだ？」

サトシは小声で疑問を口にしながら後をつけていくと、その引き締まった筋肉質な女性は教会裏にある家の門を開けた。

門から母屋までは雑草が生え、小柄な奴隷と思《おぼ》しき女が草むしりをしている。筋肉質な女性は奴隷には目もくれず、母屋の中に入っていった。

「筋肉から見て、斥候やスパイが仕事かな？　衛兵の諜報部が勤務先だろうか？　意外にアサシンで、ビンゴだったりして」

独り言を言いながら、サトシは門を飛び越え、小柄な女奴隷を観察する。

動くたびに顔を歪め、苦痛に耐えているようだ。骨が折れているなら、身体を動かせないだろうし、病気なら患部を押さえると思うのだが、女奴隷は腕やふくらはぎを押さえている。ボロのような服の隙間から、貧相な胸がチラチラと見え隠れしている。

だが、サトシが目をつけたのはその下の割れた腹筋。腹筋は生まれつき形が決まっている筋肉と言われているが、女奴隷の筋肉はサトシから見て美しかった。

「うっ！　……あぁ～」

再びふくらはぎを押さえる女奴隷。サトシは見るに見かねて、姿を現し診察してやることにした。

「貴様っ！　どこから、ムグっ……」

サトシは女奴隷の口を押さえ、黙らせながら身体を診察。女奴隷は腕の筋肉とふくらはぎの筋肉が肉離れを起こしていた。サトシが患部に回復魔法をかけてやれば、ゆっくりと筋肉が修復していく。ただ、タンパク質が足りないのか、回復速度が異様に遅い。

「ちゃんと肉か豆を食ったほうが良いよ」

そう言って、サトシが口から手を離してやると女奴隷は啞然《あぜん》としてサトシを見た。

「なんのまじないだ？　回復魔法か？」

女奴隷は目を丸くして、サトシを凝視したまま聞いた。

「回復魔法だよ。でも普通よりも治りが遅い。だから、肉か……」

「知ってるよ！　治りが遅いのは薬の使いすぎだ。身体機能を高める薬と回復薬を使いすぎて、私の回復速度は下がってるんだ。二年は治らないと思ってたのに……何者なんだ？」

「見ての通り、ごく普通の冒険者だよ、僕は」

「嘘をつけ！　教会にいるグレゴリなんかより遥かに回復魔法がうまいじゃないか！」

グレゴリとはあの黒衣の祈禱師のことだ。

「そう言われても……そのグレゴリが下手なだけじゃない？　それより僕も聞きたいことがあるんだ。ここって何のアジトなの？」

「ごく普通の冒険者が関わるような場所じゃないことは確かだ。とっとと帰ったほうがいい！」

女奴隷はサトシの皮の鎧のベルトを握り締めながら言った。

「もしかしてアサシンギルド？」

「……なんだ、知ってたのか？　依頼なら、入ってすぐのカウンターで対象と必要な情報を言うんだね。はぁ……そろそろ草むしりにも飽きた頃だったから助かったよ」

そう言って、女奴隷は急に立ち上がって、母屋の扉を開けた。

「いらっしゃい。アサシンギルドへようこそ！　ギルド長の私が直々にご案内いたしますわ」

サトシが奴隷だと思っていた女性は、実はアサシンギルドのギルド長だったらしい。あっさり、対象に辿り着いてしまった。

「最近、ベランジアに行った六人が帰ってこなかった、なんてことなかった？」

「あん？　……あんた、何か知ってるのかい？」

アサシンギルドのギルド長がサトシを睨みつけた。

サトシは相変わらずヘラヘラと笑っている。どう説教をしようか、考えているのだ。

第八話　ある祈禱師の死と薬師の一族

アサシンギルドの建物内は、こぢんまりとした立ち飲みバーのようになっていて、正面にカウンターがあり、棚には瓶が並んでいる。瓶の中身は全て毒だ。

「奥の部屋使うよ」

アサシンギルドのギルド長はカウンターの中にいたメイド服姿の女性に声をかけた。メイド服姿の女性は、先程まで肉離れで動けなかったはずのギルド長がスタスタ歩いている様子が信じられず、じっと見続けることしかできないようだった。

サトシはギルド長の後についていく。奥の廊下には、短剣や鉤爪《かぎづめ》の暗器などがずらりと壁に掛けられていた。

「道具だけは揃っていてね。しまう場所がないから壁に掛けてるんだよ」

ギルド長は歩きながらサトシに説明。サトシは「ごっこ遊びかな」と思った。

訓練施設が地下にあるようで、地下に続く階段から、喘《あえ》ぎ声とも叫び声とも判別のつかない声が聞こえてきた。痛みに耐える訓練でもしているのだろう、とサトシは推測した。

「こちらだ」

ギルド長は廊下の突き当たりにあるドアを開け、サトシを招き入れた。

「アサシンギルドだとわかっていながら、招かれるままにこの部屋まで来るなんて、男のわりに度胸があるねぇ」

そう言いながら、サトシをソファーに座るよう促した。部屋は西側に窓のある応接間で、テーブルとソファーのほかは本棚があるくらい。窓際には花瓶があるが花は刺さっていなかった。

「依頼の対象でもない男を殺すなんて割にあわないことはしないと思っただけです」

よほど火魔法に長《た》けている者でもいないと死体の処理が大変だろう、とサトシは考えた。

「誰が誰に対して恨みを持っているかは、本人にしかわからないってこともある。自分が対象になっていないなんて保証はどこにもないよ」

「そうですかね。でも、まぁ、ないと思います」

「自分が辺境領の外から来た人間だから、そう思ったのかい？」

ギルド長は試すようにサトシに質問した。

「僕は見ての通り、ごく普通の冒険者ですから」

「ごく普通のねぇ。まぁ、いいか。それで？　ベランジアに行ったアサシン六人が帰ってきてないってのは、どこで知ったんだい？」

ギルド長は話を変えた。

「それに答える前に、帰ってこないアサシンは、ここのアサシンギルドにいたアサシンですか？」

「いや……他国へ潜入するのは中央のギルド所属だろう」

そっけなく答えたギルド長だが、サトシは一瞬の間を逃さなかった。

「中央のアサシンギルド所属だけど、ここのアサシンギルドとも関わりがないわけではない、と？」

「アサシンは、ギルドに所属したその日から誰とも関わらない。関わっているのだとしたら、それは依頼のためだけだ」

「なら、依頼に失敗したアサシンのことなんてどうでもいいじゃないですか？　わざわざ僕を応援間まで通す意味がない」

「……肉離れを治してくれたお礼を、と思ってね。それから、回復魔法を扱える人間は、この辺境領では珍しい。薬師の中には薬への耐性がつきすぎて治療できない病に罹《かか》る者もいる。我々にとってはそれが有利に働くこともね」

ギルド長はなかなかサトシから情報を聞き出せないでいた。「何者なのか」「敵か依頼人か」「帰ってこないアサシンたちの所在と生死」、どれも未だわからない。

ただ、この場所が知られてしまった以上、生きて帰すわけにはいかないだろう。

それも、いずれ壁の向こう側で聞いているアサシンの誰かが、毒針を刺すまで会話を引き延ばせばいいだけだ。

ギルド長の頭の中には、目の前の冒険者の死体がどこで処理されるかもありありと予想できた。町の地下を流れる川が、この冒険者の墓となるだろう。

「まぁ、アサシンギルドがどういう対応をするかなんてことはどうでもいいですし、僕が回復魔法を扱えるかどうかだって、この場ではどうでもいいことです。いいですか⁉ 帰ってこないアサシンのうち、男三人については僕の奴隷として魔大陸で働いています。ところがですねぇ！ 女のアサシンたちは一時、僕の奴隷だったのですが他国からの攻撃のどさくさに紛れて逃げ出してしまったんです！ いったいギルドはどういう教育をしていたんですか⁉」

サトシは腕を組んで不満そうに言った。

「な……なにを言ってるんだ？」

ギルド長は急に予想していないことを言われ、全然頭が追いつかない。

「ベランジア王国の国王暗殺に失敗したおたくのアサシンたちは、革命真っ只中の魔大陸の国で働いていているって言ってるんです！　しかも、そのうちの半分は逃げ出しやがったんです！　僕が描いた奴隷印を引き剝がしてです！　こちらに不備があったことは認めますが、もともとは殺されるはずだったアサシンたちを生かし、食事だって用意したのに、なにが不満だったって言うんですか！」

「だから、ちょっと待て！　理解が追いついてない。つまり、国王暗殺が失敗した後、ごく普通の冒険者であるお前の奴隷になったのか？」

慌てながらギルド長は、壁や天井にいるであろうアサシンたちに向かってサトシへの攻撃を一旦中止することを手で合図した。

「そうだって言ってるじゃないですか⁉」

「それで？　魔大陸っていうのは？」

「ああ、今、魔道具を学ぶために留学をしていて、途中で立ち寄った国が崩壊したんですよ。まぁ、革命みたいなものです。そのタイミングで隣国に侵攻されて、どさくさに紛れて元アサシンの女奴隷たちが逃げ出したんです。わかりました？」

「わからん！　魔大陸まで何日かかると思ってるんだ？　嘘を言うにしても、もっとマシな嘘をつけ！」

ギルド長は立ち上がって、サトシに言い放った。

「嘘じゃない。時空間魔法があれば、普通に移動できるじゃないですか？　単なる空間魔法でもいいですけど、ほら、ほら、ほら、ほらぁ！」

サトシは、空間魔法で、天井やギルド長のすぐ後ろ、テーブルの下に移動し、ソファーに腰掛けた。サトシを狙っているアサシンたちがいる場所だ。

ギルド長は自分の目を疑い、頭を抱えて幻覚に効くツボを押し続けた。

「まぁ、本人たちじゃないんで聞いても意味はないかもしれませんが、アサシンギルドのギルド長のあなたなら、どういう理由で逃げますか？」

「はぁ？　ひゃ……百歩譲ってお前の言うことを信じたとして、奴隷が逃げる理由なんか、自由のため以外ないだろ？」

「そうか！　自由か……たとえ、仕事や金がなくても？」

「逃げたのがこの辺境領の出身なら、薬草を探して薬にするくらいのことはするさ。薬の調合も毒の調合も、訓練するからね」

サトシはギルド長の話を聞いて「そうか……」ともう一度納得した。

「なるほど、自由のために、か。じゃあ、奴隷たちは自立していったと考えればいいんだ。特に仕事や金なんていう保証がなくても人は未来に懸けて行動できるんだなぁ。いや、ありがとう。理解できたよ」

サトシは立ち上がり、ドアに向かった。

「ちょっと待て！　この場所を知られたからには生かして帰すわけにはいかない。私たちの仲間になるか、それとも地下の川に流されるか、どちらがいい？」

振り絞るようなギルド長の言葉はサトシの耳に入らず、煙のように消えた。

「くそっ！　どこに行った!?　いや、空間魔法が使えるのなら、どこにでも行けるのか……あれ？　なんだ床が目の前に……」

ギルド長含め、建物内にいるアサシンたちは閉じ込められたまま、睡眠魔法で眠らされていた。すべてサトシの仕業である。サトシはマスクをしてギルド内にある依頼書や暗殺の教科書などの証拠を探し出し、毒をいくつか物色。その後、アサシンたちをひとまとめにして、全員裸にしてから椅子に縛り上げた。武器を隠し持っていないか確認のためにソナー魔法で診断するのも忘れない。皆、無理な訓練や筋力強化の薬のため骨や筋肉が異様な発達の仕方をしている。

「これでは、そう長く生きられない。ちゃんと罪を償って生きたほうがいい」

サトシはそう言い残して、建物を出た。外の雑草が邪魔だったので、風魔法できれいに刈り取り、土魔法で整備した。

数時間後、サトシが呼んだ衛兵たちによって、アサシンギルド内にいるアサシンたちは全員逮捕されることになる。


アサシンギルドの建物から出たサトシは門にいた子持ちの衛兵にアサシンギルドの場所を教え、再び当て所《ど こ ろ》なく町を散策。北の方にしか咲いていない花や木の葉など、薬学や毒学に使えそうなものを買い、自分の弟子を自称しているオクラへのお土産《みやげ》にした。というのも、オクラに渡して薬を作らせ売れば、金になるだろうという打算からだ。

「やっぱり、金のない男はモテないもんな」

そうつぶやきながら、サトシは目の前を歩く大槌を持った女冒険者の身体を舐めるように見ていた。どのくらいのランクの冒険者か知らないが、骨格はいいものを持っている。女冒険者の周りにはローブを着た魔法使いや盗賊風の男などがいた。冒険者のパーティのようだが、全員、魔石のハマった指輪や腕輪をして、自分の能力を底上げしているようだ。

もちろん、魔石が付いた指輪や腕輪、ネックレスなどは高価で、サトシからすれば自分で作ったほうが早いのだが、とかく女性はブランド物に弱い。いつも結論は一緒。モテるためには金が必要で、本に費やしていた自分には金がない、だった。

「底上げして自分を偽るような輩の、どこがいいんだ？」

その声にサトシが振り返ると、変装してドワーフの姿をしているメルだった。

「身体がいいんだよ」

「わからないな。身体だけがいいならプリマと付き合えばいいじゃないか？　サトシは自分がモテたい相手をわかってないんじゃないか？」

「うるさいなぁ……僕は友だちと彼女を分けたいんだよぅ」

メルは「情けない」と小声で言って、呆れていた。

「それより、なんかあったの？　わざわざ町に来るなんて」

「ああ、クロワの爺さんから、グレゴリがポリコロフ家のパーティーに招待されたってさ」

「いつ？」

「明日の夜」

「随分早いね。こっちはこの町のアサシンギルドを壊滅させたよ」

「相変わらず、やることが早いな」

「たまたま運が良かっただけ」

「たぶん、それがきっかけだろうね。グレゴリの背後には常にアサシンギルドがいたから、それがいなくなって今しかチャンスがないって思ったんじゃないか？」

メルはカツラの中に手を突っ込んで頭を掻いた。赤毛のカツラはチクチクするのだという。

「それで、計画は？」

「今、クロワの爺さんが庭師としてポリコロフ家に潜入しているから、私たちもその弟子として潜入して、ポリコロフ家の連中がグレゴリに集中している間に本を盗み出す」

「注意しないといけないことは？」

「庭に巨大な犬の魔物がいるらしいから眠らせておいてくれ。あと、ポリコロフ家の殺人を邪魔しないように、とのことだ」

「了解。明日の昼にポリコロフ家に集合する感じかな？」

「夕方でもいいんじゃないか？　クロワの爺さんもポリコロフ家にいる未亡人の尻を追いかけているし」

ゆるい。今回、サトシたちは完全に部外者なので、趣味の方に重心が傾いている。

殺人事件『裏』の計画が始まった。

翌日の夕方。ポリコロフ家の屋敷にサトシとメルはポリコの名物のピロシキのようなパンを食べながら向かった。

「おいーっす！」

「もぐもぐ」

食い意地が張ったメルはパンを食べながら手で挨拶をした。

「おお、来たか」

サトシとメルは口周りに髭を生やした庭師の変装をしており、ポリコロフ家の屋敷の庭に潜入しているクロワと落ち合った。

「状況は？」

サトシがクロワに聞いた。ポリコロフ家の屋敷の中から音楽が聞こえている。

「なかなかグレゴリが死なないらしい。グレゴリはベランジア王暗殺が失敗して、アサシンギルドを信用しなくなったようでな。中央の冒険者ギルドで雇ったという冒険者が護衛についておる。素人じゃ、近づくのが難しいのじゃろう。ワシらは関係ないがのう。屋敷内ではなにが起こっておるかわからん。各々、臨機応変で。じゃあ、行くか」

「ええ」

三人はポーンッと屋敷の屋根まで飛んだ。

そのまま、メルが屋根の上の窓を開けて、屋根裏部屋に入る。

屋根裏部屋には先客がいた。

娼婦たちが、吹き矢や特殊な形状のナイフなどを持って階下の様子を探っている。

「お嬢さん方、ポリコロフ家の者全員を殺す気か？」

クロワが聞いた次の瞬間には娼婦たちは攻撃態勢に入っていた。

が、娼婦たちの身体はそのままの姿勢で固まり、瞬《まばた》き一つしなくなった。

「時魔法だよ。わけない」

サトシは当然のように言って、娼婦たちを裸にして縛り、喉に消音の魔法陣を描いた。やはり昨日見たアサシンたちとは筋肉が違う。女性として脂肪と筋肉のバランスはいいが、それだけだ。

「それで？　薬のレシピや本の在《あ》り処《か》はわかってるんですか？」

メルがクロワに聞く。

「ふむ、地下室じゃろう」

屋敷の一階では、ポリコロフ家の嫡男の婚約パーティーの真っ最中なので、見つからないように地下に行く階段を探さないといけない。サトシは光魔法の魔法陣を描いた透明シーツを三人分作り、屋根裏部屋から二階の廊下に下りた。

廊下をまっすぐ進み、中央階段まで来ると、ポリコロフ家の使用人たちがパーティー会場を覗いているのが見えた。

「どうして死なないの？　もう十分時間は経っているはずでしょ？」

「あのケーキ、食べてるわよね？」

「あの祈禱師、本物なんだわ！」

メイド服姿の使用人たちは、驚愕していた。

どうやら黒衣の祈禱師こと、グレゴリは毒の入ったケーキを口にしているらしい。

「早くしないと、私たちが奥様に殺されてしまう！」

「次は紅茶に混ぜてみましょう」

使用人たちは台所の方に向かった。


使用人たちがいなくなったので、サトシたち三人はパーティー会場の脇を通り、一階を探索。メルがあっさり地下室へ続く階段を見つけた。

「あのグレゴリという男は、毒耐性のスキルを天然で持っているのかもしれんな」

地下室に下りながらクロワが言った。

「天然で？」

「ああ、サトシには幼年期から少年期にかけて森のなかで育んだスキルがあるじゃろう？　先程、パーティー会場の脇を通るときにちらっと見たが、グレゴリは毒入りケーキをバクバク食っておった。ああいう生来の才能を見ると、才能が先か、人格が先か、人の運命はまっすぐにはいかないものだ、と思い知るな」

クロワは額を掻きながら、持論を語る。

「グレゴリには、まっすぐに見えているのかもしれませんよ。才能と人格が伴う者は稀《まれ》ですからね。だからこそ、ドン・クロワは変態を集めてらっしゃるんでしょ？」

「どういうこと？」

サトシは、メルの質問の意図がわからなかった。

「才能がある者は変態が多いからね。ドン・クロワが作る変態サロンってのは才能のある者が道を外さないようにする目的もあるんだ」

「それだけに、もっと早く、あのグレゴリに出会っていれば、と思ってな」

「でも、『変態サロン作り』を掲げ、すぐにサトシに出会ったのは僥倖《ぎょうこう》ですよ」

サトシは初めてクロワが『変態サロン』を作る目的を知った。

「確かにな。サトシが引きこもりで良かったわい。妙な野心を持っていたらと思うとゾッとするな」

「僕だって野心がないわけじゃないんですよ。国と奴隷はもう勘弁ですけど」

「どうせ、ハーレムとかだろ？　ほとんど学校で作ってるじゃないか」

三人は透明シーツを脱ぎながら、地下室のドアを開けた。

地下室では、ポリコロフ家の女性がせっせと毒薬を作っている。

「なぜなの？　眠り薬も麻痺薬も効かないなんて……もうっ！」

部屋に入ってきた三人にも気がついていないようだ。

サトシはそのまま奥にある本棚まで行き、読んだことがない本を物色。メルもそれを手伝っている。クロワは毒薬を作っている女性のお尻を間近で眺めていた。

「ほら、あんまり即効性のあるような毒薬は載ってないね。回復薬も作製方法が一つってすごいな。確実な方法しか取らなかったから、衰退したんじゃないか？」

そう言って、サトシはメルに本を渡す。目ぼしい本はなかったようで、ファイルに挟まれた毒薬や回復薬のレシピを調べ始める。

「あなたたちはどなた!?」

サトシが喋り始めたことで、ようやくポリコロフ家の女性が三人に気がついた。

「いったい、ここでなにをやっているんですか？」

「なにって、賠償金の代わりになりそうな回復薬や毒薬のレシピを選んでいるんですよ」

サトシはそっけなく返した。

「椅子から離れん方がいい。それ以上動いたら首が捻転すると警告しておこう。質問には答える」

クロワが女性の頭頂部を摑みながら警告した。

「あなたたちはどの家の者ですか？」

女性は目の前の壁を見ながら、クロワに聞く。

「家柄は関係ない。ベランジア国からやってきた。国王暗殺を企てた者を引っ捕らえにきたんじゃが、どうやらポリコロフ家が殺すらしいのでな。それを待っているのじゃ」

「グレゴリを追って、この辺境領まで？　しかし、中央からそのような者が来ているとは連絡を受けていません」

「中央の貴族院と軍は物理的にほぼ壊滅させてもらった。これからは庶民院が舵《かじ》を取るじゃろう」

クロワの言葉はにわかに信じられなかったが、すでに命を握られているポリコロフ家の女性は、なにか脱出する糸口はないかと探し始めた。

「では、もし他国から侵攻されたら……」

「それはない。ベランジアの国王は、テリアラ国への経済制裁とともに、侵攻に関して厳しく目を光らせておるからな。ベランジアとしてはテリアラという緩衝地帯を潰す気は毛頭ないはずじゃ」

「ベランジア国王暗殺は、今、上のパーティー会場にいるグレゴリという男の独断による企てです。私たちはなにも知らなかった」

「それで言い逃れできる状況でもあるまい。グレゴリに貴族院を牛耳らせていたのは貴族たちなのだからな」

クロワは鼻で笑った。

「命をもって命の賠償をせよ、ということですか？　……ベランジア国王はテリアラ国民の何人分に値するとお考えですか？」

ポリコロフ家の女性の額には汗が玉のように吹き出していた。どうやらベランジア国王の暗殺が成功したと思っているようだ。辺境故に情報の伝達が遅い。

「幸いなことに、我がベランジア国王は暗殺されてはおらん。損害や被害も、そこで本を選んでいる青年のお陰で、ほとんどなかったといえる。とはいえ、なにもなかったから許されるというほど甘くはない」

「それで暗殺を企てた者の死とポリコロフ家の秘技で賠償させようと？」

「まぁ、そんなところだ。正直、これ以上テリアラ国の借金を増やしても仮ってくる見込みはないからのう。我らが欲しいのは実益じゃ」

「ここにある本を持ち出されると私たちの家系はお終《しま》いです。どうか、お慈悲を！」

ポリコロフ家の女性は情に訴えることに切り替えたようだ。

「わかっておらんようじゃが、すでにこの国の貴族はお終いじゃ。現在、庶民院しか機能していないこの国に貴族は不要。急速に民主化が進むじゃろうな」

「では、私たちに死ねというのですか？」

目に涙を溜めて訴えるポリコロフ家の女性だが、三人にはまるで通用しなかった。

「プライドを捨て、商売に投資せよ、ということじゃ」

クロワがそう言った瞬間、上から慌ただしい足音が聞こえた。

「あ！　あったあった！　良かった。ほらやっぱり銃には転生者が絡んでるでしょ」

サトシは足音に気づかず、メルに本を見せながら解説し始めた。

「サトシ！　銃の解説は後！　上でなにかあったみたいだ！」

メルはサトシの顔を開いていた本で挟み、探知スキルを展開させた。

「残念だけど、あんたらの毒は全然効かなかったようだな！　行くよ！　グレゴリが逃げた！」

メルは泣いているポリコロフ家の女性に吐き捨て、ドアを開けて階段を駆け上がった。サトシとクロワもそれに続く。

「これだけ余裕かまして逃げられたんじゃ、示しがつかんぞ！」

クロワが叫ぶ。

パーティー会場には、ポリコロフ家の老人たちが血だらけで倒れていた。すぐさまサトシが範囲回復魔法で治療する。

「お家再興も命あっての物種だよ。あ、お家は潰れるのか」

幸い処置が早かったため、ポリコロフ家の人たちは誰一人死ぬことはなかった。

「それで、巨根の祈禱師はどっち行った⁉」

庭ではグレゴリが雇った冒険者とポリコロフ家の使用人たちが交戦中。

クロワとメルは庭を通り抜けながら、冒険者のみぞおちや顎に拳で一発ずつ入れていった。治療のため、一歩出遅れて外に出たサトシは、空間魔法により一瞬でクロワとメルに追いつく。

パン！　パンパン！

黒衣の祈禱師はポリコロフ家の者たちから銃弾を受けたが、まるで効いていないかのように走り続けた。

「フハハハ！　この程度の傷、我が祈禱でいくらでも回復できるわ！　それよりも貴様ら我に弓を引くとは覚悟ができているんだろうなぁっ!!」

グレゴリが行き着いた先は、町のドブ川にかかる橋の上。橋の両側からは、ポリコロフ家の現当主や女性のほか、使用人たちも集まり、グレゴリを挟み撃ちにしている。

「その男、黒衣の祈禱師はこの国の災厄なり！　正義は我らにあり！　構えー！」

ポリコロフ家の現当主が叫び、全員が銃をグレゴリに向けた。

「この恨み、末代まで呪ってやるわ。貴様ら安穏に死ねると思うなよ！　フンッ！」

グレゴリは目と口を大きく開け、「カッカッカ」と笑いながら橋からドブ川に飛び込んだ。

ドッブン！

すでに川面《かわも》には氷が張る季節。濁った川に沈みゆくグレゴリの姿をポリコロフ家の者たちはただ静かに見ていた。


ドブ川に隣接する建物の屋根からサトシたち三人は様子を見ていた。

「いやいや、捨て台詞《ぜりふ》まであっぱれな悪役だね」

三人は銃声が聞こえてすぐに建物の屋根に跳び、一直線に橋まで辿り着いていたのだ。

「死体の確認は？　今ならまだ追えるけど」

メルがクロワに確認する。

「毒ケーキに銃弾に凍える川じゃろ？　これで死んでなければ人間じゃないわい」

クロワの言葉に、サトシは「もしかしたらあんなに大きなモノを持っているのだから新種の魔物かもしれない」と思ったが、グレゴリの死体はドブ川の下流の岸辺でちゃんと見つかった。

「あっけない」

サトシはグレゴリの死体を見ながら、つぶやいた。死体は膨らんでおらず、肺にも水が入っていなかったことから溺死ではないと思われる。身体には外傷が多く、下流の岸辺に上がった時に、誰かに襲われた可能性が高い。冷たい川を泳ぎ身体が思うように動かなかったところを、ポリコロフ家の誰かに銃で撃たれたようだ。しっかり頭に銃痕があり、最後は自分の死を受け入れたのか、なにかを諦めたような表情をしていた。

死体は数日、見つかった岸辺に晒されるという。野晒しにするというのが、大罪人への刑罰なのだとか。屋敷に固まっていたはずの子飼いの娼婦たちはいつの間にか姿を消していた。テリアラでは生きていけないため、国外へ逃亡したと噂されている。

「さて、仕事が終わったな。帰るか」

町外れの森でクロワが空飛ぶ箒を持って言った。

「サトシ、誰も構ってくれないと言ってたけど、暇つぶしになったか?」

メルはクロワと同じように空飛ぶ箒を持って、サトシを見た。

「二人の仕事って大体いつもこんな感じ?」

「そうだよ。仕事の合間に趣味に走るのが基本だね」

「いいなぁ」

サトシは、素直にクロワとメルを羨ましいと思った。

「サトシはその強さ故に、なかなか国との距離感が摑めていないのじゃろう。いち冒険者としてでいいのじゃぞ。魔大陸では魔道具を学ぶ、いち留学生でいいしな」

「そういうもんですかね。なにか責任を取らないと敵を作るんじゃないか、妙な噂を立てられないか、と心配なんですけどね」

クロワに励まされたが、サトシはなかなか踏ん切りがつかない。誰かに認められたい気持ちもあれば、責任のある大人として振る舞わなければという気持ちもある。

「言わせたいヤツには言わせておけばいい。どうせサトシは変態なんだから、そんな心配無駄だよ。敵は作るし、妙な噂は立つ。私とクロワの爺さんも同じ穴の狢《むじな》だからわかる。諦めて、好きに生きるしかない」

「そうじゃ。どうせ、運命というのは思ったようにはいかん。せめて、自分の好きな方に向かえばよい」

二人に言われ、「それもそうかもね」とサトシは返した。

西日を背に三人は空飛ぶ箒でベランジア王国へと飛んだ。

「国王に会っていくか？」とクロワに聞かれたサトシだったが、なにを話していいかもわからないので、ドラゴニオンの様子を見に行くことにした。


時空魔法により一瞬で大陸間を移動。

ドラゴニオンでは、数日間いなくなったサトシを誰もが心配していた。

サトシはナーディア、ファナ、リア、プリマからこってり絞られ、ドラゴニオンの民からも「あまり心配をかけないようにお願いします」と言われ、古竜には「フンッ」と露骨に無視された。優しく見守っているのは、テリアラ国のアサシンからサトシの奴隷になった者たちだけ。

「本当にドラゴニオンの議長や首脳陣になる気はないんですか？」

ファナはサトシに聞いた。

「僕は魔大陸に魔道具の留学で来たんだ。一国の要人になる気はないよ。魔大陸での肩書は留学生だから、それ以上になる気はないんだ」

「どうしてですか！　権力が欲しくないんですか？」

ファナが叫んだ。

「欲しくない。どうしてそんなプレッシャーのかかるようなことをしないといけないんだ。ストレスなんか溜めたくない。これ以上奴隷を増やす気もないよ。増やすなら、誰かが奴隷から解放される時だ」

「全く意味がわからない！　うちのご主人様はいったいなにを考えているのか！　偉くなろうとは思わないんですか!?」

ファナには権力欲があるようだ。自分の種族の汚名を晴らしたいという思いからかもしれない。

「ない！　ファナは偉くなりたいなら、自分で勝手になるといい。僕は止めないよ。いいかい？人はね、金や仕事なんて保証はなくとも、自由を求めることができるんだよ。誰からも指図されることがなく、誰かの責任を取る必要もない自由を僕は求めるね」

「そんな……」

ファナは思いもよらなかったサトシの言葉に数秒黙るしかなかった。

「そうか。サトシの気持ちはわかった。ただ、ドラゴニオンの国民はそれで納得するわけがない。だいたい、どれだけ私が魔大陸を奔走したと思ってるんだい？」

今度はナーディアがキレた。

「筆頭魔道具師になってから一番その称号を使った気がするよ。で、なにをしてたんだい？　説明くらいしておくれよ」

「ベランジア国王暗殺未遂の犯人を追ってた。あ、君たちの元依頼人はグレゴリっていう黒衣の祈禱師だよ。もう川で死んだけどね」

サトシは自分の奴隷たちに告げた。

「なるほど……」

奴隷三人は妙に納得していた。予想していたことなのかもしれない。

「驚かないのか？」

「貴族院を牛耳っていましたからね」

「まぁ、貴族院も潰しちゃったし、今後は庶民院が治める国になると思うよ」

「えっ!?　……テリアラの軍はなにをしてたんですか？」

「僕が潰した。ちなみにポリコロフスク辺境領にあったアサシンギルドも壊滅させたよ」

奴隷三人は口を開けたまま、しばし放心状態になっていた。

「ほら、僕だってなにも遊んでいたわけじゃないんだよ。ドラゴニオンでの仕事がなさそうだったから、ベランジアの隣国であるテリアラの闇に切り込んでいたんだ。適材適所っていうでしょ。僕は国を作るっていう実務的なことはさっぱりなんだから、この方が良かったんだよ」

サトシは強引に自分を正当化してみせたが、誰一人納得しなかった。

「それに皆忙しそうだったし、僕に指示をくれる人もいなかったじゃないか。なにをしていいのかわからなかったんだよ」

サトシがポツリとつぶやいた。皆、文句を言う気も失《う》せてきている。

「貴族といえば、ドラゴニオンの貴族の方はどうするつもりだい？」

ナーディアがサトシに聞いた。

「え？　なんかあったの？」

「サトシさんの奴隷希望者ですよ。本人がいなかったので、保留にしてありますが」

ファナはつっけんどんに説明した。


祈り場には身体に落書きされ、なんらかの性癖に目覚めてしまった元貴族の女たちがずらりと並んでいた。賄賂を使おうとした者たちだ。

他の元貴族たちは、すでに下級文官として徴用されているか、東の谷復興の作業員として連れて行かれたらしい。

「私たちは甘んじて、あなたの奴隷になります。ヒューマン族のサトシよ」

裸で落書きをされているのに、かなり上からだ。

「いや、奴隷はもう十分足りてるから、普通に仕事してください」

「なにをバカな！　私たちが奴隷になると言っているんですよ。こんなにも身体に落書きをされているというのに、気丈に振る舞っている私を見てなにも思わないんですか？」

まるで、そんな奴は人間ではないとでも言うようだ。

「お姉さま、そんな言葉遣いでは奴隷になどしていただくことはできませんよ」

落書き奴隷の後ろから、似たような顔の女が、そう言って地面に倒れ込んだ。

「はぁはぁ、サトシ様。すでに私たちはあなたの奴隷。打《ぶ》とうが縛ろうがあなたの思いのままです。さぁ、蔑《さげす》んだ目で見てツバを吐きかけてくださいまし！」

もう一人の落書き奴隷は上目遣いでサトシを見ながら、わざとらしく言った。

「どうやら、こいつらは、不遇な運命の中で健気《けなげ》に生きていく奴隷になりたいらしいんだ」

ナーディアが解説した。

「なにその三文小説の主人公みたいな奴は？　どうでもいいけど働かなかったら国外追放でいいんじゃない？　僕は奴隷にする気ないよ」

サトシは非情な宣告を落書き奴隷たちに言い渡した。

奴隷のまま国外追放されると、本当にどうなるかわからない。奴隷商に売り飛ばされ、娼婦になったり、魔物のエサになったりするのだろう。

「さすがに魔物に食べられるのは嫌ですわ。お姉さま」

「サトシ・ヤマダの奴隷にならなければ、私たちの存在意義なんてないんじゃありませんか？」

元貴族の女たちが揉め始めた。

「私も国外に行って奴隷として生きていけるとは思っておりません。はぁ、奴隷になるのも難しいですわ」

サトシは「この人たちはなにならできるんだよ」と心のなかでツッコんだ。

「お母様も下級文官になってしまわれたし、私たちはいったい誰から寵愛《ちょうあい》を受ければいいのかしらね」

「お父様も作業員になってしまって、命令してくださる人もいませんし、これからいったいどうすればいいのかしら」

「とりあえず、祈り場を使うので出てってもらえます？」

ドラゴンライダーが元貴族の女たちを追い出していた。サトシはそれを見ながら、「自分も誰からも構ってもらえなかったので、一歩間違えばこうなっていたのかもしれない」と思い、クロワとメルの存在に感謝した。


「さて、プリマとリアは学校に帰る？」

そう言って、サトシはプリマとリアに聞いた。

すでに二人は古竜の洞窟での軍人の選別という仕事を終えている。鍛えられたドラゴニオンの民は、修業を続け、軍人として新しいドラゴニオンの礎となるだろう。

「手料理を作ったら食べてくれるって約束忘れないでよ」

「そうだ。料理するから食べてくれるよな？」

「うっ……また、今度ね」

プリマとリアに迫られ、サトシは慌てて二人と手を繋ぎ、ベランジアの学校へと時空魔法で飛んだ。

その後、ドラゴニオンに帰ってくるのも早かった。

「僕が料理されるのかと思った」

「いい加減、二人と付き合ったらどうです？」

汗をかく自分の主人にファナが苦言。

「ルームメイトに手を出したら、僕はもうなにもしなくなるよ。だいたい今だってほとんど学校に行ってないっていうのに」

「だったら、卒業したら付き合うんですね」

「ん～……まぁ、考えとく」

サトシとしては、友だちのままのほうが二人は幸せになれるんじゃないか、と思っている。今でも留学生と冒険者という二足のわらじを履いていてあまり会えないのだから、付き合ったとしても、なかなか会えず、寂しい思いをさせてしまうのではないか。

「あれ？　でも、そうなってくると学校の女戦士とは誰とも付き合えないってことになるなぁ……大会に出た意味がないじゃないか!?」

サトシは地面に手をついて、落ち込んだ。

「なんで落ち込んでるのかわかりませんけど、計画性がないからですよ！　ほら、これからどうするつもりです？　このまま、ドラゴニオンの発展を見守り続けるつもりですか？」

ファナがサトシを煽る。

「いや、えっとー、誰だっけ？　ナーディアの同級生の……サイラス！　サイラスについていくよ」

「たぶん、今あいつはラリックストーンでサトシを待っているよ。ドラゴニオンの革命のごたごたで、国に帰ってるはずだからね」

ナーディアが教えてくれた。

「移動ですか？」

元アサシンの奴隷三人がサトシの側に集まった。

「ああ、そうか。君らもいたんだよな。そういえば、テリアラのアサシンの中には薬師としての訓練を受けてる人もいるって聞いたんだけど？」

「ポリコロフスク辺境領出身の者は一通り薬師の訓練は受けていますよ。自分も簡単な回復薬なら作れます」

奴隷の一人が答えた。

「どう？　魔大陸でもやっていけそう？　いや、逃げた女奴隷三人もそうだけど、手に職があるなら、僕としては奴隷から解放したいんだよ」

「サトシさん！」

ファナは怒っているが、サトシとしてはヒューマン族の男たちが魔大陸のどこかを旅してくれていると、自分を追うキャラバンもサトシかどうか迷うのではないか、と考えてのことだ。あと、主人の責任とか面倒。ファナ一人だって小言が多くてうるさいってのに、これ以上、自分を叱る人間を増やしたくない。

「いや、しかし……！」

突然の解放宣言に奴隷たちも戸惑っている。

「じゃあ、一つだけ指令を出す。逃げた女奴隷たちを見つけ出して、『こちら側はもう追わないから安心して生活してくれ』って伝えてくれる？」

「いいのですか？」

「うん。まぁ敵対するなら容赦しないけどね」

「「「しません!!」」」

奴隷三人の声がかぶった。

「ナーディア、髪と肌の色を変える指輪を三つ作って渡してくれる？　魔大陸だとヒューマン族ってだけで襲われるかもしれないからね。でも、時々、遠くの町に行ったらヒューマン族の格好で歩いてよ」

「サトシ様の居場所を攪乱《かくらん》するためですね？」

「そういうこと！　元アサシンは話が早くて助かるよ」

ナーディアは「相変わらず、甘い奴だ」と言いながらも、奴隷たちに変化の指輪を作って渡した。

サトシが肩の奴隷印を消そうとしたが、元アサシンの奴隷たちは断ってきた。

「この先、もしかしたら奴隷商に捕まる可能性もあります。でもサトシ様の奴隷ならば、奴隷商から印を押されずに済むかもしれません」

「なるほど、そうか。まぁ、契約書も作ってないし、そのほうがいいなら、それでいいよ」

旅のお守りと餞別《せんべつ》として、サトシは回復魔法の魔法陣が描いてある水袋を渡そうとしたが、「これは受け取れません」とのこと。

できたばかりの道具屋で、マントや服など旅に必要なものを揃え、少しばかりの鉄貨を与えると、元アサシンの奴隷たちは旅立っていった。

「いつか、ファナもサトシさんと別れる日が来るのでしょうか？」

ファナが寂しそうにサトシに聞いた。

「そりゃあ、『時巡りの魔都』が見つかれば、別れるんじゃない？」

「そんな！　……その前に夜伽《よとぎ》で子種を貰わねば」

ファナは小さな声で願望をつぶやいた。たとえ、『時巡りの魔都』が見つかり、お家が再興したとしても、サトシの魔力がいらないわけではないのだ。

「なんか言った？」

「いえ、なんでも！」

サトシたちはそっとラリックストーンへと旅立とうとした。

「ちょっと待て！」

祈り場から出たところで、古竜に止められた。

「未だドラゴニオンが国としての体裁を保てておらぬというのに、貴様らはこの国から去るというのだな？」

「僕がいなくても回っていたみたいなんで、これ以上必要はないかと。膿を出し、これから良い国にしていくのはドラゴニオンの民たちです。僕はただの魔道具を学びに魔大陸に来た留学生ですから」

「フンッ、無責任な。しかし、それも時の流れか。ほれ、これを受け取れ」

古竜は金のメダルが付いたネックレスをサトシに投げた。

サトシは空中でそれを摑み、金のメダルを見ると、ややこしい魔法陣が描かれていた。

「なんですか、これ？」

「ドラゴニオンの第一市民の証《あかし》じゃ、受け取れ。ドラゴニオンに危機が迫るか、ワシが死にそうになったら音が鳴る。音が鳴ったらどんなに忙しくとも駆けつけろ！　お主以外に第一市民は作らん。全国民は等しく第二市民にするからな」

ドラゴニオンでは古竜の大改革が始まっているようだ。

「一国の要人になる気はないんですけど……」

古竜はギロリとサトシを睨んだ。

「わかりましたよ。受け取るだけ受け取ります。あんまり期待しないでくださいよ。特にしてあげられることは少ないんですから」

「ああ、わかっておる。そこの筆頭魔道具師に紹介してもらった法学者も来るしな。一年と経たずに、魔大陸の強国にしてみせるわい！　さて、送別のための酒でも用意す……おや？　逃げられたか」

古竜が酒を取り出そうと振り向いた隙に、サトシはファナとナーディアの手を掴み、時空魔法で西の空へと瞬間移動した。

「お酒を用意されたら、いつまで付き合わされるかわかったもんじゃない」

空飛ぶ箒に乗ったサトシは、眼下に広がる大渓谷を見ながら言った。

「おや、サトシさん。ようやく帰ってきたんですか？」

まさか空で声をかけられるとは思わなかったサトシは心臓が飛び出すほど驚いた。そこにはレッドドラゴンに乗ったドラゴンライダーの姿があった。

第九話　誰に言われるでもなく、誰かのために

「少しでいいので、見ていってくれませんか？　サトシさんの奴隷たちだったドラゴニオンの民がどう変わって、なにを思い、生きているのかだけでも」

ドラゴンライダーはそう言って歯を見せて笑った。

「いや、いいよ。あんまり関わると責任とらないといけなくなるだろ？」

サトシは嫌そうに断った。もうできる限り国とは関わり合いにはなりたくない。

「大丈夫です。皆、もう誰もあなたには頼らずとも生きていけるところを見せたいんですよ」

「そうはいっても……」

「国ではなく、カンパリアの町で撃ち落とされた我々がどう変わったのか、衣服を捨てて国を守った彼らがどういう国を作ろうとしているのか、少しだけでもわかっていただけたら、それを誇りに我らは生きていけますから」

「僕は、そういう立派な人間じゃないんだけどなぁ。ただの魔道具の留学生なんだけど……」

「なら、なおのこと魔道具に関することなので見ていただきたい」

「魔道具があるのかい？　なら行くよ。それが僕の本分だからね」

サトシたちはドラゴンライダーに連れられて、大渓谷の西にある谷へと向かった。谷は緑が深く道も整備されている。

「ここは？」

「貴族たちが住んでいた町です。でも、ほら」

ドラゴンライダーが指差す方を見ると、人を乗せたワイバーンが訓練をしている。

「今は運送業の訓練施設に使ってるんです」

サトシたちは谷の底にある道に降り立った。

「ドラゴニオンは四方を他国と接しています。今までは輸送によるマージンで貴族の一部が潤っていたようですが、これからはいろんな運送屋ができ、競争し始めるでしょう」

サトシは前の世界で民営化された国の事業を思い出した。

「うまくいくといいけど、これと魔道具になんの関係が？」

「フフ、まぁ、そう焦らずに。どうぞ、こちらです」

ドラゴンライダーはレッドドラゴンから降りて、サトシたちを案内し始めた。

「古竜様の話を聞き、自分たちの歴史認識が間違っていたことを思いしらされました。三〇〇年の間に歴史もなぜか一部の有力な貴族のための歴史しか残っていなかったのです。そこで、まずは真実を知ることや、後世に正しく歴史を伝えることを目標に掲げようとする者たちが現れました。こちらを」

ドラゴンライダーが見せてくれたのは紙を作る工房だった。崖をくり抜いて作られた、その工房は以前貴族の屋敷だったところらしく、大きな空間で魔石灯も大きなものを使っていた。

「植物が多い西側で、紙の材料になる木材を採取し、そのままこの工房で作ることにしたんです」

工房内には木材と和紙作りで使うような木枠などの道具が運び込まれ、今まで使われていた紙が集められている。現在は紙職人をしていたという老人が講習中で、サトシたちが行っても皆、ちらっと見ただけで、講習に集中している。

「歴史を伝えるために、まずは紙からだと？　随分、壮大なことを考えるね。確かに羊皮紙だと作るのに限りが出てくるし、ちょっとしたメモなら紙のほうがいいもんね」

「なるほどね」

ナーディアが感心していた。

「そうです。もちろん、今はできたばかりですがサトシさんの『全員働け』という言葉で意識が変わった者が多いようです。三〇〇年前の戦争で活躍した自分たちは魔大陸の中でも優秀な民族だと驕《おご》っていた者も多いので、いい薬になりました」

「それはいいんだけどさ……」

サトシとしては魔道具が見たかった。

「もちろん、魔道具師ギルドの建物も新築しました」

ドラゴンライダーはサトシたちをさらに別の場所へと案内した。

やはり貴族の屋敷を改装している最中のようだが、大きく立派な建物が崖のくぼみに建っていた。

「見た目はこの程度ですが、奥は洞窟になっていまして、大きな倉庫があります」

建物の外観を見せながら、ドラゴンライダーが説明していった。

改装中にも拘わらず、ドラゴニオンの魔族たちが長蛇の列をなしている。

「この人たちは、魔道具師の希望者？」

「ええ、一部は。ですが、ほとんどの者が、魔道具師がなにを欲しがっているのか聞きに来ているんです」

「ん？　魔道具師がなにを欲しがっているか？　そんなもの魔道具師それぞれによって違うんじゃないか？」

ナーディアが疑問を呈した。

「ああ、なるほど。ようやく理解したよ」

サトシは頷きながら納得した。ドラゴンライダーも「わかっていただけましたか」と嬉しそうだ。

「どういうことです？」

ファナがサトシに聞いた。

「つまり、運送業も紙もこの国のためではなく、魔大陸に住む魔道具師のためさ。輸送できなければ、魔道具師は自分の作った魔道具を売れないし、紙がなければ新しい魔道具の発想も書き留められない。自分たちのためではなく、魔大陸全土に住む魔道具師のための商売を始めれば、自《おの》ずとドラゴニオンが魔大陸で必要な国になる。そう考えたんじゃないか？」

「お察しのとおりです。我々は一度奴隷落ちしています。なにをすればご主人様に喜んでもらえるのかという思考が数日間あった。これが大きい。つまり、今までと違い、誰かに喜んでほしいと思うようになったんです。サトシさん、あなたが魔道具師で本当によかった。でなければ、こういう意識は生まれていませんから」

「『誰に言われるでもなく、誰かのために』か。魔道具師の学校で一番初めに習う言葉だ。忘れていたよ。そうか、私が空飛ぶ箒で奔走している間に、ドラゴニオンはこうなっていたか。わからないもんだね」

ナーディアが言った。プライドが高く、戦争時の栄光にすがっているだけの国と思っていたが時代が変わって国民の意識も変わっていた。そこに時代の転換点となるサトシがやってきただけ。

「なるほどね。確かに、国を作るのはドラゴニオンの民ってことか」

ナーディアはそうつぶやいて納得した。

「それで、できれば魔道具師であるお二人に必要なものを教えていただきたいのですが」

「そうだなぁ。必要なものねぇ」

ドラゴンライダーに聞かれ、サトシは自分が今まで作った魔道具について考えてみた。

「彫刻刀、ペンキ、裁縫セットくらいかな」

「私も似たような感じだけど、魔水を入れておく瓶や材料を柔らかくするための鍋なんかもあるね。ただなぁ……」

「だいたいその場にあるもので作っちゃうからなぁ」

サトシとナーディアは同時に答えた。

「お二人に聞いてもあまり意味はないかもしれませんよ。だいたいのものを作ってしまいますから」

「そのようですね」

ファナがドラゴンライダーに言うと、ドラゴンライダーは半笑いで頭を掻いていた。

「結局、私ら魔道具師はさ、人の生活に役に立つ便利なものを作り出したいんだよ。だから人の生活を観察するところから始めてみれば？」

ナーディアが提案した。

「確かに、あったら便利だから魔道具を作るんだよね。便利かぁ……コンビニかな」

サトシは前の世界のことを思い出した。

「コンビニってなんですか？」

「ああ、えーっと、二四時間やってるよろず屋みたいなものかな」

「よろず屋ですか。二四時間も営業していたら、そのよろず屋は死にませんか？」

「交代制なんだよ。でも、そうだよなぁ、二四時間もやる必要はないよね。それに魔道具師ギルドなら深夜でも対応はしてくれるし。でも、秘境や魔境みたいに、なかなか魔道具師ギルドまで遠い場所にはワイバーンとかレッドドラゴンなら行けるわけでしょ？　空飛ぶよろず屋とかいいかもしれないよ」

「空飛ぶよろず屋ですか？」

「うん、例えば辺境の村に魔道具師がなにかが足りない時に、さっと来てくれて売ってくれる道具屋がいると助かるよね？」

「それは助かりますね」

ドラゴンライダーが頷いた。

「それに誰かがケガをしたとして、近くに薬草も回復薬もない時があるでしょ？　そんな時に来てくれるよろず屋があれば、魔大陸の人たちも助かるんじゃない？」

「おおっ！　それはいいですね！」

「他にも朝港町で仕入れた魚の魔物を昼には内陸の町でも売ることができるでしょ？　山で採れた山菜や魔物の肉も砂漠にだって売りに行ける」

「おおおっ！」

「そして、結果的にはドラゴニオンが魔大陸の中でもっとも重要な国になり得るんだ」

「おおおーっ！」

サトシの言葉にドラゴンライダーたちは盛り上がった。

「ああ、そういえば、最近、毒と薬の本を手に入れたんだよ。よかったらどお？　というかオクラを連れてきてしまえばいいか……ちょっと待ってて」

サトシは、ふっと煙のように消えてしまった。

「はぁ～」

「まったく、あいつは」

ファナとナーディアが呆れている。

「サトシさんはどちらに？」

「たぶん、ベランジアの学校です。大会で弟子ができたんですよ」

ファナが答えた。

「弟子ですか？」

「ああ、僧侶科の薬師だ。『僧侶殺し』なんて魔道具を作っておいて、よくやるよ」

ナーディアはドラゴンライダーに、「本当にサトシが魔道具の留学生だなんて思うなよ」と忠告しておいた。

「え？　ええ、もちろんです。本人はそのおつもりなんですか？」

「アレでな」

「本当にアレで留学生のつもりのようです。さっぱり偉くなる気はないようですし、お嫁さんを取る気もないんですよ。なんとか言ってあげてください」

ナーディアとファナは再び大きな溜め息を吐いた。

「お二人とも苦労されてらっしゃるんですね」

「「まったく」」


ベランジア王国のドン・クロワ軍学校僧侶科では薬草を調合し回復薬を精製するという授業を行っていた。場所は調合室で、学生たちは真剣そのもの。指示を出す教師の声だけが調合室に響いている。

「この多肉植物の粘液は古代から用いられている傷薬として有名で……な、なんの用ですか!?」

突然、教師が叫んだので学生たちが熱した鍋から顔をあげると、天井にサトシが立っていた。

「あ、いや、人探しで。天井からのほうが見つけやすいかと思ったんですが……」

「師匠」

オクラがあまり驚いた様子は見せずに手をあげて、サトシを呼んだ。そもそもオクラはリアクションが薄い方だ。

「いたいた。オクラ、ちょっと用事があるんだけど」

「なんですか？」

「魔大陸の国でちょっと回復薬を売ろうかって話なんだけど、一枚噛まないか？」

「いいですよ。うちの店の商品も売れれば助かりますし」

オクラは即決だった。

「回復薬作りも頼みたいんだ。技術協力としてたぶんお金も出ると思うんだけど、ただなぁ、向こうは鉄貨なんだよ」

「ああ、貨幣が違うんですかぁ」

サトシは天井から降りてオクラの隣の椅子に座り、話を詰めていく。

「あの……授業中なんですけど」

教師がそっと言ったが、サトシとオクラはまるで聞こえていないようだった。教師からすれば、大会で実力を見せたサトシは、王やクロワからの信頼もありアンタッチャブルな存在。関わるだけ損。できるだけ、早めにどこかへ行ってほしかった。

「その鉄貨ってどんなものなんですか？」

「これだよ」

サトシはオクラに魔大陸で使われている鉄の貨幣を見せた。二人とも教師は無視。教室にいる学生たちも興味はサトシたちの方に向かっている。

「形と模様で偽造を防止してるんですね。これってどこかで換金できるんですか？」

「たぶん、カプリって南の港町が唯一、魔大陸と交易しているからそこでできると思うよ」

「師匠があとで連れて行ってくれるなら、うちは問題ないですよ」

オクラが実家の薬屋に戻ろうと立ち上がったところで、ようやく自分たちが注目を集めていることに気がついた。

「あ……師匠、私、授業中でした」

「あ、そうだった。でも入学からこんなに時間が経ってるのに、いまだに一種類の植物から回復薬を作るような授業って意味あるのか？　さすがに学生だからってなにも知らないと思われすぎじゃないか。それより、身体についてとか、範囲魔法についての授業のほうが、意味あるように思うけど。あ、いや、ごめん」

サトシは率直な授業の感想を言った。

「ん〜、確かに、それはそうですね」

調合室の学生たち全員がオクラと同じ気持ちになった。

「先生、ちょっと師匠についていったほうが薬師として、ためになりそうなので、私、ここで授業は抜けます」

「え？　あ、はい」

あまりにも正直なオクラの言葉に、教師は頷くしかなかった。

「行きましょう」

オクラは自分の荷物をまとめ始めた。

「いいのか？」

サトシは一応、聞いておく。もしかしたら、今後授業を受けられないような事態になってオクラが退学にでもなったら大変だ。

「先生、出席扱いにしてもらえますか？」

「か、かまわないけど」

教師は完全にサトシとオクラに飲まれてしまっている。大会で一位を獲ったオクラと、僧侶という職業を失《な》くそうとしたサトシの言葉なので、他の教師からも注目されている。穏便に授業が進むのなら、教師としてはそのほうがよかった。

「だそうです。師匠、行きましょう」

「先生がいいって言うならいいか」

オクラとサトシが立ち上がって調合室を出ると、他の学生たちも授業がバカバカしくなり、荷物をまとめ調合室から出ていった。あとには教師だけが残った。

「あれ？　こうなっちゃう？」

僧侶科の教師は一人、調合室でつぶやいた。


サトシとオクラは調合室を出て、そのまま学校の外へ。学校には図書館もあるので誰でも出入りは自由となっている。夕方に門は閉まるものの、門の横の扉の鍵は開いているし、森からの侵入もできる。学生といえども、高ランクの冒険者と同等の力を持つ者もおり、軍関係者が教師として学校にいる場合もあるので、学校や学生が狙われるということ自体が少ない。

「師匠、うちに行く前に、鍋とか調達しておいたほうがいいんじゃありませんか？　薬を精製する時に必要になりますし」

「そうか、やっぱり鍋は必要か」

学校を出ると鍛冶屋《かじ》が並ぶ通りに出る。そこで鍋など調合で使う道具を揃えることに。

「せっかくだから魔道具作りで使う針とかハサミとか裁縫道具もあるといいな」

鍛冶屋の外にはそこで作られている剣や斧、農具などが陳列されていた。ただ、鍋や針などを扱う店は見当たらない。

「おおっ！　チャンピオンじゃねぇか！」

店先にいた鍛冶屋のおじさんにサトシが声をかけられた。

「おい皆！　チャンピオンが鍛冶屋通りに来てくれたぜ！」

「おう！　やってくれたな。チャンピオン！」

「チャンピオンが来たって⁉　本当か！」

「おおっ！」

どんどんサトシの周りにドワーフ族やヒューマン族の鍛冶屋たちが集まってきてしまった。

「チャンピオンって別に僕は優勝してませんよ」

「んなことは、関係ねぇ！　あの試合を見てサトシ・ヤマダの勝ちって言わねぇ奴はスライムの角に頭ぶつけて死んだほうがいい！　そうだろ、皆⁉」

「「「そうだそうだ！」」」

「いやぁ、あの一回戦、まさか魔道具の剣をあんな風に使うとは思わなかったぜ」

「本当だよ！　決勝のガイズに大剣を打ってやった鍛冶屋は恥晒して表出てこれねぇってよ」

「もう今、鍛冶職人はシェリーの魔道具屋に押しかけて、魔道具について教わってるんだけどな、なかなか都合がつかないらしくて追い返されてるところだ。なぁチャンピオンも魔道具については詳しいんだろ？　俺たちに教えてくれよ」

　職人たちは戦士科の試合を見ていたようだ。

「待て待て！　チャンピオンも用があって学校から出てきたんだろ？　少し、チャンピオンにも話をさせてやれ！　おう、うちの倅《せがれ》が決勝で世話になったな」

　ドワーフ族の鍛冶職人の一人が声をかけてきた。

「ダフトの親父《おやじ》のパンクって鍛冶屋だ」

「ああ！　そうなんですか。いや、世話なんかしてませんよ。プリマと戦いたいって言うから、僕は焼き鳥食べて待ってただけです」

　パンクが差し出した手をサトシは握り、握手をした。

「それで、チャンピオンはなにが欲しいんだ？」

「薬の調合に使う鍋と、針やハサミとか裁縫に使う道具がほしいんですが」

「はぁ？」

　パンクは思いもよらぬ注文に一瞬、唖然とした。

「ありませんかね？　ちょっと魔大陸の国の復興で欲しいんですよね。もちろん、技術協力者もいると助かるんですけど」

「「「んんっ？」」」

　周りで聞いている鍛冶職人たちもサトシが「なにを言っているのかわからない」というリアク

ションだ。

「ああ、師匠は今、魔大陸に魔道具師として留学をしているらしいんですよ」

オクラが補足してくれた。

「魔大陸に留学？」

「そいつがどうして今ここにいるんだ？」

「大会のために戻ってきてるところってことか？」

職人たちから当然の疑問があがってきた。

「留学生第一号として魔大陸に行ってるんですよ。で、僕は時空魔法を使えるので、ベランジアと魔大陸を行ったり来たりしてるんです。それで、魔大陸にある国が潰れてって言ってもわからないか。えーと、今のテリアラと似たようなことになってまして、隣国からも侵攻されたりして僕が追い返してたんですね」

「「「はぁ……」」」

鍛冶職人たちはいろいろな疑問が浮かんでいるものの、とりあえずサトシの話を聞いてみることにした。

「今は、市民たちの手で復興しようとしているところなんです。それで魔大陸は魔道具作りが盛んなので、国の事業として魔道具師たちをサポートできるような道具を売ろうとしてて」

「それで鍋や針を売ろう、と？」

「いや、それは僕の案で、彼らの国ではワイバーンやレッドドラゴンを使役している魔族が多いんですね。それで僕が二四時間どこにでも行けるよろず屋を提案しているんです。どうせなら魔道具師に限らず、回復薬とか裁縫道具とかもあったほうが便利なのではないかと」

「二四時間どこにでも……!?」

「わりぃ、ちょっと俺ぁ頭痛くなってきた」

「いや、とにかくチャンピオンは俺たちが生きているスケールで考えてはならねぇってことは理解した」

気後れした鍛冶職人たちがサトシからちょっと離れた。

「なんだい？　男どもはだらしないね。チャンピオン、あんた、鍋と裁縫道具が必要だって言ったかい？」

鍛冶職人たちをかき分けながら、女性のドワーフが出てきた。

「そうです」

「それなら、アタシらに聞くのが一番さ。ほら、男どもは家に帰って奥さんたちを連れてくるんだよ！」

鍛冶職人たちは女性のドワーフに言われるがまま、奥さんたちを連れてきた。どうやら女性のドワーフはパンクの奥さんのようだ。つまりダフトの母だ。

「チャンピオン、もう一回詳しく説明してもらえるかい？」

鍛冶職人の奥さんたちが集まったところで、サトシはもう一度ドラゴニオンの状況や自分の案について説明した。

「なるほど確かに、夜中子供が風邪を引いた時に、よろず屋で回復薬を売ってくれたら助かるね」

「だいたい針を使うのは夜だしね」

「私は田舎出身だから、どこでもよろず屋が来てくれるのは助かりますよ」

鍛冶職人の奥さんたちからも好評だ。

「回復薬や鍋とかだけなのかい？」

「今は紙とか消耗品が主ですけど、いずれは海の魔物の干物とか山の山菜をいろんなところに輸送できればいいなぁ、とは思います」

「それは、ベランジアでもやってほしいくらいだね」

「いくらまでなら出す？」

「そうだねぇ。販売の委託もできるなら、うちだって一口噛みたいくらいだよ」

「冒険者にばっかり武器を売ってても限られてますからね」

鍛冶職人の奥さんたちは、よろず屋で得る収入まで考え始めてしまった。

「とりあえず、鍋と針とか裁縫道具を売っていただけませんか？」

サトシは話をどうにか戻す。

「ああ、そうだったね。ちょっと待ってな」

「ほら、皆も」

鍛冶職人の奥さんたちは新品の鍋や針、ハサミなどを持ってきてくれた。

「あと、できれば魔族に技術を教えてくれる人っていませんかね？」

「だったらちょうどいいのがいるよ！　ダフト！　いい加減出てきな！」

ドワーフの奥さんが、無理やり家からダフトを引っ張り出してきた。

「痛いよ！　なに？　ああっ！」

ダフトはサトシを見て慌てて逃げ出そうとしたが、ドワーフの奥さんに捕まっていた。

「いや、あの！　こんにちは」

「こんにちは。ちょっと悪いんだけど、手伝ってくれないか？」

「え？」

サトシは簡単に、魔大陸のある国で鍋や針を作る技術を教えてくれるようダフトに頼んだ。

「もちろん、授業の合間とかでかまわないんだけど」

「でも、ど、どうやって？」

「それは僕が連れて行くから大丈夫だよ」

「わ、わかった」

「よかったー。知り合いだと本当に助かるよ。じゃあ、準備しておいてもらえる？」

「は、はい」

あまり要領を得ない様子のダフトだったが、両親の了承は得ている。

「授業とか大丈夫？」

「あ、後期はほとんど授業取ってないから大丈夫。それにガイズたちの派閥とも関係なくなったから学校にいてもあまりやることはない。薬学だけ提出物があるけど、それまでは……」

ダフトは学校の派閥争いに巻き込まれていたようだ。学生生活も大変だな、とサトシは思った。

「薬学なら師匠がいれば、たぶん問題ありませんよ」

横で聞いていたオクラが言った。

「じゃあ、じゅ、準備してくる」

ダフトは急いで鍛冶屋である実家に走っていった。

「よし、じゃあ僕たちも行こう」

「ズズ……うちは、こっちです」

サトシはオクラに連れられて、オクラの実家の薬屋に向かった。


「ただいまー。ズズ……」

「おかえりーって、おい！　学校はどうした⁉」

つるりと禿《は》げ上がったオクラの父親がオクラにツッコんだ。

「ちょっと抜けてきた。お父さん、私、回復薬を作るのを教えるために魔大陸に行ってくる。それから、うちの商品もできるだけ持っていきたいんだよ」

「そうか、わかった。って、おい！　なにを言ってるんだ⁉　頭がおかしくぅ……うおっ⁉　チャンピオンじゃないか。こんなところでなにしてるんだい？」

王都の商店界隈《かいわい》でも、すっかりサトシはチャンピオンと呼ばれているようだ。

「どうも、オクラさんを魔大陸に誘ったのは僕です」

「そうかそうか。とりあえず、事情を説明してくれ」

サトシはオクラの父親にドラゴニオンの現状と自分の案を説明。オクラには回復薬製作を教えるために魔大陸に来てもらいたいことや自分が魔道具を学ぶために魔大陸に留学していることなどを伝えた。

「それで、魔大陸には何日かかるんだい？」

「いや、時空魔法で一瞬ですよ。ほら、こんな感じです」

サトシはその場で煙のように消え、オクラの父親の背後に現れた。

「は、はぁ……ははは、そうか。それで、うちの娘はいつごろ貰ってくれる予定なんだい？」

「いや、別にオクラと結婚するつもりは」

サトシは慌てて否定した。

「父よ。恋する乙女《おとめ》たちが師匠を放っておくと思うか？　競争するだけバカを見るよ。ズズ……」

オクラは店の品をリュックに詰めながら言った。

「はは、そりゃそうか」

オクラの父親は寂しげに納得している。

「師匠、向こうに泊まる準備も必要ですよね？」

「そうなるね」

「だったら、私も留学生ってことで申請出しておいたほうがいいですか？」

「それもそうだなぁ。あとで、シェリー先生に言っておこう。ついでにダフトの分も出しておかないとね」

オクラが荷物をまとめている間、サトシは通信の指輪を作製。木製の指輪に魔法陣を焼き付けるだけなので簡単だ。それでも、オクラの父親は「たまげた！」と驚嘆している。

「チャンピオン、やっぱり妾《めかけ》でもいいので、うちの娘を貰ってくれやしませんかい？」

「妾はちょっと……そもそも正妻もいませんから。ただ、もしこのよろず屋がうまくいったら、一緒にお店をやりたいですね。オクラはぼーっとしてそうに見えて、段取りがいいですから。僕が気が付かないところを指摘してくれそうです」

「そうですかい？　いやぁ、それならよかった」

オクラの父親も安心して、つるりと禿げ上がった頭をタオルで拭いていた。

「準備できました！」

オクラの荷物は自身の身体と同じくらいあり、動くのもつらそうだった。

「オクラ、それじゃあちょっと歩くのも大変そうだから、少し僕が持つよ」

サトシは半分以上の荷物を持ってあげた。

「ズズ……じゃあ、父よ。魔大陸に行ってまいります！」

「む。未来の支店長、よろしく頼む」

すでにオクラの父親は薬屋の支店を持つ気でいるようだ。

一度、鍛冶屋通りに戻ってダフトをピックアップしてから、シェリーの魔道具屋に向かった。

シェリーの魔道具屋の周辺には人だかりができていた。ただ、店の窓やドアを締め切っている。シェリーとスーザンが店から出る気配はないようで、一階は明かりがついていない。

仕方がないので、サトシはオクラとダフトを抱え、空間魔法で店の中に入った。

「先生！　サトシです！　いるんですかぁ？」

まるで反応はない。

サトシたちは本が置かれている二階の部屋へと向かった。

部屋のドアを開けると、相変わらず本が山のように積まれ、シェリーとスーザンは耳栓をして本を読んでいる。シェリーの方はメモを取りながら読んでいるので、たぶん解読をしながら本を読み進めているようだ。

「先生！　スーザン！」

サトシは床を踏み鳴らして、二人を呼んだ。

ようやく気づいたのか、シェリーとスーザンは耳栓を外してサトシを見た。

「あら？　サトシさん。今日は授業でしたっけ？」

「いえ、この二人も魔大陸に行くことになったので、留学生として申請を出しておいてもらえますか？」

サトシの言葉を受けて、シェリーとスーザンは見合わせて溜め息を吐いた。

「サトシ、お前のせいで私たちはこの店から出ることができないんだよ。見てみろ。いまだに店の外には人だかりができているじゃないか。あいつらはまるで人の話を聞かない。私たちが水流の出る剣を作れると勘違いしているんだ」

スーザンが苦情を言った。

「仕方がないので全員追い返して、店を締め切っているのです。そのお陰で読書は進んでいるのですけどね！」

シェリーはポジティブだった。

「二人とも閉じこもっていたってことは、なにも食べてないんですか？」

「ああ、そういえば腹減った」

「そうですね。お腹が空いた気がします」

読書に集中しすぎて、人としての基本を忘れてしまったようだ。

「避難するついでに学校の食堂に行きますか？」

「そうしよう」

「そうね」

サトシが床に魔法陣を描き、五人全員で学校の厨房裏へと時空魔法で移動した。

ちょうど休憩していた料理人たちが厨房の裏でお茶をしているところだったので、サトシはシェリーとスーザンを任せることに。

「二人ともなにも食べてないらしいので、スープみたいなものを食べさせてあげてください」

「わっ！　びっくりした！　わかったよ」

料理人の一人が答えた。

「じゃ、先生、スーザン。この二人の留学生の申請、お願いしますよ」

「はいはい」

「シェリー、学生の名前くらい聞いておいたほうがいいよ」

適当に返事をするシェリーをスーザンがフォローした。

「それもそうね」

「僧侶科のオクラです」

「戦士科のダフト」

「オクラちゃんにダフトくんね。スーザン、覚えておいて。記憶力いいでしょ？」

「はぁ〜、最近この調子なんだ。サトシ、もうちょっと教師を教育してくれないか？　私はもともと捕虜だったはずだろ？　これじゃ、シェリーの秘書だよ」

スーザンはシェリーに呆れながらも、ちゃんとメモを取っておいてくれた。狐《きつね》の獣人とセイレーン族の元テロリストはなかなかいいコンビになっているようだ。

「スーザン、先生を頼んだよ。じゃ、よろしくお願いします」

サトシはオクラとダフトを連れて、煙のように消えた。

ずっと見ていた料理人たちは同時にお茶をグビッと飲んで、深呼吸をしてから動き始めた。

「いやぁ、なんど見てもびっくりするな」

「時空魔法っていうやつだろ？」

「あれに慣れれば料理長になれるのかな」

「無理だろ」

料理人たちは休憩を終え、厨房へと戻っていった。


ドラゴニオンではすでにファナとナーディアが、空飛ぶよろず屋の従業員を募集していた。

「二人ともやること早いね」

サトシがファナとナーディアに声をかけた。

「ああ、やっと戻ってきましたか。従業員は募集しておきましたよ」

「ワイバーンを使役している方が五名、薬師見習いの方が三名」

ファナとナーディアがサトシに報告した。

「皆さん、サトシさんの案なら、と話を聞いてくれました」

「レッドドラゴンに乗るドラゴンライダーは、国がもう少し落ち着くまでは軍にいないといけないって悔しがっていたよ」

「そうか。あ、奴隷のファナと、魔大陸の筆頭魔道具師のナーディアだ。こちら薬師のオクラと鍛冶屋のダフトね」

サトシがそれぞれ紹介した。

「鍛冶屋も連れてきたのか？」

ナーディアがダフトを見ながら聞いた。

ダフトはナーディアの迫力に少し怯えている。

「うん、やっぱり鍋や針は必要かなと思ってね。薬師としても鍋はいるらしいし」

サトシの言葉に、オクラは大きく頷いた。

「ああ、戦士科の大会に出てた坊やか？　こっちはサトシの弟子って言った娘だね」

「私はサトシさんの第一奴隷です！　もしサトシさんからセクハラされたらすぐに知らせてください！」

ファナはオクラとあまり身長が変わらず、親近感を持っているのかもしれない。

「は、はい。ズズ……オクラです。薬屋の娘で、サトシさんは師匠です」

「ダフト。鍛冶屋です。武器以外なら一通り作れます。よろしくお願いします」

ダフトは緊張した様子で自己紹介した。

「あ、サトシさん！　戻ってきましたか。いやぁ、空飛ぶよろず屋の拠点をどこに置きますか。やはりワイバーンが飛びやすいのは中央ですかね？」

魔道具師ギルドで話を聞いていたドラゴンライダーがやってきた。拠点について話をしてくれていたようだ。

「いや、回復薬を作りやすくて、鉄鉱石が集まりやすいところがいいですね」

サトシが答えた。

「そんなところドラゴニオンにありますかね？　薬草が採れるのはこの辺りの森しかありませんし、鉄鉱石はそもそも鉱山がないので」

「師匠、薬草の種は持ってきましたけど、温度管理とかが大変なので気温が一年を通して安定している場所がいいですよ」

「て、鉄がないと、さすがに俺も仕事にならないというか……」

ドラゴンライダーとオクラ、ダフトがそれぞれ不安を口にした。

「大丈夫、実はちょっと考えているところがあるんですよ」

「どこです？」

「ドラゴニオンの東側です」

「貧民街ですか？」

「ええ、そうです。とりあえず行きましょう」

サトシがファナとナーディアを空飛ぶ箒に乗せ、五名のワイバーン使いが薬師見習い三人とオクラ、ダフトを乗せて飛んでくれた。ドラゴンライダーはレッドドラゴンで空を飛び、東へと向かった。

「ここが魔大陸。谷だらけですね」

「こ、こんなに移動するなんて……」

オクラとダフトがワイバーンにしがみつきながら言った。

「移動は、そのうち慣れますよ。うちのご主人様は落ち着くということを知りませんから」

「サトシと関わると、人生を倍速で生きている気分になるから、覚悟しておいたほうがいいよ」

ファナとナーディアがサトシの取り扱いについて言った。

レッドドラゴンに乗っているドラゴンライダーは「自分は四倍速くらいに感じてます」と言っていた。

サトシたちは中央には寄らずに、東へと飛んだ。

ドラゴニオンの東、貧民街と呼ばれる地区の入口に砦がある。ついこの前、隣国マクロネシアからの侵攻を受けた貧民街だったが、幸い死者は出ていない。

「グリードさん！」

「ん？　おぅ！　サトシ・ヤマダじゃないか」

ドラゴニオンの輜重部隊長だったグリードだが、今は農作業の格好をして畑にいる。砦の地下に広がる畑でグリードたちは野菜の苗を植えていた。

「こんにちは」

「どうした急に。中央にいるかと思っていたが」

「グリードさん、今東部の代表って誰ですか？」

「暫定的に俺ということになっているが、なにか頼みごとか？」

グリードは勘がいい。

「実はですね。空飛ぶよろず屋を開店させたくて、拠点を東部にしようかと思ってるんです」

「空飛ぶよろず屋？　なんだ、それ？」

サトシはグリードに鍛冶屋たちにした説明と同じことを話した。

「ワイバーンで輸送だけでなく、医療や魔道具作りに使う道具なんかも売るのか？」

「そうです。普通の行商人より遥かに移動距離は延びますし、時間も短縮できます」

「貴族がいた頃では考えられなかった商売だな。なるほど、やってみるのはいいが、どうしてまた東部に？　今なら西側のほうが物資は多いんじゃないか？」

「そのことについてなんですけど、この畑の一区画を貸していただけませんか？　薬草を育てる畑にしたいんです。薬草って温度管理とかが難しくて、ちょうど地下のこの場所が最も適してると思うんですよね」

「まぁ、畑を余らせておいても仕方がないから、端の方でなら問題ないぞ」

「それから、鉄鉱石についてなんですが」

「ドラゴニオンで、鉄鉱石の鉱山が見つかったなんて話はあまり聞いたことがないが、この近くで見つかったか？」

「いえ、マクロネシアから持ってこようかと」

グリードはあからさまに嫌な顔をした。先日、攻めてきた国から輸入すると思っているようだ。

「ああ、輸入じゃなくて、賠償請求として鉄鉱石を貰えませんかね？　今、マクロネシアから魔道具師たちが離れていってるところなので、きっと首都でも鉄が余り始めると思うんですよ。それをこちらに回してもらって、鍋や針にできればと」

「確かに、東部の方がマクロネシアから近くて、作業員の賃金も安いからな。大量生産には向いているが……」

グリードは渋い顔でサトシを見た。

「なにか問題ありますか？」

「いや、仕事を作ってくれるのはありがたい。もともとそれがなくて困っていたような地区だ。ただ、俺は一時的でもこの地域の代表だ。最低賃金の引き上げについて交渉しなくちゃならないだろ？」

グリードは周囲で働いている者たちが貧困から脱出する方法を考えているようだ。

「それなら問題はないさ。魔道具師連盟からきっちり金を出させればいい」

ナーディアが横から口を出した。

「いいかい？　この事業はね。このヒューマン族が考えたものだよ。グリードとやら、スケールをこの国に限定して考えてないかい？」

「いや、しかし他国との境には国境線があるだろ？」

グリードが計画で考えられていなかったことを指摘してくる。実際、税関はどうするのか。大問題ではある。

「それも、空飛ぶよろず屋が魔大陸の流通にとってどれだけの影響をもたらすのか想像できる魔道具師がいれば、ギルドが黙っちゃいないさ。今まではちょっとした荷物の輸送としてドラゴニオン内だけでワイバーンが飛んでいたが、それがちょっとした荷物だけじゃなく、店ごと他国にまで手を伸ばせばどうなるか」

「シータ国には飛空船があると聞いたが、それにも対抗できるのか？」

軍の輜重部にいたからかグリードは、魔大陸各国の状況をよく見ている。

「あんな魔石食いの船が、国を渡れるとは思えないね。輸送費もバカみたいにするはずだよ。こちらはワイバーンの食料が燃料だから輸送費はたかが知れている」

「ん～……」

グリードは腕を組んで考え始めた。

「まだなにかあるっていうのかい？」

巨軀《きょく》のナーディアがグリードに詰め寄った。

「考えることだけは誰にでも平等だからな」

グリードも元軍人、怯《ひる》むことはない。

「正直なところ、俺も初めのうちは成功すると思う。物珍しさもあるし、実際に地方からすれば定期的な馬車の行商人よりも頻繁に来てくれる空飛ぶよろず屋の方に行くことも予想できる。ただなぁ……」

「なにか不安ですか？」

サトシが聞いた。

「事業が進むにつれて利益率の高い商品になっていくんじゃないか？　初めは消耗品や魔道具作りに使う道具なんか安い商品を売ってたけど、徐々に価格の高い魔道具そのものを売り始めたり、馬車の行商人との差別化を図り金持ちにだけ売り始めたり、予想できる問題は多い。そうなってくると技術のないここに住む民がお払い箱になるんじゃないか？」

グリードの予想はかなり現実味のあるものだった。

「へっ、貴族の出か？」

ナーディアがグリードを鼻で笑った。確かにグリードは軍人の考え方とは、違うように思う。そういう商人たちを見てきたのだろう。

「貴族の出だから、嫌なものはたくさん見てきたんだ。失敗する商人たちもな」

グリードがナーディアに返す。

「お忘れですか？　目の前にいるナーディアは魔大陸の筆頭魔道具師ですよ。それからベランジアから優秀な薬師と鍛冶職人も連れてきました。技術を教えるためです」

サトシが言った。

「えっ⁉　サトシ、ちょっと待て、私も入っているのか？」

ナーディアが驚いていたが、サトシは「もちろん」と頷いた。

「技術をまず教えるところから始めると？」

「そうです。僕はこの前のマクロネシア侵攻で、女の奴隷を三人失いました。三人とも薬学が盛んな町の出身者だったようで、マクロネシアに連れて行かれて隙を見て逃亡し、今も行方知れず。魔大陸にヒューマン族の女三人ですから野盗に襲われている可能性も高い。でも、僕はあの三人はちゃんと生きているような気がします。理由はアサシンとして身につけた戦闘能力、それに薬学の技術を持っているから、食いっぱぐれるようなことがないから」

「芸は身を助くか……」

「正直、その芸が彼女たちが逃亡する際に頼みの綱になったんじゃないかと思ってるんです」

「なるほど、たとえこの事業が失敗したとしても身についた技術だけは残る、か」

グリードは何度か頷いて膝を叩いた。

「わかった！　この畑を必要な分だけ使ってくれ。すぐに作業員を募集する。当面の資金はどうする？」

「一応、手持ちがいくらかありますが……」

サトシがファナを見て確認したが、「知りませんよ」と両手を広げていた。

「大丈夫だよ。魔道具師のためといえば、魔道具師連盟が出すよ」

「落ちぶれたって元貴族だ。うちからも出すぞ」

ナーディアとグリードが言った。

「まぁ、ドラゴニオンの事業ですから、古竜様にも手紙で伝えてみます」

決して会いたくはない。

「ここにしばらく滞在するなら、そのへんにいる俺の元部下たちに聞いてみてくれ。寝床を用意してくれるはずだ」

「わかりました」

グリードは農作業を止め、一旦作業員を募集しに階段を駆け上がっていった。

サトシたちはオクラとダフトの宿を用意するため、元軍人っぽい人に声をかけていった。

「お、俺たち、留学生ってことになってるんだよな？」

「ズズ……そのはず」

ダフトとオクラは不安そうにつぶやいた。二人とも、自分たちが考えていた規模よりも大きな事業であることをようやく理解した。

第十話　よかれと思って、金儲け

「マズいよね。いやぁ、マズい」

翌朝、サトシは用意された寝床で寝た状態で天井に向かって言った。

「なにがマズいんですか？　早いところ起きてください。もうとっくに日が出てますよ」

ファナが自分の使った寝袋を片付けながら、サトシを注意した。

「国とは一線を引こうって決めていたのに、どうしてこうなっちゃうかなぁ」

サトシは一晩寝たことによって自分の行動を振り返り、反省していた。自分がやってしまったことで一国の情勢が変わって、大勢の人に迷惑をかけてしまうことに懲りたはずだが、再び国に関わり始めている。

「大丈夫だよ。サトシは転換点でしかない。変わろうとするのも変わるのも結局はそこに住む民さ。ふぁ～あ。ファナお茶くれる？」

隣で寝ていたナーディアが伸びをしながら起きた。脱力した拍子に豊満な胸が揺れる。

「朝から爆乳揺らしている人に言われてもなぁ」

「なんだとぉ～！」

ナーディアがサトシにボディプレスをしてそのまま胸でサトシの顔を圧迫。

「ぷはっ、柔らか重い。よいしょ」

サトシはナーディアの胸を鷲《わし》掴みにして持ち上げると、巨軀のナーディアを脇にどけた。ナーディアは「女のおっぱいをなんだと思ってるんだ」と怒りながら転がっている。

「ズズ……師匠がどう思うか知りませんけど、私はお金のためですよ」

すでに起きていたオクラはお茶を飲みつつ、サトシに言った。オクラはドライだ。

「お、俺はおふくろにいい加減、外に出ろって言われて……」

ダフトも自分の寝袋を丸めながら言った。引きこもり脱出が目的でも仕事さえしてくれれば問題はない。

「まぁ、いいか。人それぞれ考えは違うし、よかれと思ってやってることだしね。でも、なるべく距離を取りつつやっていこうな」

サトシは寝ながら片手で頬杖を突きながら言った。

「そんな格好で言われても説得力はありません。今、お茶淹《い》れますから起きてください」

ファナがサトシを寝袋から無理やり出した。

「はぁ～、じゃあ仕方がないから起きるか」

「なんにも仕方がなくないです！」

その後、お茶を飲んで、部屋を軽く掃除してから、表に出た。

行き先はドラゴニオンの東側にある砦の一室である。


とりあえず挨拶が大事だと、サトシたちは誰かれ構わず、出会った人たちに「おはようございます！」と挨拶をしていった。

「お、おはようございます……皆さん元気ですね」

ワイバーンを使役しているワイバーン乗りが言った。

「実質お客さんに販売してもらうのはあなたたちなので、いつも元気に挨拶をして、愛想を振りまいてください。お客さんの心を摑む第一歩です」

「は、はい。わかりました」

戸惑いつつもワイバーン乗りには伝わったようだ。

朝食はムシュフシュで食べた辛い実をかじりながら食べるヌードル。オクラとダフトは口にあったようだが、甘党のファナは辛い実をかじらずに食べていた。ワイバーン乗りや薬師見習いたちも辛党ではないらしく、そのまま食べていた。郷土料理じゃないのかな。

「さて、これからの皆の業務内容は……なんだっけ？」

サトシがその場にいる皆に聞いた。

「私は薬草の種を植えて栽培するのと、回復薬作りを教えます。ズズ……」

「俺は鍛冶場に行って、鍋とかの作り方を教えればいいんですよね？」

オクラとダフトの二人は自分の役割をわかっているようだ。

「我々はオクラさんについていきます」

薬師見習いたちが言う。

「私たちはどうします？」

ワイバーン乗りたちがサトシに聞いた。

「販売用に商品を入れておく箱みたいなものが必要だよね。ワイバーンが運びやすいようなのがいいと思うんだけど？」

サトシはナーディアに振った。

「仕方がないね、私も考えてやるよ。アイテム袋を作らないだけマシか」

ナーディアが渋々ワイバーン乗りたちと販売用の箱を考えることになった。

「従業員についてはグリードさんに任せるから……ってことは僕の仕事はなくなったね」

「ふざけてるのか？　サトシは古竜様に手紙送って、販路の確保だよ」

ナーディアがサトシに仕事を言い渡した。

「はい。販路の確保か。カンパリアとか魔境の国とかに行けばいいのかな」

マクロネシアとは国交を断絶しているため、隣国でも販路に使うことはない。

「だろうね。ラリックストーンにはサイラスがいるからね。手紙を送っておけばいいだろう」

「そうかぁ、キリたちの出身国か」

キリとは以前、コロシアムで出会った魔境の国のアマゾネスだ。

「カンパリアのラーダから東に向かえばいいんだよね？」

「そう」

「なら、空飛ぶ箒で行けばいいか」

サトシたちは食べ終わった皿を片付け砦から出ると、グリードが住民たちと言い争いをしていた。

「グリードさん、俺たちは魔族の雑種だぜ？　なんの魔法も扱えないからこんなところに住んでるっていうのに、俺たちになにかさせようとしても無駄だよ」

「だから、技術者を呼んだんじゃないか？　いいか、今立ち上がらないと、ずっとこの土地は貧しいままだぞ」

貧民街のおじさんとグリードの間で意見が割れているようだ。

「そうは言ったってさ……俺たちが関わると失敗するんじゃないか？」

「そうだよ。私たち、魔族の中でも限られた魔法しか扱えない種族は生まれながらに役立たずなんだよ」

貧民街のおじさんたちはすでに心が折れている。種族間の差別が浸透しすぎているのかもしれない。

「いいか、人の金で技術を覚えてしまえば、この先の人生でずっと使えるんだぞ？　たとえ、魔法が使えなくても技術だけは残る。たとえ、この事業が失敗しても技術だけは残るんだ。だから俺はこの事業をやろうと思った。どんなに腐っても心だけは腐らせるな！　過去はどうあれ、頼むからお前たちの後ろにいる未来に生きる者たちまで腐らせないでくれよ！」

グリードは切実に訴えた。ただ、おじさんたちには美辞麗句に聞こえたのか、渋い顔をするばかり。

グリードは拳を握り、目をつぶってうなだれている。

「住民の方々も腐っているってわけじゃないんじゃないですか？」

サトシが声をかけた。

「サトシ・ヤマダ……このヒューマン族が事業の発起人だ」

グリードがサトシを紹介した。

「知ってるよ。皆を回復魔法で治しちまったって噂のヒューマン族だろ。でもな、皆があんたみたいに、魔法を扱えるわけじゃないんだ。ここの若者に安易に希望を持たせないでくれよ。失敗した時にショックを受ける」

「失敗を恐れて動かないなら、そのまま穴に籠って静かに死んでいけばいいと思いますが、別に僕たちは希望を持たせようなんて思ってないですよ。お金儲けです」

サトシはおじさんたちの後ろにいる貧民街の住民たちにもよく聞こえるように声を張った。

「貴族制度が壊れ、利権もまだほとんどできあがっていない今、新しい事業でお金儲けしようっていうのは誰もが考えることです。空飛ぶよろず屋もその一つです。それで、魔大陸の商業も発展すれば、さらなる利益が生まれる。だから、僕たちが欲しいのはお金。皆さんが協力してくれれば、僕に入ってくる利益が増えるというわけです。皆さんに分け前も渡せる」

「金儲けかよ。結局、貴族と同じじゃないか！」

「そうですよ。あれ？　皆さん、お金が好きじゃないんですか？」

サトシの言葉に貧民街の住民たちはお互いを見合わせた。プライドの高いドラゴニオンの民族性で、お金は卑しいものだと思っているのかもしれない。武士は食わねど高楊枝《たかようじ》というが、今のところマクロネシアからの侵攻も収まり、貴族制も崩壊したので誰も武士になる必要はない。

「今のドラゴニオンでは誰もが貴族と同じように事業を興せるんです。他に儲け話がある人は自分で事業を始めればいい。ただ、僕が考えた事業だと失敗しても技術だけは残りますって話なので、やる気がある人は来てください。別に全員僕の事業を手伝えとは言ってませんよ」

「それは、魔法が扱えなくても問題ないのか？」

後ろにいた貧民街の若者からサトシに質問が飛んできた。

「問題ありません。回復薬作りと鍛冶仕事が主な業務です。もちろん、仕事ですから簡単ではありませんが、難しい技術ほど一度覚えればそれだけ忘れませんから」

「もし、技術を覚えて辞めたくなったらどうするつもりだ？」

他の若者からも質問が寄せられる。

「辞めたらいいんじゃないですか？　自分の技術で販路を広げられるならその方がいい。商売を始めれば、どうしてもライバルと競争することになりますし。ただ、あまり価格で競争すると安売り合戦になるので、価格が暴落してしまう。その時は皆で話し合いをして適正価格を決めていきましょう。いわゆる商人ギルドのようなものです」

「魔法も扱えない俺たちが、それをやってもいいのか？」

「いいでしょう。貴族もいなくなったので、誰も止めませんよ」

サトシの答えは簡潔だった。

「じゃ、とりあえず、うちの薬師と鍛冶職人を紹介しておきます。オクラとダフトです。二人とも、学校の大会では優秀な成績を収めているので、問題はないかと思います」

オクラは僧侶科の大会で優勝、ダフトは戦士科の大会で準優勝をしているが、回復薬作りと鍛冶仕事の実力について、サトシはなにも知らない。ただ経歴は使いようだ。貧民街の住民たちが腕は確かかと思ってついてきてくれれば、それでいい。

「それから、魔道具に関しては筆頭魔道具師のナーディアがいます。ドラゴニオンは今、魔道具師のために大きく舵を切っているところなので、なんでも相談してみてください」

「ちょっと、おい！」

ナーディアは慌てたが、住民たちは「おおっ！」「あの王をも恐れぬ魔道具師か」などと感心しているので、悪い気はしなかった。

「じゃあ、あとは頼みます」

サトシはファナを連れて、その場から去ろうとした。

「ちょっと待ってくれ」

去り際、グリードがサトシを呼び止めた。

「なにか？」

「いや、すまん。助かった。なかなか貴族出身の俺では住民たちに伝わらないことがあるようでな」

　グリードは東部の代表になったものの、住民たちとの対話がうまくいっていないようだ。

「ああ、気にしないでください。それより、なかなか説得するのが大変そうですね」

「まぁな。これまで貴族連中からこの地区に追いやられて、さらにはマクロネシアの侵行があったろう？　それで、あまり未来について考えられないようになってるところがあってな」

　グリードは「難しい」と頭を掻いた。

「俺たちやサトシ・ヤマダたちが数人だけ来ても変わらないのかもしれない。貧しくてもドラゴニオンの民さ。国がいくら変わっても頑固さだけは捨てられないんだ」

「ゆっくり伝わっていけばいいいですけどね。そうか、でも人との交流で変わるかもしれないですよね。そういや、近くに大勢魔族がいたなぁ」

「本当か？　できれば連れてきてくれるとありがたい。住民たちも他の国の魔族たちと関われば変わるかもしれん」

「まぁ、女魔族が多いのですが、言ってはみます。まだいるかなぁ。あ、そうだ。マクロネシア側に鉄鉱石の賠償請求を忘れずにお願いしますよ」

「わかった。中央にも手紙を送っておく」

　サトシはグリードと手を振って別れ、砦から東へと向かった。

　未だマクロネシア侵攻の爪痕は残っており、マクロネシア軍が荒らした洞窟やレッドドラゴンの炎で焼けた道はあまり整備されていない。サトシはとりあえず、馬車が通れるほどの道を作りながら進んだ。

国境線には高い岩の壁。ここを越えればマクロネシアである。

サトシは岩の壁に魔法で、やはり馬車が一台通れるほどの穴を開けた。

ズポッ。

サトシが空間魔法で岩を取り除き、壁の反対側に出ると、テントがずらりと並んでいた。砂漠の国・カンパリアからサトシを追ってきたキャラバンだ。

「あ、どうも。ここ開けておいたんで、よかったらどうぞ」

サトシはヒューマン族の姿で近くにいたキャラバンの女魔族に声をかけた。

キャラバンは行く先々で増えており、マクロネシアの首都マクロポリスからも宿屋の老婆たちや魔道具師連盟から撤退するよう命じられた魔道具師などもサトシを求めて集まっている。

女魔族たちは朝食を食べ終え、後片付けをしている者たちが多い。

サトシが声をかけた女魔族も皿を洗っているところで、サトシを見ながらずっと同じ箇所を洗い続けている。サトシの声が、耳に入っていないようだ。

それもそのはず。女魔族からすれば、突然キャラバンの端の壁に、いつの間にか穴が開いていて、どう見ても魔族ではない肌の色をした者がこちらに何か言っているのである。どういう状況なのか、話しかけているのが誰なのか認識するのに、数秒かかった。

「あの、聞こえてますか？」

サトシがもう一度声をかけたところで、ようやく女魔族は話しかけているのがヒューマン族のサトシ・ヤマダで、自分たちが追いかけてきたものであることがわかった。女魔族は一呼吸おいて、絶叫し倒れた。絶叫は水の波紋のように広がり、すぐにキャラバン全体にサトシが来たことが伝わった。

「サトシさん。穴を開けてしまうと、犯罪者とかがドラゴニオンに逃げてくる可能性もありますよね？」

ファナがサトシに言った。

「そうか、やっぱり税関は必要だよね。あとでドラゴンライダーには言っておかないとね」

サトシがドラゴニオン側に戻ろうとした時、一人の女魔族がサトシたちの前に現れた。

「サトシ・ヤマダ！　この時をお待ちしておりました！　必ずや、この壁に道ができると思って我々はこの地を動きませんでした。やはりあなたは私たちが望んだ方だ！」

「そ、そう？　いや、いずれ鉄鉱石を積んだ馬車がここを通る予定なんだ。だから、道にあるテントはどかしてもらっていいかい？　それから、ドラゴニオンまで通れるようになったから、よかったらどうぞ。ドラゴニオンにはいったところで、ちょっと事業を始めていてね、拠点を作っているところなんだ」

「サトシ・ヤマダの拠点があるのですか!?　皆、聞いてくれ！　この先にサトシ・ヤマダの拠点ができつつあるようだ！」

「「「「おおっ！」」」」

雄叫びのような声がキャラバンのそこかしこから上がった。

「協力してくれると助かる」

「サトシ・ヤマダからの頼みですか⁉　このキャラバンにそれを断る者はおりません！」

「そ、そうなの……？」

サトシは女魔族の圧に引いている。

「できれば、犯罪者とか危なそうな人は、ドラゴニオンには来てほしくないんだけど大丈夫かな？」

「かしこまりました。この国境線、我が命に代えても徹底的に管理しましょう！」

「あ、本当。よかった。助かるよ」

サトシはファンサービスのつもりで、握手をしたついでに女魔族にハグをした。その途端、女魔族は顔を真っ赤にして身体から力が抜け、放心状態になった。

「あら？」

「あの、私も」

「できれば、私にも」

「そんなことなら私だって」

女魔族が次から次へとサトシに近づいてきて、握手を求めてきた。サトシは一人にファンサービスをして、他の人にもしないと争いになるかもしれないと思い、全員握手したあとハグをしていった。

結局、サトシの周りには放心状態の女魔族たちが座り込んでしまった。

「サトシさん！　まったく、これだから！」

ファナは一歩前に出た。

「私が、サトシ・ヤマダ様の第一奴隷のファナである！　私の許可なくサトシ様の子種を貰えるなど思うなよ！　愚民ども！」

「なんだアイツはー！」

「また、『時巡りの種族』か⁉」

「ずるいぞ！」

キャラバンの女魔族たちから声が上がる。

「よいか、愚民ども！　サトシ様は差別が嫌いだ、そして弱者も嫌いだ。私は死ぬような修業を乗り越えてこの場に立っている！　触られたくらいで放心状態になって倒れるような筋肉では到底サトシ様にお仕えできないと思え！　サトシ様は筋肉と金をご所望だ！」

ファナは叫ぶようにキャラバンに向かって言った。

「いや、ファナ。それはそうなんだけど、大声で言うようなことじゃない。恥ずかしいからやめなさい」

「礼儀もわきまえぬような者はこの道を通らずともよい！　わずかばかりのチャンスを胸にサトシ・ヤマダに会いたいと願う者のみ通るがよい！」

「「「うぅおおおおっ！」」」

ファナはキャラバンのボルテージを上げた。

「ファナ、なにしてんの？」

「いえ、ちょっとサトシさんの真似《まね》を。たぶん、これでこの道を通る者も選別されるはずです。さ、カンパリアと魔境の国へ参りましょう」

サトシは空飛ぶ箒を取り出して、空へと飛んだ。

飛び際、キャラバンに向かってサトシが手を振ると、失神者が続出。その影響で再びキャラバンの規模が大きくなったことをサトシたちはまだ知らない。


サトシたちはカンパリアとの国境線でちゃんと手続きをとってから、コロシアムで栄えるラーダに向かった。ラーダの魔道具師ギルドのギルド長・ビャクヤと面会し、空飛ぶよろず屋について丁寧に説明した。

「……つまり、空を飛ぶよろず屋を作り、いつでもどこでも店を開けるようにしたいのです。それが魔道具師たちへの支援になればいいと思っています」

「なるほど！　魔道具師たちにとってはとても便利なお店のようですね」

ビャクヤの反応もいい。

「そうなんです。よろしければ、以前僕が使っていたあの池の畔《ほとり》にある小屋を中継地点として使わせていただきたいのですがいかがでしょう。ラーダの町は魔大陸のほぼ中心にあり、今後空飛ぶよろず屋が発展していくにあたり、ワイバーンの水飲み場として重要な場所になると思うんです」

「もちろん、元々サトシ・ヤマダのために用意した場所ですので、いくらでも使っていただいて結構ですよ。ただですね……」

ビャクヤには懸念があるようだ。

「なにか不備がありますか？　いや、僕は魔道具師として未熟ですし、計画をして打って出たものの、いろんな穴がありそうで、よろしければご教示願えませんか？」

サトシが身を乗り出して聞くと、ビャクヤは頷いて喋り始めた。

「魔道具師たちからの支持は得られるでしょうが、やはり国をまたぐので、いろんな制限をかけられると思います。例えば、密入国や売買禁止の魔物や武器などですね。シータリアンなどテロリストもいますから、運営自体が難しいとは思います」

白い髪をかきあげてビャクヤが言った。確かに、テロリストの中にはハーピー族という空飛ぶ魔族もいるので、空で狙われたら商品を奪われ、ワイバーン乗りを殺される可能性もある。

「安全なルートと信用のどちらも必要だというわけですね。ん～……」

サトシは目をつぶって考えた。

「案は非常に面白いものです。ドラゴニオンの貴族たちが規制していたものを取り払い、新しい風を感じます。ただ、商売ですからね。こればかりはやってみないとわかりません。従業員全てを信用できるかどうかにもかかっているかと」

ビャクヤの言葉は正しいと、サトシは思った。その上で経営方針を考えるべきだとも。そして、以前会った魔族の男を思い出した。

「全てを開示するというのはどうでしょう？」

「どういうことでしょう？」

ビャクヤは身を乗り出してサトシに聞いた。

「飛び立つ前に、なにを運んでいるのか、どこに向かうのか、全て周囲や他国の魔道具師たちにアナウンスしてしまうんです。その上で、運ばれてきた商品に間違いがないか、もし遅れたらなぜ遅れたのか、すべてギルドに所属している魔道具師たちに監視してもらうんです。そうして信用を積み上げていく」

「でも、それなら、他の行商人たちにも知られてしまうでしょう？　それにテロリストたちの格好の餌食になってしまうのでは？」

「陸路では行きにくい場所をターゲットにしているので、行商人には勝てると思います。むしろ、かち合わないように住み分けもできるかと。テロリストたちについてはいくつか方法があるように思います。商品を入れておく箱に施錠の魔法陣を使うとか、レッドドラゴンのドラゴンライダーたちに見回りをしてもらうなどです」

「なるほど。しかし、事前に準備したものを送り届けるだけなら、空を飛ぶ優位性は感じられませんが、どうやってアナウンスするつもりなのですか？」

「以前、カンパリアの首都・ケシミアでキースという男に出会ったんです。彼は遠くの者と会話ができる魔道具を開発したのですが、その魔道具を持っている全ての者に情報が伝わってしまい、あえなく販売には失敗していました」

「それを使うと？　失敗した魔道具を？」

「物は使いようです。やはり空飛ぶよろず屋は速さが勝負ですから、声を同時に伝達するというのは非常に重要なことです」

ビャクヤはサトシの言葉に目を閉じ考え込んでしまった。盗賊や野盗のことを考えると、やはり危険だ。待ち伏せでもされたらひとたまりもないだろう。

「懸念は尤もです。だからこそ、高価なものは売れない。日用品やなくては困るものを売るつもりです。武器は護身用に身を守る物以上のものは持たない。最悪、透明マントで命だけでも守れるようにしたいですね」

「サトシさんの話を聞いていると、魔道具でなんでもできそうになってくるから怖いですよ。フフフ」

ビャクヤは笑った。

「わかりました。ラーダの町の魔道具師たちは、その空飛ぶよろず屋に全面的に協力しましょう。ぜひ実現してください」

「ありがとうございます！」

サトシはお礼を言って、魔道具師ギルドを出た。

「いいんですか？　キースさんってナーディアさんの元旦那さんなんじゃありませんか」

「ん〜まぁ、いいんじゃない。ナーディアと結婚してたくらいだから悪い人じゃないよ。気のよさそうな人さ。ファナも会ってみるといい」

「ええ、必ず。それよりも、今は魔境の国へのルートを考えましょう。どういう運営をしていくにしても販売先がなければどうしようもありませんから」

サトシはアマゾネスたちに会いにコロシアムへと向かった。だが、コロシアムにいた魔境の国のアマゾネスたちはすでに出稼ぎ期間を終え、国元に帰っているという。

「伝手《つて》がなくなってしまいましたね」

「まぁ、いいさ。とりあえず、国境線まで言って入国しよう」

サトシたちは、カンパリアと魔境の国の国境線まで徒歩で向かった。


ラーダの東の森を進んでいくと、道の両端に大きな木が現れた。

「そこで止まれ！」

アマゾネスの衛兵にサトシたちが止められた。

「何者だ？」

「えーっと、商人ですかねぇ。販路を広げたくてやってまいりました」

「商人か。今は時期が悪い。マクロネシアの探索者でもない限り、入国はしないほうがいいぞ」

「なにかあったんですか？」

「いや、毎年この時期は、魔境の魔物の繁殖期でね。気が立っている魔物が多いんだよ」

アマゾネスの衛兵はサトシたちに優しく教えてくれた。ヒヒの魔物が盛ってしまっていて、人だろうが他の魔物だろうが襲い掛かってくるのだそうだ。

「じゃあ、魔境の国の中は危険なんですね」

「まぁ、我々、アマゾネスの脚でもない限り生き残るのは難しいだろうね」

そう言って衛兵は自身の美脚をすっと前に出した。自然とサトシの目が衛兵の美脚に向いてしまい、思わず唾を飲み込んだ。

「今は商人が出る幕はないか。また時期を改めよう」

サトシはファナに言った。そんなにワイバーン乗りに無理はさせられない。

「あ、そうだ。回復薬とかが足りなくなったりはしませんか？」

「一応、アマゾネスたちも準備はしてるんだけど、今月末くらいには足りなくなるかもしれないね」

「わかりました。その頃に回復薬を持ってまた来ます」

「おお、それは助かるよ」

「ではまた、その頃に」

サトシたちは国境線から離れた。

「いいんですか？　魔境の国を諦めちゃって」

ファナがサトシに聞いた。

「しょうがないよ。ワイバーン乗りを魔物のエサにするわけにはいかないからね。人為的な危険には対応できるけど、魔物はまた別だろ？　また改めて来ればいいいさ」

相手の国の状況を考えずに商売をしてもうまくはいかないだろう。商売はなにごともタイミングだ。

「その代わり、キースに会いに行こうよ」

サトシたちは空飛ぶ箒に乗って、ケシミアに向かった。

ケシミアの魔道具師ギルドに降り立ち、キースの工房の場所を聞いた。

「お久しぶりですね。サトシさん」

魔道具師連盟の秘書官・ヘスナが対応してくれた。

「キースなら、もうすぐここに来る頃ですから、お待ちください」

サトシたちは待たせてもらうことに。ヘスナの部屋には男性器の張り形、いわゆるバイブがガラスケースの中に並べられている。一つとして同じものはなく、前に見たときよりも増えていた。

「増えましたね？」

「サトシさんも型を取ってみますか？」

「いや、それはちょっと……」

「冗談ですよ。それよりもお噂はかねがね聞いておりますが、事実なのですか？」

ヘスナはお茶を出しながら言った。

「なにについての噂なのかは知りませんが、事実はもっと地味だと思いますよ」

サトシは自分の日常のほとんどが暇つぶしだと思っている。二度目の人生だ。なにかを成し遂げなくてはいけないと焦ることもない。

それでも、横にいたファナが今日まで起こった事実をヘスナに語って聞かせると、「噂以上ですね」と驚いていた。

話をしているうちにキースがケシミアの魔道具師ギルドに到着。

「こんちは。俺になんか客が来てるって？　ああっ！」

キースが部屋に入ってくると、サトシを見て驚いた。

「こんにちは。お久しぶりです」

「いやぁ、この間はすまんかった。俺の不用意な一言でケシミア中が大騒動になっちまったみたいで。散々、元嫁に殴られて反省したよ」

「いや、いいんです。それよりも、以前、お話ししていた遠くの者と通話する魔道具についてなんですが」

「ああ、あれは失敗作だったな」

「その権利売ってくれませんか？」

「は？」

サトシはキースとヘスナに、空飛ぶよろず屋の計画を話して聞かせた。

「その上で、テロリストや盗賊などから商品を守るために、魔道具師たちにも協力してもらいたいと思っていて、キースさんが作った魔道具も使いたいと考えているんです」

「はぁ……」

「中央に頼ることなく、地方でも魔道具師が育てば、才能ある者たちを引き上げることができるので、魔道具の発展にも役立つかと。さらに、回復薬などの医療物資が僻地《へきち》にも簡単に届くようになれば、怪我や妊娠・出産による死亡率も下がり、国全体が発展することにつながるんじゃないかって話なんですけど……」

キースとヘスナはサトシの話を聞いていて、途中からわけがわからなくなってしまっていた。

「サトシさん、もう少しわかりやすく話したほうがいいんじゃないですか？」

ファナが諭した。

「そ、そうかな。まぁ、とにかくあんまり行商人が行かないような秘境なんかにも物資を届けることができるので、いかがですか？　やってみませんか」

「やりましょう。今度、カンパリアの魔道具師ギルド全体の会議にかけてみます」

「なんだかよくわからないが、俺の魔道具が役に立つなら、いくらでも使ってくれて構わねぇよ」

「ありがとうございます！」

反応は上々。

キースから通信機の試作品も受け取って、サトシたちはドラゴニオンへと帰った。

ドラゴニオンに帰ると、起業した商人たちから何件か問い合わせがあったという。ドラゴニオンの中でそれまで貴族から無視されてきた地方の種族たちからの手紙が中央に集められ、東部に丸投げされてきたらしく、東部で商売を始めたいという商人たちが増えているらしい。

「そういう商人たちは、西の旧貴族街の方に行くんじゃなかったの？」

サトシが手紙を届けてくれたドラゴンライダーに聞いた。

「西部では、貴族たちが使っていた建物や倉庫をそのまま使おうとしていて商店の枠がいっぱいになってしまったらしく、すでに起業を予定している商人たちにも新政府が制限をかけているようなんです……すみません」

「そうやって制限をかけるから利権が生まれるんじゃないか。なんのために貴族制を壊したのか、わかってるのかな？」

サトシは思わず、ドラゴンライダーに嫌味を言ってしまった。

「いや、ごめん。君が悪いわけじゃないんだけど、アイディアさえあればお金を稼げるようになったんだから、商人が起業しやすい環境を作ることが新政府にとっては重要だと思うよ」

「中央には伝えておきます」

ドラゴンライダーはサトシに頭を下げた。

「どうする？」

グリードがサトシに聞いた。

「古竜様の嫌がらせかな？」

「まぁ、まずは国内からってことだよ。で、カンパリアと魔境の国はどうだった？」

ナーディアが聞いてきた。

「カンパリアは会議にかけてくれるらしい。ラーダの隠れ家も使っていいって。魔境の国は今、魔物の繁殖期で忙しいから、その後だね。そういや、キースさんに会ったよ」

サトシはナーディアに報告した。

「なんで⁉」

ナーディアはサトシが自分の元夫に会ったという事実にものすごく驚いていた。

「いや、野盗やテロリストに空飛ぶよろず屋が狙われると思って。その対策として遠くと通話して情報を共有したくてさ。キースさんは通話の魔道具の権利を持ってたからね。いくらでも使ってくれって言っていた。いい人だね」

「ああ、人柄はな。そもそも離婚だって、私が構ってやれなかったからなんだけど」

ナーディアとしては、まさかこんな風に元夫と関わるとは思っていなかった。魔道具師としてはまるで才能などないと思っていた元夫だが、まさかこちらから関わるようなことになるとは。以前、キースがサトシに迷惑をかけたため、ぶっ飛ばしたことがある。その時には、「もう二度と関わるな」と言っておいたのに。

「人の縁とはわからないものだね」

ナーディアは必要のない人間などいないのかもしれない、と思った。


夕飯を食べながら、オクラとダフトがサトシに今日の進捗《しんちょく》状況を報告した。

「初めはあまりやる気を感じられなかったんですが、ちゃんと説明するとやる気になってくれました。ズズ……」

「俺もそんな感じです。途中で、東の方から女魔族の団体が現れてから、妙にやる気になっていましたね」

キャラバンが入国してきているようだ。貧民街の住民たちにいい影響が出ているならいいなと、サトシは思った。

「お食事中、失礼します！　サトシさん！」

ドラゴンライダーが走ってきた。

「マクロネシアから人が大量に入国してきてるんですが……？」

「あ、ごめん。キャラバンの人たちだ。僕の名前を出せば、なにかと協力してくれるはずだよ」

「そうなんですか？　いや、あのぅ、法整備や手続きが決まってないうちに入れてしまうと、こちらとしても……」

「ああ、そうだよね」

「すまんな。サトシ・ヤマダは俺の要望に応えてくれただけだ」

グリードがやってきて、ドラゴンライダーに言った。

「見てくれよ、貧民街の連中を。一人二人来たところで変わらなかった連中が、マクロネシアから女魔族たちが大勢押し寄せてきてから気取っているだろ？　あれが捨てられなかったドラゴニオンの民の誇りだ。他国の連中には負けてられないってようやく思えたんだろう」

グリードが砦から見える貧民街を指差した。

キャラバンの女魔族たちに自分ができる魔族だと思われたいのか、明日の仕事について大声で話しながら酒を飲んでいる。確かに、サトシたちが朝見た自信のない姿とは大違いだ。

「私の教えた魔族はダメだったけどね。結局ダフトに迷惑をかけちまったね」

「いや、別に……問題なかったですよ」

ナーディアが魔道具作りを教えた貧民街の民はダフトの方に流れていってしまったようだ。たぶん、ナーディアの魔道具作りを見て、引いてしまったのだろう。

「サトシ・ヤマダもナーディアも、良くも悪くも天才なのさ。どんなに教わっても、自分とは遠い存在であることを知るだけで、とてもじゃないけど近づけない。魔法をうまく扱えないって劣等感を持つ貧民街の連中には眩《まぶ》しすぎたんだろう」

「ああ、それは自分もなんとなくわかります」

グリードの説明にドラゴンライダーが納得していた。

ナーディアは、これまで少しばかり無茶な努力をしなくては魔道具作りはできないと考えていた。本当に便利な魔道具を作り出さなければ、多くの人たちに認めてもらえない。高い志を持たなくては魔道具師として潰れる。実際に、何人もの魔道具師が志半ばで職を変えているのを見てきた。それは人々の生活を向上させるため、仕方がない犠牲だと思っていた。

でも、貧民街の民は、別に認めてほしくて魔道具を作っているわけではない。ありきたりな魔道具でいいのだ。ただ魔道具を作り給料をもらって何不自由のない生活を送りたいだけなのだ。別に自分のように筆頭魔道具師になんかなりたいわけではない。

「ナーディア、僕たちはなかなか当事者にはなれないんだよ。どんな場所でもそこに暮らしている人たちが主役だからね。僕らは流れに棹《さお》をさすだけ。ちょっと背中を押してここの魔族の勢いをつけられればそれでいいじゃないか。主役を無理に代える必要はないんだよ、きっと」

サトシの言葉にナーディアは「難しいね、世の中ってのは」とつぶやいていた。

さすがのサトシも自分が異能を持つ者であることは自覚している。魔大陸で筆頭魔道具師まで昇りつめたナーディアもその一人だ。サトシの周りにいるベランジア王国軍の元帥だったクロワも、諜報部隊長だったメルも異能者だが、世の中は異能者向けにはできていない。それゆえ、異能者にとって世の中は生き難《にく》い。

「だから、クロワさんは変態のサロンを作ろうとしているんだな。少しでも僕らが生きやすくなるように」

サトシは変態のサロンの重要性を理解した。

「でも、従業員にこれは着せよう！」

ナーディアはメイド服を取り出して見せた。

「これは着ないだろう！」

グリードが言った。

「バカだなぁ。これを着なけりゃ売れるものも売れないぞ。私たちはこれを着たことによってどれだけ売上をあげたか。いいか？　カプリの魔道具が売れなくなったときにな……」

ナーディアはグリードにメイド服の素晴らしさについて懇々と語って聞かせた。

変態はブレない。

その後、サトシたちは貧民街の魔族たちに回復薬や裁縫道具、魔道具の作り方をできる限り教えていった。

キャラバンの女魔族たちもいたのだが、ファナが古竜の洞窟に連れていき選別。半分ほどの女魔族がそこで脱落した。

「強くなって、必ずサトシ・ヤマダ様にお仕えします！」

そう言って旅立ってしまう女魔族たちもいたが、空飛ぶよろず屋の事業に加わる者も少なくない。

幸い、キャラバンが縮小しても、貧民街の魔族たちのやる気が落ちるということはなく、回復薬や裁縫道具、鍋などを作っている。ほとんど、オクラとダフトが教えていたので、サトシとナーディアは暇だった。そもそも魔道具師をサポートするためにドラゴニオンは動こうとしているので、魔道具自体はあまり重要ではない。よろず屋でもそれほど置くつもりもない。

暇すぎた二人は、工房をまるごと建ててあげることに。二人とも闘技場を作れるくらいだし、なにが必要なのかは心得ている。ドラゴンライダーも身体を動かしたかったのか、工房作りには参加していた。

「三日もあれば作れるんだな」

ナーディアは砦の横にできあがった工房を見た。サトシが強化の魔法陣をたくさん描いたため砦よりも崩れにくい建物になっている。

魔道具の工房以外にも、オクラとダフトの要請で調合棟や鍛冶場なども作ってしまう。鍛冶用の窯はドラゴニオンの魔族が自分たちで作っていた。ドラゴニオンの伝統的な作り方があるのだという。

砦の地下で薬草を育てるのはローテーションを組み、全員で水やりや雑草抜きなどの世話をすることになった。

「植物は世話をすればちゃんと応えてくれるからな。成果がわかりやすくて、貧民街の連中にはちょうどいいんだ」

薬草の畑の隣で野菜を育てているグリードが言った。ワイバーンの世話をしなければならないワイバーン乗りたちも、畑作りだけは参加している。

実際、薬草を育てるのが一番得意という魔族が増えている。

「自分たちが食べるものくらい自分たちで作りたいなと思って」

と、自分たちの住まいである洞窟を拡張して畑を作る者たちまで現れた。畑仕事によって、生活のリズムが改善した者も多い。地下や洞窟での作業なので、いつ作業してもいいように思うが皆、朝方済ませているようだ。

夜は夜で、キャラバンからサトシに夜這《よば》いをかけてくる女魔族たちが後を絶たず、ファナとナーディアが何度も止めに入っていた。

「私たちが眠るのは昼しかないね」

「仕方がないですよ。うちのご主人様の子種で戦争も起きかねませんからね」

二人ともサトシの寝顔を見ながら愚痴を言った。

鍛冶場ができてから五日後。ようやくマクロネシアから賠償として馬車二台分の鉄鉱石が届けられた。

「遅れて申し訳ない。国境で衣類などの検閲が厳しくて」

運んできたマクロネシアのおじさんはほとんど下着のような服しか着させてもらえなかったようで、上半身は裸だった。

「これが証書だ。今後二年間は月末に鉄鉱石を届けることになっている。ドラゴニオンの代表者のサインをいただきたい」

マクロネシアのおじさんは羊皮紙を取り出しながら言った。周囲にいた者はサトシを見たが、サトシはグリードを見た。あくまでも自分は第一市民で代表者ではないとサトシは思っている。

「ドラゴニオン東部の代表者のグリードだ。俺のサインでいいのか？」

「ドラゴニオンの代表者なら誰でもいい」

「わかった」

グリードが羊皮紙にサインをした。

その後、馬車の荷台から鉄鉱石を運び出し、鍛冶場の近くに置いた。

「後で倉庫を作っておくか」

サトシがナーディアに言った。単なる倉庫なので、谷の崖をくり抜いてもいいし、適当に土魔法で建ててもいい。

「別件なのだが、あなたがサトシ・ヤマダとお見受けする」

急にマクロネシアのおじさんがサトシの前に来て言った。

「そうですけど、なにか?」

「『空渡りの種族』の娘をサトシ・ヤマダに献上したいと連れてきた。マクロネシア側としては最大限の謝罪のつもりだ。もちろん、さらに連れてくることは可能だ」

そう言ってマクロネシアのおじさんは肌がオレンジ色で髪が茶色っぽい三人の娘を呼んだ。三人とも手枷《てかせ》と足枷を着けられ、指には魔封じの指輪が嵌められている。服はやっぱり薄汚れた下着だけ。

サトシからすると、魔力はそこそこありそうだが筋肉質には見えないため、あまり興味はなかった。

「え? 奴隷ってことですか?」

「夜伽などは族長の娘である私が全ていたしますので、他の二人には、どうか恩情をお与えくださいませ」

娘の一人がサトシの前に来て、地面すれすれまで頭を下げた。

「いや、ちょっと……」

「サトシさん、私におまかせください」

サトシが断ろうとしたら、ファナが一歩前に出た。

「なにバカなことを言っているんですか⁉ いったいどれだけの女魔族たちがサトシさんの夜伽に列をなしているのか全く理解していないようですね? 後ろのテントを見てください。そこにいる女魔族たちの皆さんは全員サトシさんの夜伽を狙い、夜な夜なサトシさんの寝床を襲っている方々です。私など奴隷になってからだいぶ日が経っていますが、一向に夜伽をさせてもらっていません。そんな中、突然現れ、『謝罪したい』などと戯《ざ》れ言《ごと》を言って、さらに自分だけサトシさんの夜伽にありつこうなど、厚顔無恥も甚だしい！」

ファナは『空渡りの種族』の娘にまくし立てた。ファナの声を聞きつけて、遠くのテントにいたキャラバンの女魔族たちが敵意むき出しで、『空渡りの種族』の娘たちを見た。

「奴隷になってサトシ様の夜伽をしたいだって？」

「それなら私たちを倒してからにするんだね？」

「マクロネシアってのは他国に侵攻しておいて、謝罪の代わりに他人の男まで寝取ろうってのかい？」

キャラバンの女魔族たちが殺気立ち始めた。

「す、すまない。そんなつもりではなかったんだ」

横で聞いていたマクロネシアのおじさんが慌てて出てきて、周囲に謝罪した。

「じゃあ、どういうつもりだったんだい？　正直に答えた方が身のためだよ」

ナーディアが歯をむき出して見下ろしながら言った。

「魔道具師たちがマクロネシアから去ってしまった。それによってダンジョン探索は大幅に遅れ、さらに魔道具がなく装備もままならないため探索者たちの死亡率が跳ね上がることになる。マクロネシアは衰退の一途を辿ることになるのはわかりきっていることだ。だからサトシ・ヤマダに許しを請い、どうにか魔道具師を呼び戻そうとしたんだ」

　マクロネシアのおじさんはマクロネシアの現状について語った。

「でも、僕に許してもらったところで魔道具師たちが戻ってくるわけじゃないんじゃないの？」

「いや、魔道具師ギルドとしてはサトシ・ヤマダというヒューマン族にマクロネシアの軍がとんでもないことをしでかしたため、魔道具師たちをマクロネシアから撤退させていると聞いている」

「そうなの？」

　サトシはナーディアに聞いた。

「まぁ、侵攻の原因が、マクロネシア側にドラゴニオンの国民がサトシの奴隷だって私が伝えちゃったことが発端だからね。魔道具師ギルドとしてはドラゴニオンへの侵攻よりもサトシへの危害の方を理由にしたかったんじゃないの？」

「そういうことか。でも罪には罰が必要だしね。魔道具師ギルドとしてはマクロネシアが反省したと思ったら、魔道具師たちを戻すんじゃないの？」

「いや、たぶんマクロネシアが魔道具師たちへの税金の徴収を止めたり、魔道具への関税をかけないとか優遇措置を取ればすぐに戻ってくるさ。魔道具師ギルドに所属していない野良《のら》魔道具師だってたくさんいるんだしね。そうすれば魔道具師ギルドだって黙っていられない」

　ナーディアが言った。

「そ、そうなのか？　でも、サトシ・ヤマダへの謝罪はどうなる？　マクロポリスを壊滅させかけたと聞いたが……」

「僕への謝罪は鉄鉱石で受け取ってるからいいよ。もうこれ以上奴隷を増やす気はないから、『空渡りの種族』のお嬢さんがたはマクロポリスに帰ってちゃんと仕事して」

「サトシさん、たぶんこの『空渡りの種族』の皆さんはマクロネシアに居場所がないんですよ」

ファナが横から口を出した。

「ああ、そうか。どこかに逃げるしかないね」

サトシがそう言うと『空渡りの種族』の娘たちは暗い顔になった。

「大丈夫だよ。どんな辺境に行っても空飛ぶよろず屋は飛んでいけるから。そのために今作ってる最中なんだ」

サトシはそう言って笑った。

マクロネシアのおじさんも『空渡りの種族』の娘たちもよくわかっていないようだった。

「逃げたとしても空間魔法は使えるんでしょ？　なら大丈夫だよ。空飛ぶよろず屋は期待しておいてね。それじゃ」

サトシはマクロネシアのおじさんと『空渡りの種族』の娘たちを馬車に乗せ、見送った。


事件が起きたのは、それから数日後のことだった。

第十一話　裏切りと始まり

朝、サトシたちが朝食を食べてから砦の地下にある薬草畑に行くと、貧困層の魔族同士が殴り合いのケンカをしていた。魔族からすればたまにある日常の風景で、お互い酒でも酌み交わせば収まるだろうと思っていたようだ。

「どうしてケンカしてるの？」

サトシが近くにいた魔族に聞いた。

「たぶん薬草畑の水やりをしたとかしなかったとか、つまんないことでケンカに発展したみたいです。まぁ、よくあることです。金がない奴らは学もないから弁が立つわけでもないし、後もないんで殴るしかない時があるんですよ」

魔族がサトシに説明している間にドラゴンライダーが来てケンカを止めていた。

仕事をしていれば意見が合わないこともある。ちゃんとお互いが説明すれば納得するんじゃないかと思い、サトシたちもあまり気にしていなかった。

午後になって薬草畑で異変が起きた。

畑の一画でようやく育ってきていた薬草がごっそり摘み取られていたのだ。

「まいりました。ズズ……」

薬草の管理責任者のオクラがうなだれている。

「犯人が誰かはわかっているのか？」

「わかりません。ただ、今朝ケンカをしていた魔族の二人の姿が見えないそうです」

オクラがサトシに報告した。

地下の畑は、空飛ぶよろず屋に協力してくれる貧困層の魔族たちとともに水やりや雑草抜きをしているため、誰でも入れるようになっていた。

「なにがあった⁉」

異変に気がついた魔族に連れられてグリードとドラゴンライダーが慌てて地下に降りてきた。

「なんだこれは⁉　誰がなんのために……？　とんだ裏切りだ」

グリードは薬草が摘み取られた跡を見て言った。

「ファナ！　時魔法で薬草を摘み取った犯人がわかるか？」

サトシが隣にいたファナに声をかけた。

「やってみます！」

ファナは親指と人差し指で丸を作り、時魔法を使ってその丸を覗いた。丸の中には過去の風景が映し出される。

「ああっ！　やっぱり今朝、ケンカしていた人たちが犯人みたいです！」

ファナがサトシに報告した。

「あいつらか！」

グリードは悔しそうに拳を握った。

「今、どこにいるかわかるか？」

「ちょっと追ってみます」

そう言うとファナは犯人たちの動きを追い始めた。砦にいた他の魔族たちも異変に気づき、サトシたちの動向に注目している。

犯人たちは砦から出て、貧困層の住居がある谷の洞窟に向かったようだ。その場にいた全員がファナについていった。

辿り着いたのは、一人暮らしの者が住むような小さな洞窟が並ぶ一画だった。

「ここのようですね」

ファナは青いペンキが剝がれたドアを指差した。

「早く行くぞ！　急いで支度しろ」

「あいつらに見つかっちまう！」

洞窟の中から魔族たちの声がする。

コンコン。

サトシはドアをノックした。

「こんにちは。お邪魔します」

サトシは返事も聞かずにドアを開けた。キーッという音を立ててドアが開いた。

魔族たちは荷物をまとめ、乾燥した薬草を自分のリュックに詰めているところだった。

「お前らなぁ！」

グリードが怒声を上げ魔族たちに殴りかかろうとしたのを、サトシが止めた。

「ああっ！　いや俺はこいつに騙されただけで……」

「おい！　人のせいにしてんじゃねぇ！　自分だって！」

魔族たちはお互いを指差した。

「いや、事情を話してほしいだけです。どうして皆が育てていた薬草を摘み取ってしまったのか？　空飛ぶよろず屋は、すでに魔道具師ギルドやグリードさんの実家からもお金を出してもらっている事業です。給与や食事などもこちらとしては十分に払っているつもりだったのですが……」

サトシはなにか自分たちに否があれば教えてほしかった。

「どうして皆で世話をしていた薬草を摘み取ったんですか？　ズズ……」

オクラが聞いた。

「ヒューマン族の方に言ってもどうせわからないことですよ」

魔族の一人がぶっきらぼうに言った。

「殴って気が済むなら殴ってください。俺たちは慣れてる。それとも追放ですか？　それなら都合がいいや。ちょうど今出ていくところです」

もう一人の魔族はそう言って歯を食いしばった。サトシたちの後ろには一緒に働いていた魔族たちもいる。

グリードが怒りに震えながら一歩前に出た。

「バカ野郎！　お前ら今までこの人たちのなにを見てたんだよ！　サトシたちが種族の差別をしたことがあったか？　誰かを守ろうとする以外で殴ったのを見たことあるか？　仕事ができないこと

を笑ったりしたか？　サトシ・ヤマダが連れてきた先生方はずっと辛抱強く俺たちに作業を教えてくれたじゃないか。なぜ裏切った⁉　答えろ！　お前らはここにいる全員を裏切ったんだぞ！」

グリードは強く拳を握りながら言い放った。

「……俺たちは『水乾きの種族』だ。洗濯物を乾かしたり、いらない植物から水分を抜き取って乾かすような魔法しか使えない役立たずの種族さ。だからここにいる！」

「そんな俺たちにオクラ先生が、効果は薄くなるけど乾燥させると薬草は長持ちするって教えてくれたんだ。この薬草だけじゃなくお茶の葉や保存食なんかも乾燥させる物があるって……そんなことを俺たちに教えてくれたのはオクラ先生以外にいない！」

「もっと人の役に立つ種族になれるかもしれない。ずっと俺たちは役立たずだって言われてきたけど、本当は役に立つ種族だったんじゃないか。貴族たちに長い間、騙され続けてきたんじゃないかって思った」

「だから俺たちは、自分たちの魔法によって誰かの役に立てる新しい商売を作ろうと思って薬草を摘み取ったんだ」

皆の注目を浴び、今にも泣きそうになりながら『水乾きの種族』の魔族たちが説明した。

周囲の魔族たちはグリードやサトシを見て固唾《かたず》を呑んでいる。

「なるほど、そりゃいいいいね！」

サトシがあっけらかんと言った。

「え⁉　サトシさん、なにがいいんですか？」

ファナが聞いた。

「いや、もともと空飛ぶよろず屋の事業はここにいる人たちの職業訓練の目的もあったでしょ？　だから新しい商売を思いついたらどんどん始めちゃったほうがいい。せっかくドラゴニオンでは貴族たちの制限がなくなって新しい商売の流れができてるんだから乗っておいたほうがいいと思うよ」

「でも、皆で育てた薬草を勝手に摘み取ったのはよくないですよ。ズズ……」

オクラが言った。

「確かに、それはそうだね。僕たちに相談してくれればよかったのに」

サトシがそう言うと、『水乾きの種族』の魔族たちは首と手を勢いよく横に振った。

「無理ですよ！　サトシ・ヤマダに相談なんてしたらキャラバンの女魔族たちになにを言われるかわかったもんじゃないし、オクラ先生やダフト先生は忙しそうだし、ナーディア嬢に話しかけるなんて恐れ多いですし……」

「そうか。相談できる雰囲気じゃなかったのか。ちょっと僕らが真面目に仕事をしすぎたのかもね。反省だ。もうちょっと飲み会とか開こう」

サトシはオクラやグリードに向かって言った。

「だったら私たちに相談すればよかったじゃないか！」

サトシたちの後ろで見ていた魔族のおばさんの一人が言った。

「そうだそうだ！　薬草の芽が出た時はあんなに皆で喜んだのに、水臭いぞ！」

「せっかく皆で育てた薬草を勝手に摘み取るなんて、やっぱり許せん！」

「摘み取った薬草が育つまで、畑の水やりはお前たちがやれよ！」

一緒に薬草畑で働いていた魔族たちが声をあげた。

『水乾きの種族』の魔族たちは荷物を置いて泣き始めた。

「すまん、皆ぁ！」

「わるかったよぉ！」

「商売を始めるって言ったって、どうせ販路だってないんだろ？　ここから始めろよ。空飛ぶよろず屋の事業を抜けたって、ドラゴニオンの東部で商売をするなら俺だって協力してやれる」

グリードが泣いている『水乾きの種族』の魔族たちの肩をそっと叩いた。

その日から、サトシたちは定期的に貧民街の魔族たちと宴を開くようになった。宴《うたげ》では相変わらず、キャラバンの女魔族たちがサトシに言い寄ってきていたが、そのうちに親衛隊のようなものができあがり、キャラバンの女魔族の中で順番にお酌をする係などが決まっていった。


「親衛隊？　なんだそれは？」

シェリーの魔道具屋でファナの説明を聞いたスーザンが問いただした。

サトシとファナ、ナーディアは一週間に一度、定例会議のようにシェリーの魔道具屋に集まっていた。すでに魔道具学の授業という当初の目的は曖昧になっており、サトシたちがシェリーとスーザンに魔大陸での出来事を報告する場になっている。

「キャラバンの女魔族たちがサトシさんにどうにか気に入られようと思って作りだした組織です。正直、もう私とナーディアさんだけでは止められる気がしませんよ」

ファナはチョココロネを食べながら、愚痴をこぼした。

「それで、ナーディアは私になにを着せているんだ？」

「メイド服だよ。ほらな、やっぱりスーザンにぴったりだ。いいかい？　これで乳袋を客の顔に押し付ければすぐに魔道具を買ってくれるさ」

ナーディアは両手を広げたスーザンにメイド服を着せていた。天才ゆえか寸法はぴったりだった。

「いや、どうして捕虜である私がこんな服を着ないといけないんだ？」

「だって商売にならないって言うから……」

スーザン曰《いわ》く、最近というかスーザンがシェリーの魔道具屋に来て以降、ほとんど魔道具が売れていないらしい。

「サトシが大会で活躍したから、一時とんでもなく人が集まったけど、あの時は売り物がなかった。今ではすっかり閑古鳥だよ」

「ちょうどよくお客さんが来ないものかしらねぇ」

スーザンとシェリーが首を傾げた。

「だからぁ、二人でメイド服を着たらすぐにお客は来るって」

ナーディアが二人に言った。

「嫌ですよ。スーザンの胸を見てください。汗をあんなにかいてるから……」

スーザンが着ているメイド服の白いシャツの部分が汗で透け始めている。

「ああ、なんてことだ！」

「サトシさんをそうやって誘惑しているんですか？　うちの従業員はとんでもないエロセイレーンですね。この店は風俗店じゃないんですよ！」

シェリーに注意され、スーザンは両手で胸を隠しながら二階へ逃げていった。

「ナーディアさん、メイド服は却下です」

「そうかぁ。いいと思ったんだけどなぁ」

ナーディアは不満そうだ。

「サトシさんも考えてくださいよ。このままだとうちの店が潰れちゃうんですよ。空飛ぶよろず屋を考えたあなたなら、きっとこの危機を打開してくれるはずです！」

シェリーがサトシに助けを求めた。

サトシは魔道具の通信機を作りながら話を聞いていた。

「え？　まぁ、いいんじゃないですか？　魔道具が売れなくたって、学校から給料も出ているのでは？」

「学生はあなた一人なんですよ。雀《すずめ》の涙ほどしか給料は頂いておりません！」

「それならシェリー先生の魔道具屋の商品も、空飛ぶよろず屋で売ります？　売上は魔大陸の鉄貨払いですけどね」

「それじゃあカプリまで行って買い物しなくてはならないじゃないですか！」

「まぁまぁシェリー先生、落ち着いてください。クリームパンどうぞ」

ファナがシェリーにクリームパンを渡してなだめた。

「ん～美味しい……いや、ファナちゃん！　そうじゃなくて！　サトシさんも作業の手を止めてもう少し真剣に考えてください！」

シェリーがサトシに迫った。

「うぅ、近い。そう言われてもなぁ。でも、シェリー先生もスーザンもお店が潰れたところで生きていけると思いますよ。今までだって生きていけてたわけですし、お腹が減ったら学校に行ってエリザベスさんに頼んで食べさせてもらえばいいじゃないですか？」

「それじゃ、まるで……大人としてダメじゃないですか？」

「先生！　ダメになる勇気です！」

サトシはシェリーに「ファイト！」というように拳を向けた。

「そんなこと言われても全然頑張れません！　ああ、どうすれば魔道具が売れるのかしら……」

シェリーは椅子に座って大きく溜め息を吐いた。

サトシとしても、週に一度の授業によって自分のスケジュール管理ができているので、正直この店がなくなるのは困る。

「ちょっと考えるか……」

サトシは、ファナが食べようとしているメロンパンを横取りして、どうしてこの店で魔道具が売れないのか考え始めた。

「まずこの店の立地条件が悪いですよね。こんな裏通りにあったら誰も買いに来ようと思わない。それから、この散らかった店内。窓から覗いて入ろうなんていう人はよっぽど物好きな人だ。どれが魔道具の商品なのか、材料なのかわけがわからないことも問題です。シェリー先生、そもそも物を売る気がありますか？」

サトシからの散々な言われように、シェリーはショックを受けた。

「サトシ、言い過ぎだぞ」

ナーディアがフォローした。

「いえ、確かに……確かに言われてみればそのとおりですね」

シェリーは深く落ち込んだ。

「でも、ここからの大逆転を考えるとなると、ターゲットを絞っていったほうがいい。さらに、この怪しい雰囲気をそのままにしたとしたら、怪しい商品を売ったほうがいい。怪しい魔道具。いや、いかがわしい魔道具を売ればいい。先生、見えてきました！」

「なにか思いついたんですね！」

「なにを思いついたんだ？」

二階に逃げていたスーザンも甲冑の鎧を着て降りてきた。

「マッサージ器です」

「そんなものが売れるんですか？」

シェリーが首をかしげてサトシに聞いた。

「売れます。女性の剣士たちはいつだって肩こりに悩んでいます。さらにスーザンは着けていませんが、ブラをした胸の大きな女性たちはきっと肩がこっているはず。さらに一日中、店頭でお客さんを呼ぶ売り子の女性たちは足が疲れているはずです」

「なるほど、魔道具のマッサージ器ですか！」

シェリーは感心した。

「いや、どこが『なるほど』なんだ？　だいたいなんで女性にばかり売る？」

ナーディアがツッコんだ。

「ターゲットを絞った結果です。この魔道具は必ず女性層の心を摑む。もちろん売れない時期はあるでしょうが、長く愛される商品になると思います」

「そうなのか！」

スーザンもサトシの言葉に騙され始めている。

「だいたいどういうマッサージ器なんだ？」

ナーディアがサトシに聞いた。

「そう難しい魔道具じゃない。作るのはとても簡単だよ。試作品を一個作ってみよう」

サトシは木の棒と球体のガラスでこけしのような形を作り、接着剤でくっつけた。それから木の棒に魔力を込めると振動する魔法陣を焼き付けた。

「よしできた！」

できあがったのは電動マッサージ器のような魔道具だ。

「なんだこの魔法陣は？　失敗したんじゃないのか？」

ナーディアがマッサージ器を見て聞いた。

「そうだね。風魔法の魔法陣を練習してた時にたまたま見つけた振動の魔法陣だよ。でもこれが気持ちいい。背骨と肩甲骨の間に当てて魔力を流してみて」

「こ、こうか？」

サトシに言われるがまま、ナーディアはマッサージ器を背中に当てた。

「そうそう。そう気持ちよくない？」

「あっああっ……これはちょっと気持ちいいかも！」

「本当ですか⁉　私にも貸してください！」

ナーディアはシェリーにマッサージ器を渡した。

「うっ、おおっ！　これはいいですね」

「ちょっと私にも貸してくれ」

シェリーはスーザンにマッサージ器を渡した。

「甲冑の鎧を着てたら意味ありませんよ！」

スーザンはシェリーにツッコまれていた。

魔道具のマッサージ器は女性陣に好評で、

「ペーパーワークをしている人なら誰でも首がこることがあると思うので、そういう人たちに向けてもいいかもしれませんね」

と、シェリーは喜んだ。

「一応、売り出すときの広告も考えておきました」

サトシは紙に売り文句を書いてシェリーに渡した。

『肩こりで悩んでいる女性の味方！　空前絶後のマッサージ器が登場！　肩こり、首こり、腰痛、足の疲れ、足の付け根などに効果てきめん！』

と、紙には書かれていた。

「ありがとう！　サトシさん、あなたが私の学生でよかった！」

シェリーは嬉しそうに、サトシが作ったマッサージ器の複製を作っていった。

「でも、本当にこんなものが売れるのか？　細かく振動するだけだろ？」

スーザンが訝《いぶか》しげにサトシに聞いた。

「売れます。人の欲を信じてください」

後日、マッサージ器は知る人ぞ知る魔道具として売れることになり、サトシはシェリーからこっぴどく叱られることになるが、この時はまだ誰もサトシの意図することに気がつく者はいなかった。


魔大陸で真面目に仕事をしつつ、宴をしながら新しい商売や魔道具を考えているうちに、いつの間にか、オクラとダフトを魔大陸に連れて来てからひと月ほど経っていた。

サトシはオクラとダフトと一緒に砦の屋上で、サンドイッチを食べている。エリザベスのサンドイッチほど美味しくはないが、洞窟野菜とポイズンサラマンダーの毒抜き燻製《くんせい》肉が入ったサンドイッチは好評だ。

「ズズ……師匠、そういえば後期の授業はいいんですか？」

オクラから言われて、サトシはようやくベランジアの学校が始まっていることに気がついた。

「ああ、忘れてた。あれ？　オクラとダフトは帰らなくていいの？」

「私は仕事の合間にレポートを書いてるんで、年度末に出すだけです」

「自分も後期はほとんど授業は取ってないし、オクラが作ってるような回復薬を提出すれば卒業はできるので、問題はないです」

オクラとダフトはちゃんと出席日数など計算して魔大陸に来たようだ。

「ヤバいのは僕だけか。実家とかに帰らなくてもいいの？」

「それは大丈夫です。むしろ稼いでから帰らないと私は怒られるくらいです」

「自分も実家にいても手伝いと掃除くらいしかやることないので、こっちにいたいくらいです」

サトシは、クロワの弟子が教えているという武道の授業を取っていた。

「そろそろ空飛ぶよろず屋の営業も始まるって時に……タイミングが悪いなぁ」

「サトシ！　サイラスからラリックストーンに来てくれって催促の手紙が来てるよ。これで二〇通目だ」

ナーディアがサトシに手紙を渡してきた。

「筆まめな人だね。毎日書いてるんじゃないか？」

ラリックストーンにも行かなくてはならない。

「ああ、ここにいたのか。探したぞ、サトシ・ヤマダ。また空飛ぶよろず屋に一口乗りたいっていう商人が来てる。それから南部から来たというワイバーン乗りも面接をしてくれって。どうする？」

グリードが屋上に上ってきてサトシに聞いた。

「全部、グリードさんに任せます。僕らはいつまでもここにいるわけではありませんから。代表もグリードさんがやってください」

「いいのか？　お前が発案者じゃないか」

「僕らはちょっと背中を押しただけです。あとはドラゴニオンの東部の魔族たちの意見を取り入れていってください。たぶん、それが僕らの役割なんです」

貧民街の魔族たちがサトシたちに頼り切ってしまう前にここから離れようと思っていることをグリードに伝えた。

「そうか、なんか、すまんな」

「いいえ、僕にはラリックストーンでの依頼もベランジアでの授業もありますから、どちらにせよ空飛ぶよろず屋の運営までは無理だったんですよ。オクラもダフトも年度末までに後任を決めておいたほうがいいよ」

「わかりました。ズズ……」

「了解です」

「いつこの事業から離れるつもりだ？」

グリードがサトシに聞いた。

「ん～、サイラスからの手紙も来てますし、学校も始まってますしね。今日、すぐにでも」

サトシたちが思い立てばすぐに行動することはひと月ほどともに過ごしている間にグリードもわかっていた。

「明日まで待ってくれないか？　頼む」

「まぁ、帰ってこようと思えば一瞬なんで、別にいつでもいいんですけどね」

サトシはそう言いつつもグリードの言うとおり、次の日に発《た》つことに決めた。


翌日、サトシが畑で作業をしている間、魔族たちは妙に慌ただしく動いていた。

「今日、試験的に商品を持ってワイバーンを飛ばしてみる」

グリードが言いに来た。

「売りに行くってことですか？」

「国内だけどな。通信試験も兼ねている」

キースから権利をもらった通信機はドラゴニオンの有名な魔道具師たちには送りつけている。

ワイバーン乗りたちは自分たちが持っていく商品の重量などを計測しながら、ナーディアと一緒に作った販売用の袋に回復薬などを詰めていっている。

谷の天候は変わりやすく、風も強かったため出発は夕方近くになってしまった。

「天候か……もっとも大事なことを忘れていたね」

サトシが空を見上げながら言った。

「大丈夫さ。ワイバーンは雷を物ともせずに飛べるから。この風はこの時期だけの季節風だから、今日は風が収まるまで待っているだけだ。ただ、この風にも乗れるようになればラリックストーンまで短時間で行けるな」

グリードが説明した。

夕方、すっかり晴れ上がった空の夕日に向かって商品を抱えたワイバーンが飛んだ。

「ドラゴニオンの魔道具師たちよ、聞こえるか？　こちら空飛ぶよろず屋『ヤマダ商会』だ。ドラゴニオンの魔道具師よ、聞こえるか？　こちら『ヤマダ商会』」

グリードの言葉にサトシが驚いた。

「『ヤマダ商会』って」

「発案者のヒューマン族に肖《あやか》ったんだ」

そう言ってグリードは笑った。サトシが周囲を見ると、周りの魔族たちは『ヤマダ商会』と書かれた長袖のシャツを着ていた。

『ザ、ザザ……こちら西部の魔道具師ギルド、聞こえている。ついに空飛ぶよろず屋が営業を始めたか！　魔道具師たちのために、よろしく頼む』

古めかしいラジオのような通信機から声がした。

「通信試験も良好。うちのワイバーンが着いたら連絡してくれ」

三〇分ほどして、ワイバーンが西部の魔道具師ギルドに到着したと連絡が入った。

『いらっしゃいませ～！　空飛ぶよろず屋『ヤマダ商会』でございます！　さあさあ、魔道具師の皆様、よってらっしゃいみてらっしゃい！　古くなった針や鍋で魔道具を作っていちゃぁ、いつまで経っても壊れた魔道具しか作れません。こちら正真正銘、かの有名な筆頭魔道具師ナーディア嬢が監修した新品の裁縫セットだぁ！　これさえあれば、あなたも明日から筆頭魔道具師！』

ワイバーン乗りの売り文句が聞こえてくる。

『え？　魔道具を作っていてケガをしたって？　大丈夫、そんなあなたにはベランジア王国の優秀な僧侶が作った回復薬があるよ！　効果が信じられないなら、俺たちの肌を見てくれ！　空を飛んでいる俺たちはいつだって肌が乾燥して鱗《うろこ》だってボロボロだったんだ。それが、ほら！　つやつやしているだろ？　おひとつどうだい？　丸鉄貨三枚、いや、今日は商売の初日、挨拶代わりだ。丸鉄貨一枚でいいよ！』

ワイバーン乗りがそう言うと、通信機から、

『一つ頂戴！』

『俺にも一つ！』

『私には三つおくれ！』

『あたしゃ、その鍋をおくれ！』

という声が聞こえてきた。

『まいどー！』

ワイバーン乗りが一際大きな声で叫ぶと、それを聞いた砦の中にいる貧民街の民から自然と拍手が沸き起こった。涙を流して抱き合う者たちまでいる。

サトシも「よかった」と拍手し、隣にいたグリードとハイタッチした。

「おめでとうございます！　グリードさん」

「なに言ってんだ。考えたのはお前さんだろ？　それにしてもとりあえず売れてよかった」

空飛ぶよろず屋『ヤマダ商会』は大盛況のようで、通信機からはずっとワイバーン乗りとお客の声が聞こえていた。

「これからですね」

「ああ、これからだ」

サトシとグリードは木のコップに入れたワインで乾杯した。

それから、砦にいる空飛ぶよろず屋に関わった全ての人たちで乾杯。貧民街の民たちも自分たちが作った鍋や回復薬が売れたことで自信がついたようで、「次からは自分たちでデザインしたラベルを貼ろう」と言う者たちまで現れた。オクラもダフトも教育係として一安心したようだ。

「サトシならワイバーンに乗らなくても、今通信機から聞こえている場所まで一瞬で行けるだろ？それでも嬉しいかい？」

ナーディアが小声でサトシに聞いた。

「嬉しいね。ドラゴニオンの魔族たちだけで成し遂げたことに大きな意味がある。僕らはあくまでもただの変態さ。僕らが他になにかをやっても広まらないし継続はしないよ」

「やっぱりそういうもんかな？」

「そういうもんだよ。前に言ってたじゃないか。僕らは転換点でしかないんだよ。時代の流れはその場所に住む人たちが生み出すんだ。僕らができることは、流れに勢いをつけたり、ほんの少し変えるくらいさ」

サトシは、グリードとともに酒を酌み交わして笑っている貧民街の魔族たちを見た。皆、目が希望に満ちている。

「瞳に隠れていた竜が出てきたかな」

サトシは小声でつぶやいた。

「なにか言いました？」

ファナがサトシを見た。

「いや。さあ、皆が盛り上がっているうちに僕らはラリックストーンに向かおう」

サトシは砦から出た。ファナとナーディアがその後をついていく。

「いいんですか？　皆さんになにも言わずに出ていって」

ファナがサトシに聞いた。

「いいんだよ。いつまでもいると、国の偉い人が来そうだからね」

サトシが空を指差した。ファナとナーディアが空を見上げると、古竜が旋回していた。

「あ、そうだ！　後期の授業を忘れてる。二人とも飛ぶよ」

「「え？」」

サトシは、ファナとナーディアと一緒に、その場から煙のように消えた。

ノクスノベルス 既刊シリーズ 大ヒット発売中!!

冒険者Aの暇つぶし 2

2018年1月20日　第一版発行

【著者】
花黒子

【イラスト】
ここあ

【発行者】
辻政英

【編集】
服部桃子／中村吉論

【装丁デザイン】
Bee-Pee（鈴木佳成）

【フォーマットデザイン】
ウエダデザイン室

【印刷所】
図書印刷株式会社

【発行所】
株式会社フロンティアワークス
〒170-0013 東京都豊島区東池袋3-22-17
東池袋セントラルプレイス5F
営業 TEL 03-5957-1030　FAX 03-5957-1533

ノクスノベルス公式サイト
http://nox-novels.jp/